ESTE LIBRO PERTENECE A:

MAL FARIO

LAIA TINAUT

MAL FARIO

MUNYX FANTASÍA

!

Este libro contiene escenas de violencia sexual, drogas y abusos de sustancias.

Cuarta edición: febrero, 2025
Mal fario
Laia Tinaut.

www.munyxeditorial.com

Impreso en España.

ISBN: 978-84-124213-5-4
Depósito Legal: V-1097-2024

En memoria a mi tía Conchi, que siempre me preguntaba cuándo iba a publicar un libro. Ya ha llegado el día.

21 de noviembre de 1992, en algún lugar de Euskadi

Van tan cubiertos de sangre que parece que vuelven de matar cerdos.

La cabeza de Naia da vueltas como si estuviera en las tazas locas. La diferencia es que, en las ferias, la atracción termina y sigues con tu vida. Aquí nada cambiaría si bajase del coche, como mucho vomitaría el alcohol y se le pasaría el mareo.

El Ford Fiesta quema las ruedas sobre el asfalto, circulando a una velocidad prohibida. Desde el asiento de atrás, Naia observa a sus compañeros discutir.

—¡Pon las largas, que nos vamos a estrellar! —le grita Alicia a Aitor.

—¿Y qué coño son «las largas»?

—¡Las luces, idiota! ¿De verdad tienes carnet?

—Ah, los faros fuertes —responde él pulsando un botón.

Se adentran por caminos de montaña cada vez más oscuros, gotitas de lluvia golpean los cristales.

—Ya casi... ya casi... —se alienta Aitor mientras intenta que sus manos sudadas no resbalen en el volante. Rechina los dientes, pierde la paciencia—. ¡¿Cuánto queda, Naia?!

La chica intenta estar atenta a las señales. Resigue el mapa a cada curva, señalando izquierda y derecha con la mano, pero por culpa de la borrachera no atina mucho.

—Pues… Deberíamos estar a punto de cruzar los Pirineos, pero no estoy segura —balbucea.

—¡¿Qué?! ¿Tu deber es guiarnos a la frontera y no estás segura?

Naia se muerde los labios, a punto de llorar del estrés. Es la típica persona que si se encuentra una cartera en la calle la devuelve en vez de quedársela, ¿cómo ha terminado huyendo a Francia como una vulgar delincuente?

—Vale, Aitor, vamos a respirar hondo —dice Alicia, pero sin recibir mucha atención por su parte—. Y a bajar la velocidad un po…

—¡El cuarzo, Alicia! —la interrumpe él—. ¡¿Dónde está?!

Las chicas empalidecen al darse cuenta de su fatal error.

—Nos lo hemos dejado —murmura Naia.

—¡¿Cómo hemos sido tan estúpidos?!

—¿Qué hacemos, volvemos? —propone Alicia.

Aitor aferra fuerte el volante.

—Ni hablar, eso es aún más peligroso.

Cuando Naia vuelve a prestar atención al mapa, ya es tarde.

—¡Salida derecha en el siguiente cruce! —exclama.

Aitor ya había tirado a la izquierda, y pega un volantazo para seguir las instrucciones. No llega a tiempo. Se salen por el arcén, a duras penas logra volver a encaminar el vehículo. Se han desviado, están entrando a una población: Irún.

—Bueno, al menos sabemos que este pueblo es fronterizo, ¡vamos bien! —trata de animarse el chico.

Y, apenas termina de decirlo, un coche de policía se sitúa detrás de ellos con la sirena encendida. Naia no ha ido a la autoescuela, pero no lo necesita para saber lo que eso significa.

—Frena el coche y nos entregamos —se rinde Naia al borde del colapso.

Aitor no responde, aprieta el acelerador a tope como si se tratara de una persecución de película. Pero la vida real no es Hollywood, y su patética resistencia a la autoridad termina unos kilómetros después, cuando dos vehículos policiales más les cortan el paso.

—Se acabó —resopla Aitor al verse obligado a detener el coche.

Tres agentes se dirigen hacia ellos, es cuestión de minutos que descubran que van cubiertos de sangre.

Aitor se gira hacia Naia.

—No sé de qué te sirve ver fantasmas si nunca te avisan de estas cosas.

—Ya no soy médium, ¡si no hubieses sido un capullo lo sabrías! —replica.

Alicia se ve obligada a poner orden, como siempre:

—¡Callad! Deberíamos idear una coartada antes de que nos interroguen, pero no hay tiempo. Lo mejor que podemos hacer es permanecer callados, no pueden encontrar incoherencias en nuestras versiones.

Los policías aparecen junto a la ventanilla. Enfocan al interior con una linterna y ahogan un grito. La intención inicial solo era multarlos por exceso de velocidad, pero al ver el panorama enseguida atan cabos.

Los obligan a salir del coche uno a uno, los cachean y los esposan.

Naia se tambalea al intentar caminar y da un traspié. Uno de los oficiales la sostiene para que no se caiga, con la mala suerte de que la chica vomita el alcohol de toda la noche en ese instante, sobre su uniforme.

—¡Lo siento! —exclama muy apurada—. ¿Se lo limpio?

El agente esboza una mueca de asco y la mete al coche de un empujón.

La comisaría huele a humedad y es tan pequeña que apenas caben el escritorio y las sillas. Naia se ve reflejada en el espejo del costado y siente vergüenza por el maquillaje corrido, el vestido teñido de sangre y el pelo encrespado.

«Soy una imitación barata de Carrie», piensa, como si eso fuera lo más importante ahora mismo.

Lleva toda la noche ahí, incluso le han dejado llamar a su amiga para avisarla del percal. Se frota los ojos, Kaos tampoco habrá pegado ojo esa noche. Ojalá le hubieran dejado solo dos minutos más para hablar con ella.

La espalda de Naia resbala por la silla. Es de plástico y comienza a dolerle el trasero. Para colmo, está sufriendo la peor resaca de su vida; tiene el estómago revuelto y la cabeza le va a explotar.

La inspectora se sienta frente a ella y le enseña dos fotos, le gusta ir al grano. En una aparece una chica de pelo castaño rizado y mirada altiva de ojos verdes: Alicia. En la otra, un chaval rubio de ojos oscuros: Aitor.

Al ver la foto de este último, los ojos de Naia se entornan en dos rendijas.

—¿De qué los conoces?

—De nada —responde.

—Alicia Velasco y Aitor Echenique, los que iban contigo en el coche hace unas horas. —Naia se encoge de hombros—. No te hagas la tonta, venga. Ya sabemos que has frecuentado la tienda de Alicia, y que a Aitor y a ti os han echado de una discoteca esta misma noche por estar peleándoos.

—Pero no tengo mucho trato con ellos.

La inspectora suspira sin creérselo. Se agacha y saca de un cajón un objeto que deja sobre la mesa. Nada más reconocerlo, Naia hierve de impotencia. Es el cuarzo irisado, metido en una bolsita de plástico. Ni siquiera le han limpiado la sangre.

—¿Esta piedra sí la reconoces?

—Tampoco.

La interrogadora saca una tercera foto. Un hombre pelirrojo de ojos azules, de unos cincuenta años.

—¿Y a Gorka lo conocías? Recibió ocho puñaladas con esto.

—Pero yo no fui —responde Naia educada.

—¿Insinúas que el muerto se mató a sí mismo?

—Sí, eso es.

La oficial necesita respirar hondo para poder pasar por alto su impertinencia. De todos modos, logra que se le borre cualquier atisbo de chulería cuando saca la última foto.

Una chica pecosa de cabello dorado y ojos castaños.

—Kaos no pinta nada en esto —aclara Naia antes de que la inspectora pueda hablar—. Dejadla en paz.

—Nekane Ochoa. Anoche estaba con Aitor y contigo de fiesta, en la discoteca de San Sebastián.

—Sí, pero ella se fue a las tres —admite. Un pequeño atisbo de sonrisa asoma en los labios de Naia al recordar lo perfecta que había sido la noche antes de torcerse todo.

—Sin embargo, Nekane debía de tener algún tipo de relación con el asesinado. El propio Gorka declaró en comisaría que esta chica le destrozó el coche con un hacha para luego prenderle fuego. No tardó en retirar la denuncia, lo que nos lleva a pensar que le estaban amenazando.

Naia se cruza de brazos y maldice en silencio la impulsividad de Kaos.

Se siente como si estuviera jugando al cinquillo; a su oponente le queda solo una carta y a ella media baraja.

—¿Tiene algo para la resaca? —es lo único que se le ocurre responder.

La inspectora pierde la paciencia y da un golpe en la mesa.

—Mira, chica, esta es tu única opción: confesar. Si confiesas se tendrá en cuenta a tu favor en el juicio.

Naia se recuesta en la silla. Lo único que espera es que Aitor también haya obedecido a Alicia y haya permanecido callado.

—Qué pena que no tenga nada que confesar —suspira finalmente.

La inspectora se inclina un poco sobre ella. Casi puede imaginarla lanzando la última carta y ganando la partida.

—Qué pena que te vayas a pudrir en la cárcel.

PARTE 1

EL AKELARRE

1

Getaria, 15 de noviembre de 1985
7 años antes del asesinato de Gorka

Nada más despertar, Triana sabe que está a punto de morir. Los músculos se le agarrotan, cuando abre la boca no logra hablar. Parece una parálisis del sueño, la diferencia es que conserva un mínimo de libertad para moverse. No tardará en perderla.

Ya comenzaba a creer que no iba a pasar, pero han llegado más lejos de lo que esperaba. Se pone en pie a trompicones y corre a la habitación de su hija. Abriéndose paso entre el desorden, acierta a coger un bolígrafo y el libro de brujería que le regaló por su cumpleaños.

«El akelarre irá a por ti», escribe en la primera hoja, justo antes de perder el control de sus actos y convertirse en una marioneta. Cierra el libro y sale del dormitorio. Baja las escaleras hasta la cocina, luchando sin éxito contra su propio cuerpo. Ahí está Naia, junto a la ventana, mirando algo por el telescopio. Si no recuerda mal, ayer dijo que Júpiter y Saturno se veían mejor estos días. La observa apuntar cosas en su libreta de teorías, sabe que es la última vez que la ve.

La adolescente se gira hacia ella y frunce el ceño.

—¿Estás bien, mamá?

Y, pese a que abre la boca para responder, Triana no emite ni una sílaba. Comienza a llorar en silencio mientras sus pies la dirigen a la entrada.

—¡Mamá! —insiste Naia asustada.

La mujer coge las llaves del coche y sale de la casa. Fuera, sentado en el banco, la espera el primer paciente del día: un hombre al que ayuda con su bipolaridad.

—¿Se adelanta la sesión de hoy, Triana? —le pregunta, y ella pasa de largo.

Naia sale corriendo por la puerta abierta.

—¡¿Pero qué haces, mamá, a dónde vas?! —No da crédito al ver como su madre camina descalza bajo la lluvia, en pijama—. ¡Hace frío, te va a dar un parraque! —insiste e intenta cogerla del brazo.

Triana se zafa y sigue caminando. Abre el coche y se mete dentro. El paciente observa la escena, se rasca la cabeza. ¿De verdad es él quien necesita terapia?

—¡Mamá! —lo intenta Naia por última vez golpeando la ventanilla—. ¡Háblame, por favor! ¿Qué te ocurre?

El vehículo arranca y sale disparado por la carretera, y la chica se queda ahí plantada con los pies metidos en un charco.

Triana aprieta los dientes y el acelerador. Quiere gritar, frenar en seco y buscar al hijo de puta que le está provocando esto. La tristeza anterior ha dado paso a la rabia, al odio. Lo mataría con sus propias manos si pudiera, lo incineraría vivo.

¿Qué va a ser de Naia ahora? ¿Cómo va a sobrevivir sin su madre una niña tan frágil? No sabe defenderse de los abusones del instituto, le dan empujones en la puerta y la encierran en los baños, como a las pringadas.

Y ahora está a punto de quedarse sin familia, porque sus abuelos y tíos de Sevilla no querrán verla ni en pintura. La echarían del barrio a patadas, tal y como hicieron con ella en su día. Terminará en el orfanato de Zarautz, seguro. Eso si el akelarre no la caza antes y corre peor suerte que ella.

Triana se muerde los labios. El mal fario ha acompañado a su pobre hija desde que nació. Desde que la obligaron a nacer, mejor dicho. Y es tan injusto…

La furiosa lluvia aporrea los cristales, entorpeciendo la visibilidad. Ha dejado el pueblo atrás, el paisaje que ahora se extiende tras las ventanillas son prados y caseríos.

La vegetación se va volviendo frondosa, y la carretera pasa a ser un camino de bosque. Triana no quiere preguntarse a dónde la dirigen. El sonido del agua le da la pista definitiva: el río Oria. Todo cuadra en su cabeza.

«Saray», es el nombre que le viene a la mente. «Ay, hermana, esto es por ti».

Parpadea para retener las lágrimas, aunque es inútil. Le empiezan a rodar por las mejillas como la lluvia por los cristales. No es momento de echarse las culpas, pero si no hubiera sacado a Saray de Sevilla nada de esto estaría sucediendo.

Al entrar en la curva ve a una mujer apoyada contra un árbol. Tiene el flequillo torcido y una sonrisa mellada, le falta un colmillo.

Triana intenta sacudirse al imaginar cómo salta sobre ella y le muerde con furia. Maldita Edurne…

«Rata», la maldice mentalmente.

Intenta con todas sus fuerzas girar el volante y atropellarla. Si muere, morirá matando. No lo consigue, sus músculos siguen agarrotados y el coche en la misma trayectoria.

Segundos después se estampa contra un árbol, el capó se arruga como si fuera de papel. El cuello de Triana cruje, se golpea la sien y muere al instante. La gasolina se esparce por el asfalto formando ríos siniestros. Un pequeño estallido se sucede y el vehículo se convierte en una hoguera.

—Mírate, al final has acabado como nuestras hermanas de la Edad Media. Qué mal te salen las cosas siempre, ¿eh? —comenta Edurne a una distancia prudencial. Cuando se asegura de que no habrá más explosiones, se acerca y abre la puerta. El cuerpo de la mujer comienza a chamuscarse, la extraordinaria melena negra se prende con facilidad—. *Agur*[1], Trianita… —suspira—. Nunca me caíste bien.

Luego le abre la boca, saca unas tenazas y le arranca una muela al cadáver.

☽

A kilómetros de allí, Naia sigue observando el camino de piedra por el que se ha marchado su madre. Una terrible premonición le retuerce las entrañas.

—Supongo que se suspende la sesión de hoy —dice el paciente, harto de esperar.

—Sí, vuelva mañana —suspira Naia entrando a casa.

Se para frente al teléfono, sin saber a quién llamar. ¿A la policía? No, no podrá decirles gran cosa. ¿Quién la va a tomar en serio si explica que su madre se ha ido en coche bajo su propia voluntad? ¿Cómo argumentará que algo malo sucede?

Niega con la cabeza, lo mejor será no alarmarse y empezar el día con normalidad. Abre una de las latas de cerveza que su madre suele desayunar y se la bebe en un par de tragos, se zampa un puñado de cereales, coge la mochila y sale de casa.

Cuando sube al autobús, va con el tiempo pegado al culo. Podría ir al instituto público, pero ella estudia en el liceo bilingüe más caro de la ciudad.

Debería seguir preguntándose el porqué de la actitud tan rara de su madre, pero su mente se dispersa y comienza a darle vueltas a lo que ha visto en el telescopio. Saca la sucia libreta de

---

[1] *Agur* significa 'adiós' en euskera.

teorías donde observaciones espaciales, hipótesis sobre fenómenos paranormales y todo tipo de datos se mezclan sin orden.

«¿De qué manera la conjunción de Júpiter y Saturno podría desmentir la constante de Hubble?», escribe, pero enseguida lo tacha. No, eso es una idiotez. Formula otra pregunta: «¿Por qué los astrólogos interpretan la conjunción como algo místico? ¿Puede el acercamiento de dos planetas generar un campo magnético que nos afecte?».

El autobús llega a San Sebastián antes de que encuentre la respuesta, y Naia se ve obligada a bajar al planeta Tierra. Al llegar a clase, la profesora la riñe frente a todos por llegar tarde, lo que arranca un par de sonrisas satisfechas entre sus compañeros. Naia se sienta en el último pupitre y esboza una mueca al descubrir que se ha vuelto a olvidar de hacer los deberes.

—Como iba diciendo —carraspea la docente—. Ayer alguien se coló en la sala de profesores y robó mil pesetas de la directora. Creemos que fue un alumno de primero de BUP, ¿lo hizo alguno de vosotros?

Al principio reina el silencio, pero los comentarios no se hacen esperar.

—Seguro que ha sido la friki de la gitana —cuchichea una chica.

—Son ladrones por naturaleza.

Naia se gira hacia ellos apretando los puños.

—¡No he robado nada! —se defiende—. Además, solo soy gitana por parte de madre.

La chica que tiene al lado suelta una carcajada.

—Con las pintas que llevas, tu padre debe de ser el conde Drácula.

Naia se encoge un poco para frotarse con disimulo el pintalabios negro.

—Ni siguiera lo conoce —añade leña al fuego otro chaval. Luego baja la voz para asegurarse de que no le oiga la profesora—: Seguro que su madre es puta.

Naia está temblando de rabia. Ojalá tuviera valor de agarrarles de los pelos y estamparles la cabeza contra la mesa. Por desgracia, sabe que solo hará lo de siempre: quedarse callada; como si el silencio fuera una buena defensa.

La profesora se decide a intervenir.

—¡Venga, no seáis crueles! No hay indicios de que haya sido Naia, acusar sin pruebas está feo.

La puerta de clase se abre, interrumpiéndola. Una mujer entra sin esperar a ser invitada.

—Buenos días. Soy Irene Poveda, de los servicios sociales —se presenta—. Busco a Naia Cortés.

Treinta cabezas se giran hacia la joven, que alza una mano, titubeante. La asistenta frunce los labios y toma aire por la nariz.

—Sal un momento. Tengo que hablar contigo, cariño.

«Cariño». Esa forma dulce de dirigirse a ella no puede augurar nada bueno.

Naia se levanta, todos la miran. Estira un poco sus medias de rejilla (que no forman parte del uniforme) antes de atravesar el aula y acompañar a la mujer.

La conduce a un despacho y le ofrece chuches, confirmando sus sospechas de que ha sucedido una tragedia. Cuando le cuenta que han encontrado a su madre muerta en la curva del río Oria, Naia no es capaz de llorar.

Entra en trance, no oye sus condolencias. Se apoya en el escritorio y deja escapar un gemido ahogado.

Después, se desmaya.

☽

El orfanato femenino Santa Clara parece el clímax de una película de terror. Desde luego, han sido unos días de pesadilla para Naia.

Hasta que no se vio en el tanatorio, con los asistentes sociales como única compañía, no se dio cuenta de lo solas que estaban su madre y ella. Igual nunca prestó atención a ese detalle porque siempre fue feliz así, ellas dos contra el mundo. Pero, mientras escuchaba las oraciones de consuelo del cura en el crematorio, y mientras lanzaba las cenizas al mar Cantábrico, echó de menos la compañía. Tener una familia… normal.

De ser así tendría a gente dispuesta a cuidarla y no estaría sentada frente a esa monja, la madre superiora Maitane, que da miedo solo de escuchar su nombre.

La religiosa analiza a la adolescente con dureza. Naia tiene el pelo teñido de gris, encrespado y chamuscado. Y lo peor de todo: un *piercing* colgando de la nariz.

—¿Tu madre te dejó ponerte ese aro de vaca? —le pregunta.

—Sí.

—Qué barbaridad.

—Cuando alguien quiere hacer algo, no sirve de nada prohibírselo —responde Naia—. A veces las leyes de la física se aplican a las personas: todo lo que se reprime tiende a explotar.

Se inclina hacia delante y cruza las manos sobre la mesa, como si quisiese iniciar un debate. La monja arquea una ceja, menuda cría tan rara.

—Quítatelo.

—¿Por qué?

—Porque sí.

Naia arruga las cejas contrariada.

—Eso no es un argumento.

La madre superiora extiende la mano hacia ella. «¿Y si me niego?», piensa la chica con rebeldía. Sin embargo, no se atreve a contradecirla. Se quita el *piercing* y lo deja sobre la huesuda palma.

—Te alojarás aquí —le dice Maitane—. Y te cuidaremos lo mejor que podamos.

—Gracias.

—Te he asignado el dormitorio 66, compartirás habitación con Nekane Ochoa.

La novicia joven, que está de pie junto al escritorio, abre mucho los ojos.

—¿Con Nekane, madre?

—Sí —zanja de mal humor.

—Con todo el respeto, no me parece buena idea que ninguna chica comparta habitación con… esa.

La madre superiora se pone en pie y arrastra a la monja a un rincón. Naia afina el oído para escuchar lo que dicen, pero solo acierta a comprender una frase:

—Si viene una inspección y ven que hemos aislado a una adolescente durante meses, nos podrían acusar de maltrato infantil.

Las dos religiosas regresan junto a ella esbozando sonrisas forzadas.

—Sí, compartirás dormitorio con Nekane.

—Vale.

—Venga, te presentaré a tus compañeras. Están todas en el comedor —dice la monja.

La conduce hasta allí del brazo, como si fuese ciega y no pudiese caminar sola. Naia mira la estancia con disgusto.

Hay desde niñas pequeñas a chicas de su edad, todas mezcladas en un enorme alboroto. En una esquina ve un televisor en blanco y negro y arruga la nariz. En casa hace años que tiene una tele a color en su habitación.

Cuando ven a la madre superiora, todas enmudecen de golpe.

—Atención, niñas. Esta es Naia Cortés, vuestra nueva compañera —anuncia—. Es gitanita, pero está bien educada. Podéis estar tranquilas.

Naia se gira a mirarla con horror. Pretendía mantener en secreto que es gitana, ya bastante había sufrido en el instituto por ello. Ahora le acaban de colgar el sambenito en el orfanato también.

Lo confirma cuando, al sentarse, tiene que soportar los primeros comentarios.

—¿Estás aquí porque han metido a tus padres en la cárcel? —pregunta una chica.

—¿Vivías en una chabola? —añade otra.

Naia clava la mirada en su plato y las ignora. Termina tan rápido como puede y las monjas vuelven a llamarla. Necesitan sacarle fotos y crear fichas con sus datos. Al acabar ya es casi de noche y Naia va a buscar la habitación 66. Es la última de todas, está apartada en el ala más sombría del orfanato.

Se detiene en la puerta al escuchar gritos en el interior.

—¡Capitana Kaos al despegue! —exclama una voz aguda. Tras una breve pausa, la chica modula la voz y la vuelve más grave—. ¡No es seguro, una lluvia de meteoritos atraviesa el cielo más allá de la atmósfera! —Una nueva pausa, después, otra vez la voz aguda—: ¡Correremos el riesgo! Abróchate el cinturón, Luke Skywalker.

Naia abre la puerta poco a poco, con timidez. Por cómo ha escuchado a las monjas hablar de ella, espera encontrar a una macarra con chupa de cuero y mala pinta. Sin embargo, no es nada de eso.

La chica, que está de espaldas a ella, tiene una larga melena de tirabuzones dorados que recuerda a una princesa Disney. A la princesa Aurora, en concreto. Lleva un enorme lazo negro y un camisón con volantes que debe de ser del año de la pera. A Naia se le pone la piel de gallina al percatarse de la cicatriz de una quemadura que le recorre el brazo izquierdo, tiene pinta de que fue muy dolorosa.

Nekane corretea por la habitación hasta llegar a una silla que ha adornado con papel de plata para que parezca una nave espacial. No se ha dado cuenta de que hay alguien detrás de ella.

—Iniciando la expedición en tres… dos… ¡uno! —exclama imitando el sonido de un despegue—. ¡Prepárate, Imperio!

Naia le echa una ojeada a la habitación, sin saber si debe interrumpirla o no. Todas las paredes están plagadas de dibujos del espacio: planetas, alienígenas y naves extraterrestres. Sonríe al ver un tablero de corcho colgado de la pared lleno de recortes de revistas conspiranoicas. Nekane parece recopilarlos como si quisiese crear una gran investigación sobre avistamientos UFO.

—¡Oh, no! —se lamenta Nekane—. ¡El Halcón Milenario se ha vuelto a calar!

Naia decide carraspear, la chica se gira con un sobresalto.

—¡Qué susto, joder! —chilla. Naia advierte que antes no estaba forzando la voz para que sonase más aguda, parece su timbre habitual—. ¿De dónde sales tú?

Es guapa, con unos enormes ojos castaños, gafas de metal y muchas pecas. Lo que más llama la atención de Naia es lo bien maquillada que va, con ese perfecto delineado en el párpado.

—Soy tu compañera de habitación —titubea.

Nekane pone los ojos en blanco.

—Qué putada, con lo bien que se estaba teniendo cuarto propio.

—No voy a molestarte.

—Eso espero. Como seas como las otras me pego un tiro.

—¿Las otras?

—Sí, ¡las putas subnormales de este orfanato! —exclama dando un golpe furioso a la nave espacial. Naia parpadea desconcertada—. ¡Las odio, las odio a todas! Sobre todo a las monjas, ¡son unas fascistas!

Se cruza de brazos, orgullosa de su insulto. Desde que oyó esa palabra en la tele le encanta usarla.

—¿Estabas ensayando una obra de teatro? —quiere saber Naia muerta de curiosidad.

Nekane baja de su nave espacial.

—Claro que no, tonta. Es un juego de rol. —Camina hacia su escritorio y le enseña a Naia unos libros de *Star Wars*, del estilo

«Elige tu aventura»—. Cojo los personajes e invento mis propias historias, es mucho más divertido.

Naia sabe que en los juegos de rol suelen participar más personas, supone que Nekane nunca ha encontrado a nadie con sus mismos gustos.

—¿Tienen estos libros en la biblioteca del orfanato? —le pregunta.

—Claro que no —repite bufando—. Me los trae Fabio.

—¿Y quién es Fabio? ¿Tu novio? —curiosea.

Nekane larga una sonora carcajada, como si hubiera dicho un chiste.

—Es mi mejor amigo. Tiene dieciocho años, toca la guitarra y conduce una furgo. Lo contrataron las monjas de repartidor hace poco.

Naia se sienta en la cama de la izquierda, sin saber qué responder a eso. Aún está cohibida.

—Y, por cierto, no me llames Nekane. Llámame Kaos.

—¿Por qué?

—Porque Nekane no me gusta y Kaos sí —responde arisca.

Naia quiere preguntarle si es porque es muy caótica, pero pasa el tiempo y no se decide.

Se pone a deshacer la maleta de cualquier modo, arrojando las cosas por aquí y por allá. Cuando se topa con el libro de brujería que le regaló su madre por su cumpleaños, siente ardor en los ojos.

—¡Qué bonito! —exclama Kaos—. ¿Me dejas verlo?

Naia niega con la cabeza y lo encierra en el último cajón de la mesita. Tiene que parpadear para no llorar.

—Era de mi madre.

—¿Para qué quería un libro de hechizos? ¿Era bruja?

Naia se encoge de hombros.

—Algo así, estaba muy metida en ese mundo —explica girándose hacia su compañera—. ¿Tú también?

Ella se apresura a negar con la cabeza.

—No me interesa tanto —es lo único que responde, pero Naia adivina que lo que ocurre es que se muere de miedo.

—Yo tengo un don, soy médium. Veo fantasmas —explica como quien dice que ve el fútbol.

Al escuchar esa palabra, Kaos se tensa.

—Pero no hay ninguno por aquí, ¿no?

—De momento no.

—Mejor si las monjas no se enteran —comenta mientras se retuerce las manos inquieta—. Dicen que son cosas del diablo.

—¿Y tú las crees?

—Me gusta pensar que todo lo que opinan las monjas es mentira —suspira y una sombra de temor empaña sus ojos. Por primera vez, ya no parece una tía dura—. Ojalá Dios no exista. Prefiero morir y que no haya nada antes que ir al infierno.

—¿Por qué piensas que irás al infierno? —replica Naia y ella se encoge de hombros.

Se nota que no le gusta hablar de eso. Respira hondo para despejarse y vuelve a parecer la misma de antes.

—En el pasillo comentaban que eres gitana —dice para cambiar de tema—. ¿Es verdad?

Naia le esquiva la mirada.

—Solo por parte de madre, ¿vas a juzgarme por eso?

—¿Y por qué iba a hacerlo? —resopla Kaos—. Yo también soy una apestada aquí.

—¿Tanta manía te tienen por ser un poco friki?

—Ojalá fuera eso. Es porque me gustan las chicas —responde para sorpresa de Naia—. Pero no vas a juzgarme por eso, ¿verdad? —añade imitando su voz.

La aludida sacude la cabeza, su compañera empieza a caerle bien.

—Brujas, marginadas y sin familia. Menudo currículum tenemos.

La mirada de Naia se desvía hacia el corcho de la pared. Se acerca para echarle un vistazo a los apuntes que hay clavados con chinchetas, pero Kaos se pone en pie de un salto y corre a ocultarlo con los brazos.

—¿Qué haces? —le espeta.

Ella alza las manos intimidada.

—Solo quería leer tu investigación.

—¿Para qué?

—Para contrastarla con la mía —farfulla.

La boca de Kaos se abre de par en par.

—¿Sabes algo de los *aliens*? —se ilusiona. Enseguida frunce el ceño y alza un dedo, amenazante—. ¡Cuéntamelo ahora mismo!

—Quiero encontrar una evidencia que desafíe la paradoja de Fermi —explica Naia—. Teniendo en cuenta estadísticas y probabilidades, debería haber, al menos, once planetas en la Vía Láctea con vida inteligente. No es lógico no haber encontrado señales de ninguno aún.

Los ojos de Kaos se llenan de estrellitas. Comienza a brincar enloquecida.

—¡Eres una científica! —chilla—. ¡Una científica de verdad!

—Aún no, solo tengo quince años —carraspea Naia—. Estudiaré para ser astrofísica. ¿Tú también?

Kaos deja de saltar. De repente su barbilla empieza a temblar.

—Yo quería ser astrofísica, pero las mates... —Se lleva una mano al pecho, como si le doliese. Cierra los ojos y suelta la gran confesión—: ¡No sé dividir!

Comienza a llorar desconsolada.

—Y, si no se te dan bien las mates... ¿qué harás? —le pregunta Naia sin saber cómo animarla.

Kaos se seca las lágrimas, su desconsuelo se evapora rápidamente.

—Hago muchas cosas —dice abriendo su armario. Primero saca un micrófono—. Sé cantar. —Guarda el micrófono y saca tubos de óleo y lienzos—. Sé pintar y dibujar. —Ahora extrae unos guantes de boxeo—. Hice boxeo, pero se me da muy mal. —Encuentra una máquina de coser y ovillos de lana, Naia alza las cejas con sorpresa—. Diseño de moda, punto y crochet. —Pesca con las manos un enorme estuche de maquillaje al final del armario. Se lo enseña con orgullo—. ¡Y en mis ratos libres quiero ser maquilladora profesional!

—Sí que son muchas cosas —balbucea Naia estupefacta.

Kaos le dirige una mirada cómplice y se arrodilla frente a un cajón. Lo abre y saca con cuidado una libreta roñosa, la trata como si fuera su mayor tesoro.

—Pero lo que de verdad voy a hacer, lo que más feliz me hará en el mundo… —suspira— es crear mi propio videojuego.

—¿Un videojuego? —se sorprende Naia—. ¿De qué tratará?

—¡Del espacio, claro! —responde Kaos como si fuese una obviedad—. Tengo muchas ideas. Demasiadas. Creo que tendrá como cien mil niveles. Mira, apunto todo lo que se me ocurre aquí —dice tendiéndole su cuaderno—. ¡Es mi libreta de teorías!

El corazón de Naia se acelera de la emoción. ¿Una libreta de teorías? Creía que ella era la única que tenía una.

Abre las tapas y pasa las páginas ansiosa. Casi tiembla de ilusión al ver un dibujo del agujero negro de la galaxia del Cúmulo de Fénix, es su favorito.

—El videojuego va de dos hermanas que son abducidas por los ovnis y tienen que escapar construyendo una nave espacial —le explica Kaos.

Naia se rasca el mentón pensativa.

—¿Por qué no tenerla ya construida y que los marcianos se la embarguen por romper un tratado Intercosmos? —propone.

Kaos da un saltito.

—¡Esa es una idea increíble! Y ahora tienen problemas porque le han declarado la guerra a la Tierra —se le ocurre sobre la marcha.

—¿Y qué armas utilizan?

Kaos pasa las páginas de su propia libreta. Hay algunos bocetos sucios.

—Son cañones que disparan energía —le dice a Naia.

—¿Y cómo se recargan? —quiere saber esta.

—En el interior de los planetas.

Naia niega con la cabeza poco convencida.

—Deberían recargarlas en las estrellas, son la gran fuente de energía nuclear del cosmos.

Kaos se apresura a apuntarlo.

—¡Creo que serán doscientos mil niveles!

—Tengo una duda —dice Naia—. ¿Por qué los alienígenas son malos? ¿Qué están buscando?

Kaos esboza una expresión soñadora.

—En el fondo, lo único que quieren los *aliens* es amor.

La burbuja de magia se rompe.

—¿Qué? —masculla Naia entre dientes.

Kaos se pone a la defensiva.

—¿No te gusta la idea?

—No tiene mucho sentido —responde Naia con toda su sinceridad—. ¿Montar una guerra intergaláctica por amor?

—¿No te parece el amor suficientemente importante? —pregunta Kaos frunciendo el ceño.

Naia se encoge de hombros.

—No.

Su compañera le arrebata la libreta de un tirón.

—¡Desalmada! —la acusa—. ¡Insensible!, ¡despiadada! Mis *aliens* quieren amor y familias bonitas, ¡por supuesto que montarán guerras para conseguirlo!

Naia abre la boca para decir algo, pero Kaos alza el mentón y se va del cuarto muy ofendida.

Las ocho de la tarde es la hora del baño en el orfanato. Las monjas le han dado a Naia un neceser y un albornoz rasposo.

La chica se incorpora a la larga fila, espera su turno mientras piensa en la teoría de cuerdas. Está tan absorta en sus pensamientos que no ve a una de las huérfanas acercarse.

—¡Tú, nueva! —le dice—. ¡Regálame tu albornoz!

Es alta y corpulenta, pero Naia intenta no amedrentarse.

—¿Por qué lo quieres? Tú tienes uno igual.

—Pero me gusta más el tuyo —replica la abusona quitándoselo a la fuerza.

Naia pierde el equilibrio y cae al suelo de rodillas. Al ver el panorama, un coro de niñas la rodea esbozando sonrisas burlonas.

—Es la gitana rara —dice una de ellas.

—¿Por qué tienes el pelo gris? —pregunta otra.

—Qué feo —opina la siguiente.

Naia se pone en pie y las fulmina con la mirada.

—Dejadme en paz —sisea recogiendo su neceser.

Intenta avanzar para volver a la cola, pero una de las chicas se le pone delante.

—Yo quiero que me des tu colonia —exige.

Se unen todas a la vez para forcejear contra Naia, sus ojos azules se llenan de lágrimas. Otra vez el nudo de impotencia en el estómago, como siempre. ¿Qué puede hacer ella sola contra esa manada de huérfanas?

En ese instante, una voz aguda se alza por encima del resto:

—¡Eh, panda de gilipollas! —Kaos aparece al final del pasillo, descalza y con el camisón antiguo. Parece una loca recién salida del psiquiátrico—. ¿Sabéis qué acabo de leer en el periódico? Han descubierto que el lesbianismo es contagioso —se inventa—. ¿Sabéis cómo se contagia?

El grupito de abusonas retrocede unos pasos antes de conocer la respuesta. Kaos camina hacia ellas sonriendo como una lunática.

—¡Con saliva! —exclama lanzándose hacia ellas.

De pronto reina el caos. Las niñas chillan e intentan huir, pero Kaos las alcanza como una leona y les propina mordiscos a diestro y siniestro. Naia observa con la boca abierta como incluso se atreve a arremeter contra la abusona corpulenta. Le hinca los dientes en el cuello, la chica aúlla de dolor y tira al suelo el albornoz robado al escapar.

«No parece loca, está loca de verdad», piensa Naia.

Todas las jóvenes terminan huyendo a sus habitaciones en estampida. ¿Cuánto tardarán las monjas en venir y llevarse a Kaos a la habitación de castigo?

Reina el silencio y Naia se da cuenta de que se ha quedado a solas con la loca. Tiene los tirabuzones revueltos, el lazo medio caído y las gafas torcidas. Parece increíble que, con lo bajita y flacucha que es, haya conseguido amedrentarlas a todas.

Clava sus ojos marrones en Naia y esta da un respingo. Corre hacia la puerta, pero Kaos la persigue y la derriba como si de un partido de rugby se tratase.

—¿Dónde ibas? —le pregunta con una sonrisa mientras la inmoviliza contra el suelo.

Naia valora la opción de pedir ayuda a gritos, pero se decanta por el diálogo:

—Siento haber dicho que el amor es una tontería, no me hagas daño, por favor —suplica.

Intenta incorporarse, pero Kaos la agarra de los hombros y la vuelve a empujar contra las baldosas.

—¡Pero si te estaba defendiendo, imbécil! —le dice.

Naia deja escapar una risa nerviosa.

—Qué bien, gracias —tartamudea—. ¿Puedes… puedes quitarte de encima? Me duele.

—¡Aún no! —responde Kaos con el ceño fruncido—. Vamos a negociar, luego te dejaré en libertad.

—Vale —se resigna Naia.

—Estas son las condiciones, atenta —gruñe—. Yo te defiendo de esas palurdas, y a cambio tú serás mi amiga.

Naia arquea una ceja.

—¿Ya está? ¿Solo quieres mi amistad?

—¡Esta amistad tiene condiciones! —replica—. Jugarás a rol conmigo, me contarás todo lo que sabes sobre el espacio y me ayudarás a investigar a los *aliens*.

Naia asiente con demasiada efusividad.

—Vale, perfecto —acepta asustada.

—¡Hay más! —ruge Kaos—. Todos los jueves nos escaparemos en la furgo de Fabio e iremos a los recreativos a jugar a los *Space Invaders*, ¿entendido?

—Entendido.

Kaos la suelta, Naia se apresura a ponerse en pie. Cuando ve a su compañera loca sacar una navaja, se tapa los ojos y espera el fin.

—Que no te voy a matar —la tranquiliza la rubia.

Naia se atreve a mirar lo que está haciendo. Kaos se hunde el filo en el dedo y se hace un pequeño corte.

—Hay que sellar la amistad con sangre —le explica tendiéndole la navaja—. Tranquila, no tengo sida. ¿Tú tienes sida?

—No creo —farfulla Naia haciéndose una herida en el dedo índice.

Sellan el pacto, Kaos tiembla de la emoción.

—Ya somos amigas —le dice.

Naia intenta sonreír, pero solo consigue esbozar una mueca aterrorizada.

—Mejores amigas.

Kaos chilla de alegría.

—¡Tengo una amiga! ¡Una amiga! —exclama brincando por el pasillo. Vuelve junto a Naia y le da un abrazo tan fuerte que está a punto de volver a tirarla al suelo—. No tengo amigas desde que vine aquí a los ocho años, ¡esto va a ser genial! Haremos miles de cosas, ¡tenemos que hacer una lista!

Comienza a enumerar un sinfín de planes, desde los más normales —como pintarse las uñas— hasta los más extraños —como confeccionar trajes de duquesa para palomas—.

Naia deja poco a poco de sentir miedo. Un cosquilleo la recorre por dentro, ella tampoco ha tenido amigas desde que empezó el instituto.

Lástima que la madre superiora irrumpa en el pasillo y ponga fin a la fiesta llevándose a Kaos a rastras.

Naia pasa el día siguiente a solas, las otras huérfanas no se atreven ni a mirarla. Kaos aparece en la habitación cuando ya es de noche.

Naia enciende la lamparita y mira a su nueva amiga, preocupada.

—Qué encierro tan largo —le dice.

Kaos sacude una mano en el aire.

—Bah, estoy acostumbrada. —Se deja caer en el colchón, su pequeño cuerpo rebota—. Esas fascistas no podrán conmigo.

Naia se queda callada, sin saber qué decir. No se le da bien sacar tema de conversación. Es Kaos quien lo hace.

—¿Cómo la han palmado tus padres? —le pregunta a bocajarro.

Naia traga saliva. Se tapa un poco con la colcha, como si tuviera frío.

—A mi padre nunca lo he visto —responde—. En cuanto a mi madre, la policía dice que se suicidó, que cogió el coche, se puso a ciento cuarenta por una carretera de montaña y se estampó en la curva del río Oria. Pero mi madre no tenía ningún motivo para hacer algo así.

—Igual la abdujeron y le lavaron el cerebro —valora Kaos—. O igual fue un accidente.

—Tampoco tiene sentido que marchara a esas horas, había un paciente esperando en la puerta. Y no se le había perdido nada en el río.

Los ojos azules de Naia se entornan. Hay algo que no cuadra, algo que quizá la policía ha sido incapaz de descubrir. Teme estar poniéndose paranoica, pero la única conclusión a la que puede llegar es que no fue ni un suicidio ni un accidente.

Así que solo queda la posibilidad de un asesinato.

2

1 de noviembre de 1992
2 semanas antes del asesinato de Gorka

La decisión que ha tomado Naia de cogerse vacaciones a mitad curso ha sido calificada por la decana como el colmo de la irresponsabilidad.

«¡Me da igual que seas una alumna brillante! —le ha dicho con esa molesta voz de pito—. Llegas tarde todos los días, se te olvida entregar los trabajos, vas por libre estudiando los temarios... ¡Y ahora coges en pleno noviembre y dices que te marchas una temporada!».

Naia sale de la Facultad de Física y Astronomía pensando en lo mal que le cae esa señora. Habría estado encantada de explicarle sus motivos, pero sabe que una persona tan corta de miras como ella nunca entenderá que antes de graduarse necesita resolver un crimen.

Aprieta el libro de hechizos que no abría desde que murió su madre. En él ha encontrado una nota escrita con la letra de Triana: «El akelarre irá a por ti».

¿Acaso necesita más pruebas para confirmar (tal y como pensó en su momento) que fue un asesinato? En el fondo nunca ha dejado de creerlo, pero con el transcurso de los años, a falta de indicios, tuvo que olvidar el tema y hacer como si se tragase la versión oficial. Tampoco disponía de ningún medio para investigar, era una adolescente encerrada en un orfanato. Hoy en día, con veintitrés años, se siente muy adulta y muy preparada. No tiene ningún plan, pero sacará cabos de los que tirar.

Sortea a varios de sus compañeros de facultad, todos vestidos con camisas formales y algunos hasta con corbata. Con su pelo gris recogido en dos moños, una camiseta de las gemelas de *El resplandor* (su peli favorita) y las medias de rejilla, se puede decir que Naia desentona con el entorno.

No tarda en llegar al piso de estudiantes que comparte con Kaos, un pequeño apartamento a las afueras de San Sebastián. A esas horas debe de estar vacío.

Introduce la llave en la cerradura y entra, la puerta está abierta.

—¿Kaos? —llama extrañada.

Escucha trajín por la cocina y se dirige hacia allí.

—¡Hostia, Naia, me has jodido la sorpresa! —protesta su amiga. Lleva el pelo recogido, se ha puesto un delantal de colores y tiene la cara manchada de harina. Se saca un pastel de detrás de la espalda y sonríe—. Bueno, qué más da. ¡Feliz cumpleaños!

—Gracias, Kaos —farfulla Naia sorprendida—. Aunque sabes que no me gusta el chocolate.

Esta deja escapar una risilla culpable.

—Lo sé, el pastel lo he hecho para mí. Tu regalo es este.

Se gira y agarra un paquete envuelto en papel lila. Naia rasga el envoltorio, ansiosa, y encuentra lo que parece ser un libro enorme. No, no es un libro, es una libreta.

—«Libreta de teorías de Kaos y Naia» —lee el título pintado con témperas en la portada. Ha dibujado el espacio lleno de estrellitas y planetas—. ¿Lo has hecho tú?

—¡Pues claro! —exclama orgullosa.

Al abrirlo, Naia descubre que su amiga ha recopilado todas las páginas de las libretas de hipótesis que tenían de adolescentes, incluyendo fotos viejas. Parpadea emocionada.

—Es precioso, Kaos —le dice.

Ella se rasca la nuca un poco avergonzada.

—Sé que no es muy caro, pero…

Naia le da un abrazo que la toma por sorpresa.

—¡Cállate! —la interrumpe.

—Quedan bastantes páginas libres —comenta Kaos por si no se había dado cuenta—. ¡Aún tenemos que desvelar muchos misterios del espacio! ¿Hacemos palomitas y me cuentas lo que has aprendido hoy?

Eso no ha cambiado en todos estos años. A Naia le gusta saber que cada día volverá al piso y Kaos estará esperándola con mil preguntas. Aunque las dos tienen más amigos, siempre terminan juntas, en su propio universo.

Sin embargo, no son los misterios del espacio los que tienen preocupada a Naia hoy.

—He dejado la uni de forma temporal —decide soltarlo de golpe y quitárselo de encima.

A Kaos casi se le cae el pastel de la mano.

—¡¿Qué?! ¡Pero si acabas de empezar el máster!

—Lo sé, espero volver pronto. Es que he encontrado algo importante. Lo escribió mi madre.

Se sienta en la mesa de la cocina. Abre el libro de hechizos frente a Kaos y le muestra la nota.

—«El akelarre irá a por ti» —lee ella en voz alta—. Hostia. ¿Y a qué akelarre se referirá?

Naia cierra el libro.

—Ni idea. Nunca he sabido de ninguno, pero aún debe de haber por Euskadi. Es tierra de brujas —medita—. Aunque eso no es lo importante.

—¿Y qué es?

—Que mi madre me dejó este mensaje porque sabía que la iban a matar. Lo que demuestra que no fue un accidente, y que estos podrían ser los asesinos —concluye abriéndose una lata de cerveza. Su compañera asiente pensativa—. Vuelvo al pueblo, a mi casa. A realizar el trabajo que la policía no hizo.

—¿Regresas a Getaria?

—Hoy mismo —asiente.

Kaos se levanta de la mesa y se quita el delantal.

—Vale —responde mientras se dirige a su habitación—. Pues vamos a hacer las maletas, ¿no?

Los labios de Naia forman una O.

—¿Qué? No, Kaos, me voy sola. Tienes los exámenes en un mes.

—Pues tendremos que resolverlo antes. —Sonríe—. Tranquila, estudiaré a última hora te acompañe o no.

Naia suspira, se da cuenta de que no puede hacer nada por detenerla.

Cuando Kaos acabó la EGB no sabía hacia dónde dirigir su vida, seguía dudando entre mil opciones. Empezó la carrera de Bellas Artes, la dejó para meterse a Informática, que también la abandonó para pasarse a diseño de videojuegos. Parece que esta última será la opción buena, se graduará el año que viene si no se arrepiente antes.

—Puede que sea peligroso —trata de advertirla Naia y le da un par de sorbos a la lata.

—Somos un equipo, ¿recuerdas? —le dice Kaos sujetándola por los hombros—. Si te tienes que enfrentar a un akelarre o a una panda de tarados, me vas a tener a tu lado.

El corazón de Naia se ablanda.

—Creo que estás un poco loca. Siempre lo he creído, en realidad.

Kaos empieza a meter cosas en la maleta.

—Y tú deberías dejar de desayunar cerveza. Venga, llama a Fabio y que traiga la furgo. Necesitaremos ayuda con la mudanza.

☽

La furgoneta de Fabio aparece veinte minutos más tarde de la hora acordada, pero eso no sorprende a nadie. Lo que sí es extraño es la actitud ausente con la que escucha a las chicas mientras se lo cuentan todo. No interrumpe, ni bromea, ni habla por los codos.

—¿Qué pasa? —decide preguntarle Naia.

—He dormido en este asiento. Mi *ama*[2] me echó anoche —se lamenta como un niño chico.

Kaos casi se atraganta con el pastel, lo está devorando desde que subió a la furgo.

—¡Hostia! ¿Y eso por qué?

Un mechón castaño cae por la frente de Fabio, el chico se lo aparta con un soplido.

—Dice que lo único que hago con mi vida es fumar porros, tocar la guitarra y dormir —suspira. Mira a Naia de reojo, con cara de circunstancias—. Tía, ¿tu casa de Getaria es grande?

Ella resopla por lo bajo.

—Tranquilo, Fabio, te puedes quedar.

Él le da las gracias con tanta efusividad que casi se salen de la carretera, pero el resto del camino transcurre sin incidentes. El monte de San Antón no tarda en aparecer por el horizonte. Está más bonito que nunca, bañado en niebla y teñido de naranja por el otoño.

Aparcan la furgoneta entre la montaña y el mar, y van andando hacia la casa. Es un chalet de dos plantas con un tejado rojo inclinado y lo único que se puede deducir al ver la fachada de piedra y las ventanas de madera es que es una típica construcción vasca.

Naia respira hondo y mete la llave en la cerradura. En el interior está lo que más teme, el motivo por el que lleva tantos años

---

[2] *Ama* significa 'mamá' en euskera.

sin volver: el vacío. Sin rastro de la alegría que inundaba cada rincón de la casa. La ausencia de su madre es tan rara que casi puede verla haciendo aerobic en el salón, con unas mayas feas y la radio alta, cantando una canción de Mecano que decía: «Allí me colé y en tu fiesta me planté».

Hace ocho años que no suena música en la casa, la han sustituido las telarañas. Sin importarle el polvo, Fabio se lanza al sofá.

—¡Pedazo televisor! —exclama mientras busca el mando.

Aprieta el botón, pero no sucede nada. Debieron de cortar la luz hace mucho.

«Vale, ya estoy aquí —piensa Naia rascándose el mentón—. ¿Y ahora qué?».

Quizá la prioridad sería ir a comprar comida, deshacer la maleta o encargarse de la luz y el gas; pero todas esas minucias pasan a un segundo plano cuando se le ocurre una idea. Ya sabe dónde recabar información sobre el supuesto akelarre.

—Kaos, no te quites la chaqueta —dice lanzando el equipaje a un rincón—. Y, Fabio, levántate. Nos vamos.

—Tía, relaja —protesta el chico, que ya ha comenzado a liarse un porro—. Me habéis hecho madrugar cosa mala, dejadme descansar.

—Si por ti fuera no te levantarías de ahí en todo el día —replica Kaos.

Naia solo conoce a una persona que pueda estar al tanto de las actividades de brujería que se cuecen en la zona: Nagore Arratia, la dueña de la tienda esotérica de Getaria. Ese es el destino.

Los tres amigos salen a la calle, y van girando cabezas a su paso. Como es tradición en los pueblos, no tardará en correrse la voz: la hija de la gitana ha vuelto, con un chaval que huele a marihuana y una rubia que habla a gritos.

A decir verdad, son un trío bastante pintoresco. Una amistad forjada a base de domingos perezosos, en los que Fabio tocaba la guitarra y Kaos y Naia hacían juegos de rol.

Doblan una esquina y el olor a incienso les indica que han llegado a su destino. Sin embargo, no es lo que Naia esperaba. ¿Tienda esotérica Velasco? Ese nombre es nuevo.

La puerta está cerrada, pese a estar la tienda abierta, y sobre ella cuelga un *eguzkilore*. A simple vista no es más que una flor seca, pero para los vascos significa mucho más. Según cuentan las viejas, la diosa Mari regaló a los humanos el *eguzkilore* para protegerlos de los malos espíritus. Es una flor tan hermosa que los monstruos la confunden con el sol y huyen despavoridos. Desde hace cientos de años, los vascos la cuelgan en sus casas para protegerse; al parecer, Nagore necesita proteger también su tienda.

Cuando Naia empuja la puerta y entra, ve que el *eguzkilore* no es, ni mucho menos, el único elemento protector que hay allí: ojos turcos por doquier, runas vikingas, una rama de romero e incluso una estampa de la Virgen. Sin duda, la dueña está paranoica.

El orden que impera en la tienda llega al punto de ser inquietante: filas de inciensos perfectamente alineadas, estantes sin una mota de polvo, mazos de tarot agrupados de cinco en cinco… Parece obra de un robot. Sin embargo, los lapiceros que reposan en el mostrador están mordisqueados hasta casi ser reducidos a astillas.

«Como una fuga de rabia en medio de la perfección», piensa Naia.

—Aquí no hay nadie —se impacienta Kaos, y una chica joven sale de la trastienda.

Naia se queda de piedra al verla. Alicia Velasco. La conoce del pueblo, pero también iban juntas al liceo bilingüe. Era tres años mayor, y siempre que la veía por los pasillos deseaba ser como ella: era miembro de honor del club de ajedrez y transmitía un aire de autoridad envidiable. Pese a ser una tía solitaria y oscura, todos la respetaban.

Fabio se queda mirándola obnubilado, es preciosa. Tiene el pelo corto muy rizado y los ojos verde oliva.

La propia Alicia lo saca de su ensoñación:

—¿Queréis algo o sois una nueva entrega de espantapájaros? —pregunta arisca.

—¡Eh! ¿A quién llamas espantapájaros, cateta? —exclama Kaos apretando los puños.

Naia le da un pisotón en el pie para obligarla a callar. Luego respira hondo y se acerca al mostrador.

—¿Dónde está Nagore Arratia? —decide preguntar.

—Muerta —responde Alicia sin rodeos, desconcertándola.

—Bueno, pues... igual tú también puedes responder a mis preguntas —tartamudea—. Soy Naia Cortés.

—Lo sé. —Comienza a ordenar los minerales del mostrador, sin mirarla a la cara. Parece que aún no están suficientemente bien alineados.

—Genial —dice Naia intentando disimular que le enorgullece que se acuerde de ella. Solo espera que no sea por aquella vez que al salir de clase la tiraron a un charco de barro. Alicia se da la vuelta para colocar unos péndulos en la estantería, esta vez en grupos de tres—. Mi madre fue asesinada, ¿sabes? No fue ningún accidente. Ni tampoco un suicidio.

El péndulo de amatista resbala de las manos de Alicia y se estrella contra el suelo. Se da la vuelta hacia Naia, de mal humor.

—¿Y por qué debería yo saber algo de eso?

—Porque la única pista que tengo es que la brujería estuvo relacionada con su muerte, y tú tienes una tienda esotérica. ¿Sabes de la existencia de algún akelarre en Gipuzkoa?

Alicia planta las manos en el mostrador.

—No conozco ninguno —responde a la defensiva—. ¿Vais a comprar algo?

Miente, Naia está segura, y no va a salir de allí hasta sonsacarle la verdad. Si hace falta dejará que Kaos haga el papel de poli mala, sabe que lo está deseando.

—Haz memoria —insiste.

—Si no vais a comprar nada, os agradecería que os fuerais y me dejarais trabajar.

Naia frunce el ceño, Alicia también, y se enzarzan en un duelo de miradas. Detrás de ellas, Kaos se muerde las uñas, ansiosa por intervenir, y Fabio mira a la tendera con una sonrisa tonta.

—Venga, chicas, no discutáis. Haya paz —interviene encontrando la excusa perfecta para acercarse. Luego se dirige solo a Alicia— Me llamo Fabio, ¿quieres venir con nosotros de birras?

—¿Qué? —Parpadea Naia perpleja.

Alicia lo dice todo al poner los ojos en blanco.

—Lo que me faltaba. Piérdete, anda —contesta.

Kaos se ríe de él por lo bajo y Fabio retrocede medio paso dolido.

En ese momento, la puerta se abre y entra un hombre de unos cincuenta años. Tiene el cabello pelirrojo oculto bajo una boina y unos llamativos ojos azules.

—¡*Kaixo*[3], Alicia! —saluda—. La calle entera apestaba a traición, fui siguiendo el tufo y me trajo hasta aquí. Qué cosas, ¿no? —Se ríe de su propia gracia.

Alicia está rígida como una tabla, le tiembla un poco el labio inferior.

—¿Quieres algo, Gorka?

—Palo santo y velas.

Alicia se apresura a sacar todo lo que le pide, y el tal Gorka le tiende cuatro billetes de cien pesetas.

—Quédate las vueltas. *Eskerrik asko*[4].

—De nada —responde Alicia apretando los dientes.

Antes de salir, Gorka echa un vistazo a los tres chicos.

—¿Sois nuevos en el pueblo?

—Fabio es de Zarautz y nosotras vivimos en la ciudad, pero Naia nació aquí —responde Kaos con inocencia.

---

[3]*Kaixo* significa 'hola' en euskera.

[4]*Eskerrik asko* significa 'gracias' en euskera.

Gorka observa a Naia con la boca abierta, pero no tarda en disimular su asombro. Ella entorna los ojos y mira a Alicia. Algo turbio pasa, no es difícil darse cuenta. Para colmo, Alicia entra a la trastienda, como si no quisiera presenciar lo que allí sucede.

—Nunca te había visto por Getaria, Naia —dice el hombre por fin.

Y ella no se atreve a responder.

—En todo caso, encantados de conocerte —sonríe Fabio tendiéndole la mano. Gorka se la estrecha.

Naia resopla por lo bajo, ¿por qué carajos confían en él?

—Supongo que aún no estáis integrados en el pueblo.

—¡Claro que no! Acabamos de llegar y todos nos miran como a bichos raros —protesta Kaos.

—¿Conocéis el Pub de Edurne?

Kaos se inclina hacia adelante, muy interesada.

—¿Dónde está?

—Algo apartado, en la linde del bosque. —Gorka recoge la bolsa con las velas y el incienso—. ¿Queréis venir esta noche? Voy a tocar allí con Aitor. Yo la batería y él el bajo.

Aitor. Lo dice como si alguno de los tres lo conociese.

Fabio y Kaos se ilusionan con la idea, parecen críos engatusados con caramelos. Solo Naia permanece de brazos cruzados, recostada sobre el mostrador.

—Nosotros también somos músicos —dice Fabio.

—¡Sí! Fabio toca la guitarra y yo canto —añade Kaos—. Aunque hago muchas más cosas: diseño videojuegos, pinto…

—Eso es genial, podríais tocar con nosotros esta noche —la interrumpe Gorka—. ¿Qué os parece?

Kaos da un pequeño salto en el sitio.

—¡Qué buena idea!

—Guay —asiente Fabio.

Y, al darse cuenta del silencio que sigue, ambos se giran hacia Naia, ansiosos.

Los pensamientos de la chica van a mil por hora analizando la situación. Un tipo sospechosamente amistoso en una tienda esotérica, una tensión notable entre él y Alicia y el punto más importante: es muy probable que el individuo esté relacionado con la brujería.

¿Qué demonios hace sino en esa tienda? ¿Quiere acaso usar esas velas para adornar su casa?

—Va, Naia, hostia —la presiona Kaos—. ¿No quieres venir?

Ella alza la cabeza y fuerza una sonrisa.

—Me parece bien. Quedamos esta noche en el *pub*.

Fabio y Kaos celebran su decisión, pero ella aprieta los labios. Si Alicia no se digna a contarle nada, ese tal Gorka es el siguiente hilo que puede llevarla hasta los asesinos.

3

—¡Todas las estrellas han empezado como nosotros! —exclama Kaos dándole un mordisco al bocadillo de chistorra que ha comprado en el bar—. Los Beatles, por ejemplo, ¿no tocaban también en *pubs*?

Fabio se repanchiga en el sofá y apoya los pies en la polvorienta mesa.

—Está noche iniciamos nuestra carrera en el *pub* de la tal Edurne, y el año que viene ya nos veo como teloneros de Loquillo. ¿Te imaginas que Gorka lo conoce y…?

—¡Dios, Fabio, sería genial! —se ilusiona Kaos—. Piénsalo, si me hago famosa me será mucho más fácil vender mi videojuego. ¡Podría conocer a alguna productora y que sacasen una serie también! ¿Y si me apunto a un curso de guion?

—Primero —interrumpe Naia tragándose el último bocado de su sándwich vegetal—. El sofá está lleno de mierda, no sé cómo no te da asco, Fabio. Segundo, Gorka es un potencial sospechoso, dejad de hablar de él como si fuera un mánager.

—No seas aguafiestas —replica Kaos—. A mí me cae bien.

Naia quiere responder que los asesinos pueden ser simpáticos, que no son como los malos de las películas y no les brilla el ojo como a Transfer de *Willy Fog*, pero se calla porque sabe que el debate no llegará a ninguna parte.

Kaos ha encontrado un hacha en el jardín junto a una pila de leña carcomida. Ha dedicado la tarde entera a limpiarle el óxido y pintar el filo de color rosa.

—¡Que se atrevan ahora a venir a por nosotras esos tontos del akelarre! —exclama dibujando un corazón y una «K» en el metal—. ¡Que vengan con la cara descubierta!

—Guárdala bien para cuando los encontremos —bromea Naia.

Ya ha empezado a oscurecer, tienen que iluminar la casa con velas. Eso le recuerda que tiene que pagar a Iberdrola, pero no tarda en volvérsele a olvidar.

Fabio sale a fumarse un porro y las chicas suben a la habitación de Naia. Sigue todo igual que cuando tenía quince años: fotos de sus científicos favoritos, pósteres de nebulosas y varios diplomas de los concursos de matemáticas que ganó en la escuela. En una estantería hay un cuadernillo de sudokus junto al pequeño televisor de principios de los ochenta. La tira de luces del árbol de Navidad continúa enroscada en el cabecero de la cama, enredada con algunas fotos de su viaje a Londres. El último que hizo con su madre.

—Mola tu cuarto —dice Kaos—. El mío estaba decorado al gusto de mi hermana, porque era la mayor. Compartíamos dormitorio.

—Hablando de compartir, ahora que se nos ha unido Fabio tendrás que compartir habitación conmigo otra vez —comenta Naia sentándose a su lado—. Será como volver al orfanato.

Kaos se pone algo nerviosa.

—Pero solo hay una cama.

—Sí, ¿pasa algo? —pregunta Naia.

—¡No! —se apresura a responder esperando que con la falta de luz no se note que se ha puesto roja. Decide cambiar de tema—: ¿Tienes maquillaje?

Naia responde abriendo el cajón del tocador. Todavía siguen ahí las pinturas que usaba de adolescente. Aunque no es problema, su estilo no ha cambiado mucho, lo único notable es que se ha vuelto a hacer el *septum* y, de paso, unos cuantos tatuajes: cinturones de asteroides, agujeros negros, átomos y fórmulas matemáticas. Lleva a Saturno dibujado bajo el pecho, la luna en un hombro y el sol en el otro, Júpiter en el muslo, Urano sobre la rodilla, Plutón en la muñeca y Neptuno en el tobillo.

Kaos, por el contrario, ya no se viste como Ana la de Tejas Verdes. Desde que salió del orfanato ha ido acumulando una enorme colección de sudaderas de *Star Wars*.

Naia la observa pintarse la raya del ojo con un pulso impecable. Intenta imitarla, pero, como siempre, termina haciéndose un destrozo.

—Trae, anda —ríe Kaos mientras le limpia el párpado—. Yo te la hago.

Se inclina hacia ella, lápiz de ojos en mano, y su corazón se estremece, están tan cerca que puede sentir su respiración. Naia deja que la maquille, y Kaos no puede evitar pensar en lo bonitos que son sus iris celestes. Le recuerdan al río Oria en invierno, cuando está soleado y las aguas reflejan el cielo.

—Perfecta —le dice al terminar.

Se reúnen con Fabio (que ya lleva la guitarra colgada al hombro) en el portal y emprenden el camino al Pub de Edurne. Está más lejos de lo que imaginaban, fuera del pueblo. Las instrucciones de Gorka los conducen por un embarrado camino del bosque. Pese a haber luna llena, la oscuridad gana terreno y una niebla blanquecina empieza a levantarse entre los árboles, entorpeciéndoles aún más la visibilidad.

—Si nos secuestrasen aquí, nadie se enteraría —bromea Fabio—. ¿Os imagináis que Naia tiene razón y Gorka es un asesino?

Ninguna carcajada sigue a su pregunta.

—Igual se equivocó con las indicaciones y no es por aquí —tirita Kaos y se abrocha la chaqueta. Se gira a mirar atrás cada dos pasos—. ¿Por qué no volvemos?

Conforme termina de decirlo ven una luz al final del camino. A medida que se acercan, llega a ellos olor a alcohol.

No es un local, sino un caserío de dos plantas. El bajo es el *pub*, y a juzgar por los geranios y las cortinas, arriba vive alguien. Cerca de la entrada hay un corral con un solo animal: una cabra negra. Kaos observa sus largos cuernos y traga saliva.

—Naia... —susurra—. Las brujas utilizaban a los machos cabríos en sus akelarres, ¿no? Ya sabes, como en el cuadro de Goya.

Tiene razón, en la mitología vasca los machos cabríos negros representan a un espíritu llamado Akerbeltz, este tiene una cara benévola y otra oscura. Cuando está de buenas, cuida a los animales; cuando está de malas, preside los akelarres.

Para los cristianos, este macho cabrío no es ni más ni menos que el diablo.

—Si vamos a ponernos así, antes que un brujo prefiero pensar que Gorka es el representante secreto de Loquillo. —Fabio empuja la puerta y entra en el *pub*—. No os rayéis, Euskadi es rural. ¡Cualquiera tiene cabras!

Sus amigas no le siguen, así que la puerta vuelve a cerrarse tras él. Naia lee por primera vez la inscripción que reza sobre la madera, colgando al lado del *eguzkilore*: «Pub de Edurne. Desde 1964».

—Algo aquí no cuadra —le dice a Kaos—. He pasado la mayor parte de mi vida en Getaria sin oír hablar de este sitio, no es popular. ¿Cómo puede entonces llevar casi tres décadas abierto?

—Es como si hubiera existido en una dimensión paralela —fantasea Kaos.

—Una vez vi un documental en La 2 sobre negocios tapadera —recuerda Naia—. Los usan mafiosos para blanquear dinero.

Kaos está pálida como la luna, pero toma aire y se obliga a armarse de valor.

—Bueno, ahora ya hemos llegado hasta aquí. Sería de cobardes volver atrás. O quizá no es de tan cobardes y suena a buena idea —titubea.

—La nota decía: «El akelarre irá a por ti» —replica Naia pensativa. Se siente perdida, ya no sabe hacia qué dirección tirar—. ¿Y si son ellos los que nos están dando caza a nosotras?

En ese momento la puerta se abre y Gorka se asoma tras ella.

—Ah, aquí estáis —sonríe—. Vuestro amigo ya está dentro, ¿ocurre algo?

—Habíamos ido a mear —improvisa Kaos. Naia se frota un ojo abochornada.

—Venga, pasad, que hace frío.

Naia le dirige una mirada preocupada a Kaos, sabe que no hay marcha atrás. Están encerradas en el *pub* como la cabra en el corral.

No obstante, al entrar se disipa parte de la tensión. Es un sitio cálido, más parecido a una cabaña de esquí que al zulo de secuestradores que ambas imaginaban. Que haya unos cuantos clientes les da seguridad.

Encuentran guiños políticos por todas partes, como si la dueña quisiera presumir de sus ideas: una enorme ikurriña colgando del techo, frases de apoyo a los presos de ETA: «Euskal presoak Euskal Herrira», etc. Naia localiza también una réplica del cuadro de Goya al que Kaos ha hecho referencia antes y se le vuelven a poner los pelos de punta.

Al lado del lienzo hay un estrado donde apenas cabe la batería. Fabio está allí, afinando las cuerdas de su guitarra mientras conversa con otro chico, que carga un bajo. A Naia le recuerda a Kurt Cobain por el pelo, y se queda prendada de lo guapo que es.

«Mierda —piensa olvidándose del cuadro y de la cabra—. Y yo aquí hecha un desastre».

Se manosea el pelo mojado de lluvia; si de normal ya lo tiene encrespado, no quiere ni ver cómo estará ahora. Se pasa la lengua por los dientes para asegurarse de que no le quedan rastros del pintalabios negro.

El Kurt Cobain vasco se gira hacia ella, provocando que agache la cabeza. La mira de arriba abajo, y luego a Kaos.

«Se acabó —piensa Naia—. Está comparándome con ella».

—¡Por fin entráis! —exclama Fabio—. Chicas, este es Aitor.

El bajista que mencionó Gorka en la tienda de Alicia. Por algún motivo, en aquel momento se imaginó a un cuarentón.

—Aitor Echenique —se presenta el rubio. No sonríe pero parece amistoso—. ¿Y vosotras sois…?

—Nekane, pero llámame Kaos. —Le tiende la mano con energía—. Soy la que canta.

—¿Por qué no te gusta que te llamen Nekane? —se interesa Aitor.

Naia junta las manos en el regazo, se siente invisible.

—¡Por el significado, obvio! En castellano es Dolores, y yo en mi vida quiero de todo menos dolor.

—¿Y por qué Kaos? ¿Eres caótica?

—Ya lo descubrirás cuando me conozcas —bromea dándole un golpecito en el hombro.

Aitor sonríe por primera vez y Naia carraspea.

—Yo soy Naia, la… espectadora.

El chico vuelve a mirarla.

—Encantado —responde apretándole la mano. Tiene los ojos del mismo color oscuro que la tierra mojada de los geranios.

Gorka bate palmas mientras sube al estrado.

—¿Empezamos o qué? —Se sienta frente a la batería—. ¿Alguna de Kortatu para ir calentando?

Tocan *Mierda de ciudad*, *El último ska* y *Nicaragua sandinista*, ante un público escaso pero emotivo. No suenan mal. Es un concierto bastante breve porque Gorka se pone en pie.

—Me vais a disculpar, pero creo que me subo a casa. Ya no soy un chaval —se excusa y aparta las baquetas. Naia asume que es él quien vive en el piso de arriba—. Vosotros quedaos por aquí un rato más, ¡Edurne os invitará a algo!

Lanza un guiño hacia la barra y Naia ve por primera vez a la dueña. Es de la misma edad que Gorka. Tres dedos de canas brotan de su cabeza antes de llegar al tinte negro y un flequillo torcido le adorna la frente.

—¡Qué confianzas te tomas, cabrón! —ríe enseñando los dientes. Le falta un colmillo.

Gorka desaparece por la puerta de servicio, y Fabio y Kaos empiezan a conversar sobre comprar un amplificador nuevo. Parecen despreocupados, y es normal, pues no parece haber ningún peligro. Sin embargo, Naia no puede bajar la guardia. Sus sentidos la ponen en alerta, como si alguien fuese a atacarla en cualquier momento. El ambiente del *pub* se vuelve cada vez más asfixiante.

—¿Vienes a la barra? —dice Aitor a sus espaldas y ella se sobresalta—. No sé tú, pero yo no quiero desaprovechar la invitación de Gorka.

Naia se gira hacia él con el corazón desbocado, se siente idiota por haberse asustado así.

—Oh, vale. Me parece bien —farfulla, su voz suena más aguda de lo normal por los nervios.

Se sientan en los taburetes, a solas. Naia no se lo puede creer, ¿acaso está mostrando interés en ella? No, no; la pregunta es: ¿acaso está mostrando interés en ella teniendo a Kaos a unos metros de él?

Cuando iban juntas a los recreativos de Zarautz, todos los chicos que se les acercaban le hablaban a Kaos e ignoraban a

Naia. Solo intentaban entrarle después de ver que con la otra no tendrían posibilidades. Siempre el segundo plato.

¿Quizá porque Kaos es extrovertida? ¿Porque no agacha la cabeza? ¿O simplemente porque es guapa y lo sabe?

Nunca ha dado con la respuesta —seguramente sean las tres—, pero ¿qué más da eso ahora? El chico más atractivo del *pub* se ha interesado en ella.

Comienza a pensar en formas de conectar con él, sopesando opciones a la velocidad de la luz.

—¿Intercambiamos números? —le propone finalmente.

—En mi casa no tenemos teléfono —responde el rubio. Naia se pregunta quién no tiene línea telefónica a esas alturas—. Si quieres te apunto mi dirección, por si algún día me quieres enviar una carta.

Naia piensa que no lo dice en serio, pero él coge un boli de la barra y le anota una dirección en el antebrazo, justo debajo de Plutón.

—¿Vives en San Sebastián? —indaga la chica.

—Sí, suelo venir aquí en coche. ¿Qué quieres pedir? —pregunta Aitor.

Naia no se piensa la respuesta:

—Tequila con limón.

Él alza un poco las cejas, como si no esperase esa respuesta.

—Pues que sean dos. ¡Edurne!

La mujer aparece junto a ellos y saca una botella. Les llena dos vasitos.

—Gorka me ha dicho que os conoció en la tienda de la traidora —comenta Aitor.

No es la primera vez que Naia escucha que llaman así a Alicia. Si no recuerda mal, Gorka también dijo algo de traición.

—¿Y a quién ha traicionado, si se puede saber? —indaga.

Aitor se bebe el tequila de un trago y Naia lo imita. El alcohol le atraviesa la garganta y le quema el pecho. Le encanta la sensación.

—La gente de su calaña traiciona a quien sea —explica el chico—. En todas partes hay dos tipos de personas, siempre dos: los que tienen valores y los que venden sus principios; los que le ceden el asiento al anciano del bus y los que ponen el bolso al lado; los que entran al incendio a rescatar al gatito y los que solo se salvan el culo a sí mismos. Alicia siempre es de los segundos.

—Entiendo —responde Naia.

—Antes de ser una traidora tampoco me caía bien —prosigue Aitor—. Todos tenemos auras de colores que reflejan nuestra esencia, y su aura es marrón. El color de las personas egoístas.

Los ojos de Naia se redondean, procesando la información.

—¿Puedes ver auras?

—Sí —responde con naturalidad mientras hace rodar el vaso entre los dedos—. Me cuentan mucho sobre los demás. La de tu amiga es naranja, seguro que tiene demasiada energía. Y la de tu amigo es rosa; debe de ser tranquilo, pero también infantil.

Ha acertado y apenas los conoce, Naia empieza a tomarle en serio. Debería investigar más sobre auras al llegar a casa, seguro que encuentra teorías intrigantes.

«¿Serán hondas lumínicas invisibles para la mayoría de humanos?», se pregunta justo antes de darse cuenta de que se ha quedado empanada. Se apresura a centrar de nuevo su atención en Aitor.

—¿De qué color es la mía? —quiere saber inclinándose un poco hacia él.

—Negra.

Un escalofrío sacude a Naia de pies a cabeza. El negro es su color favorito, pero como aura no le suena muy bien.

—¿Y eso qué significa? —se atreve a preguntar—. ¿Es malo?

—El aura negra siempre es mala —suspira Aitor—. Puede significar que vas a morir pronto o que estás maldita. Igual te han practicado brujería.

Naia se aparta, nerviosa, busca motivos para no creerle. ¿Cómo puede saber que no se lo está inventando para hacerse el interesante?

La mención a la brujería le da una pista. Sus manos comienzan a temblar, su percepción de Aitor cambia.

Fabio y Kaos aparecen junto a ellos en la barra.

—¿De qué habláis? —se interesa Kaos.

—Esperad, yo tengo que salir un momento —anuncia Fabio mirando a Aitor.

—Sí, y yo —responde el otro—. Ahora volvemos.

Kaos y Naia fruncen el ceño, pero antes de que puedan preguntar a dónde van ya se han escabullido.

—Algo traman —dice Kaos.

—Sí, y los vamos a seguir. —Se levanta del taburete—. Luego te lo explico todo, lo importante ahora es no perder de vista a Aitor.

Se dirigen a la entrada, pero una sonriente Edurne les corta el paso.

—¿Ya os vais, chicas?

Naia comienza a temer por su vida.

—Sí, tenemos sueño —improvisa Kaos—. Nos lo hemos pasado muy bien y nos caéis genial, volveremos.

Naia echa un vistazo a su alrededor. El resto de clientes se han marchado, solo queda otra mujer que no les quita el ojo de encima.

—Pero si aún tenemos mucho de qué hablar —insiste Edurne acercándose un paso a ellas. Las chicas retroceden—. ¿Por qué no nos sentamos?

—No nos apetece —interviene Naia mientras busca de reojo salidas alternativas. No hay ninguna, las ventanas tienen barrotes.

—De acuerdo, ¡seré breve! —cede Edurne, alzando las palmas de las manos—. Supongo que os interesa la brujería, ¿qué haríais si no en la tienda esotérica de Alicia? —Naia y Kaos se acercan hasta que sus hombros chocan, están aterradas—. Y ahí va mi propuesta: que os unáis a nuestro akelarre.

Naia ha imaginado mil escenarios donde desenmascaraba a los asesinos de su madre, pero nunca, jamás, habría pensado que estos se presentasen ante ella para… ¿hacerle una invitación?

Kaos está igual de atónita.

—No nos interesa —acierta a responder.

Naia frunce el ceño y suelta la única pregunta que le ronda por la cabeza:

—¿Qué hicisteis con Triana Cortés?

—No conozco a ninguna Triana. —Edurne se mete la mano en el bolsillo de su delantal—. ¿Queréis uniros a nuestro akelarre o no?

Kaos pierde la paciencia.

—¡Que no nos interesa, hostia! ¡Quita de la puerta y déjanos salir!

La única mujer que queda en el *pub* se levanta de la mesa y se coloca tras ellas. Naia se pregunta, de nuevo, dónde demonios han ido Fabio y Aitor.

La expresión de Edurne cambia, ya no parece amistosa. Agarra a Kaos con fuerza, la inmoviliza con el brazo y saca la mano del bolsillo. Lleva una pistola.

Ambas chicas gritan.

—Siempre se tienen que hacer las cosas por las malas en este país —se queja apretando el cañón contra los tirabuzones de Kaos. La chica jadea y mira a Naia con los ojos muy abiertos—. ¿Ya tenéis más ganas de entrar al akelarre?

—¡Suéltala! —exclama Naia. Unos puntitos de luz comienzan a cruzar por su campo de visón—. ¡Baja el arma!

La pistola y Kaos, Kaos y la pistola. Esto no puede salir bien.

—Quiero una respuesta —insiste Edurne. Kaos empieza a sollozar. La tabernera retira el seguro con un chasquido y ambas vuelven a chillar—. Me aburro de esperar.

Kaos cierra los ojos con tanta fuerza que decenas de arrugas rodean sus párpados.

—Yo sí quiero entrar —balbucea—. ¡Suéltame, me haré miembro de honor!

Edurne resopla zarandeándola un poco.

—Bonita, tú no eres la que nos interesa.

Naia traga saliva cuando Edurne la atraviesa con la mirada. Su hipótesis era cierta: no estaban cazando al akelarre, el akelarre las ha cazado a ellas.

Sus rodillas van a ceder en cualquier momento.

—Vale, yo también entro.

Cree que después de eso Edurne dejará a Kaos en paz, pero no es así. Sin soltar a su presa, la mujer llama a la de detrás.

—¡Miren!

Esta se acerca con dos pequeños botes de vidrio. Han escrito sus nombres en los tapones de corcho: «Naia Cortés» y «Nekane Ochoa».

—¿Qué es eso? —se atreve a preguntar Naia, pero no obtiene respuesta.

La tal Miren saca unas tijeras y le corta un mechón de pelo gris para meterlo en el primer bote. Hace lo mismo con Kaos.

Edurne guarda la pistola y suelta a la chica de un empujón, quien corre a abrazar a su amiga.

—Es un seguro para que no nos traicionéis. Mientras tengamos vuestro pelo podremos embrujaros cuando queramos. De vosotras depende que lo hagamos o no —explica Edurne—. No creo que haga falta explicaros que no es buena idea que contactéis con la poli. —Junta las manos en el vientre sonriendo de nuevo—. Y, después de este tenso comienzo, solo nos queda daros la bienvenida.

4

Sacan a empujones a Naia y Kaos del *pub* hasta llegar al corral donde la cabra duerme. Edurne la despierta para que se una al grupo tirándole de los cuernos y avanzan todas juntas por el bosque.

La cabra roza la pierna de Kaos, y el mentón de la chica comienza a temblar.

—Se lo han cargado, tía. Aitor ha sacado a Fabio del *pub* para matarlo —le dice a Naia—. No lo volveremos a ver.

Una imagen de Aitor pegándole un tiro a su amigo cruza por la mente de Naia y el aire se estanca en sus pulmones. Visualiza el agujero en el cráneo y la sangre disolviéndose con la lluvia, manchando la hierba…

«Ay, Naia, de verdad», se regaña a sí misma y reprime un escalofrío.

Cuando llegan al prado, la fina llovizna ya es casi un torrencial. En la ladera de la montaña se hunde una pequeña cueva, iluminada por una hoguera. Gorka emerge del interior para darles la bienvenida, y la boca de Naia se abre de sorpresa. Los ha engañado como a idiotas, estaba todo planificado.

La jugada le ha salido tan mal que se siente patética, debería dejar de creerse tan lista. Se reúnen en torno al fuego, atan a la cabra a una roca y Gorka se sienta a su lado como si de un trono se tratase.

«Él es quien preside las celebraciones —adivina Naia. Luego su mirada se desvía hacia Edurne—. Aunque algo me dice que la cabeza pensante es ella».

Se escucha un chapoteo en la entrada de la cueva. Naia se gira y ve a Aitor empapado. Se une a ellos en silencio.

Las dos chicas miran hacia atrás, esperan ver aparecer a Fabio en cualquier momento, pero en el prado solo hay oscuridad.

Kaos no puede soportarlo más.

—¡¿Qué has hecho con Fab?! —le grita temblando de rabia al rubio. Se arrepiente de haber dejado el hacha en casa.

Quiere abalanzarse sobre él y pegarle un puñetazo, pero Naia la agarra de la muñeca. Mira a los ojos de Kaos y niega con la cabeza, la obliga a recordar los frascos con su pelo y la pistola en el bolsillo de Edurne.

—Ya estamos todos, puede comenzar la celebración —anuncia Gorka poniéndose en pie como un cura en misa—. Hoy damos la bienvenida a dos nuevas *sorginak*[5]: Naia y Nekane. Levantaos, hermanas. —Naia y Kaos no tienen otra que obedecer—. ¿Juráis ser fieles al akelarre de ahora en adelante?

Silencio. Edurne les lanza una mirada y no tardan en carraspear.

—Sí, lo juramos —responden al unísono entre dientes.

—¿Juráis rendir culto a la diosa Mari, a su consorte Maju y al resto de seres de la mitología vasca?

—Sí, lo juramos.

—¿Juráis acudir a las celebraciones cada sábado y reuniros conmigo cuando así lo solicite?

—Sí, lo juramos.

Gorka vuelve a sentarse junto a la cabra.

---

[5]*Sorginak* significa 'brujas' en euskera.

—Por último, he de advertiros —ya empiezan las amenazas— de que cualquier acto de deslealtad al akelarre será considerado como alta traición. Seríais expulsadas y se tomarían medidas al respecto.

Naia siente unos irrefrenables deseos de portarse mal para que la expulsen, pero luego piensa en Alicia y en su tienda llena de elementos protectores. Le pareció una paranoica, pero comienza a entenderlo todo; quizá es mejor ser parte del akelarre que ser una traidora, esas «medidas al respecto» no suenan muy bien.

Una idea asalta su mente, ¿sería su madre una traidora? ¿La mataron por eso? En ese caso, ¿por qué no matan a Alicia también?

—Os damos la bienvenida al akelarre —dice entonces Gorka sacándola de sus pensamientos—. Puede empezar la ceremonia.

Naia imagina sacrificios o rituales oscuros, pero se lleva una sorpresa: Gorka, Edurne, Aitor y Miren se ponen a danzar alrededor de la cabra, y las obligan a unirse a ellos. Kaos y Naia intentan seguirles el ritmo sin mucho éxito, están demasiado nerviosas.

Luego, todos menos ellas realizan ofrendas al animal (al que, efectivamente, llaman Akerbeltz). Frutas, trigo, incienso y vino se acumula entre sus pezuñas y la cabra lo agradece mordisqueando las espigas.

Por suerte, poco después el ritual se da por finalizado. Todos comienzan a dispersarse, pero las chicas no pueden dejar marchar a uno de ellos.

—¡Fabio! ¿Dónde está? —le grita Kaos a Aitor cogiéndolo del brazo.

El rubio se suelta de un estirón. Le devuelve la mirada a Kaos y se gira hacia Naia, que se encoge como si fuera desnuda.

—Por allí —les dice señalando un estrecho camino que se pierde entre los árboles.

Naia y Kaos no pierden tiempo con más preguntas. Atraviesan el prado corriendo, saltan los charcos y se adentran por el sendero.

—¡Fabio! —comienza a llamarlo Naia. Su respiración se vuelve errática, teme encontrar el cadáver en cualquier rincón—. ¡Fabio! ¿Dónde estás?

—¡Somos nosotras! —grita Kaos.

Y entonces…

—¿Chicas?

Ambas sueltan una exclamación de alivio. Siguen la voz hasta encontrar al chaval atado a un árbol. Aitor debió de retenerlo allí para evitar que interrumpiese la ceremonia.

—¡Creía que la habías palmado! ¿Quién coño te ha hecho esto? —exclama Kaos apresurándose a desatarlo. Enseguida se da cuenta de que la respuesta es obvia—. El puto guaperas.

Naia frunce el ceño, intenta unir los datos que conoce.

—Pero tú saliste del *pub* con él, Fabio —recuerda—. ¿Te estaba amenazando?

El chico termina de sacudirse las cuerdas y se pone en pie a trompicones.

—¡Joder, no! Aitor era un buen tío, no entiendo qué bicho le ha picado. Salimos del *pub* porque me iba a vender maría. —Saca de su bolsillo una bolsita transparente llena de cogollos y se la muestra—. Después de pagarle me dijo que aún no me podía ir. Me dio un golpe en la cabeza que me dejó medio tonto y me ató aquí como a un chucho. Antes de irse me dijo que no contase nada a la poli si no quería ser un daño colateral. —Calla unos instantes rascándose la cabeza—. ¿Qué es un daño colateral?

—Da igual, déjalo. Vámonos a casa, por favor —suspira Naia y echa a andar junto a Kaos.

Están agotadas, como si acabasen de volver de la guerra. Ni siquiera les ha dado tiempo a asimilar el enorme lío en el que se han metido.

—¡No entiendo nada! Esta gente es muy turbia. Tenías razón, Naia. No son de fiar —decide Fabio tras ellas—. Creo que son de la ETA.

—Si fueran etarras al menos sería fácil hacer que los detuvieran —responde Kaos—. Son el akelarre que…

—Los que asesinaron a mi madre —completa Naia, apartando unos arbustos de un manotazo—. Ahora Kaos y yo somos miembros del grupo, quieren algo de nosotras. Y tienen mechones de nuestro pelo.

La cabeza de Fabio funciona a mil por hora.

—Qué asco —se limita a comentar—. ¿Para qué quieren eso?

—La del flequillo torcido dice que es para controlarnos si nos portamos mal —resume Kaos.

—El cabello, las uñas, la sangre o los dientes se utilizan en la magia negra, y algunos de sus usos son los conjuros, las posesiones o controlar a la persona —le explica Naia convencida de que es lo que hicieron con su madre.

Al igual que la mayoría de la gente, Fabio no se toma en serio estas cosas. No obstante, que una panda de tarados coaccione a sus amigas y les arranque pelo no es moco de pavo.

Ya casi han llegado al pueblo. El camino de tierra se transforma en una calzada alumbrada con farolas y pueden respirar más tranquilos.

Una persona les corta el paso, pero solo Naia es capaz de verla. Frena en seco y sus compañeros continúan la marcha como si nada.

Es una mujer mayor y obesa, Naia la reconoce enseguida: la fallecida expropietaria de la tienda esotérica que ahora pertenece a Alicia. La observa, paralizada. Intuye que se ha materializado frente a ella por una buena razón.

Kaos y Fabio se dan cuenta de que Naia no los sigue y se voltean hacia ella. La ven sola, mirando a la nada.

—Naia, cuando haces eso pareces esquizofrénica —protesta Fabio.

A Kaos le da todavía más miedo, aunque intente disimularlo.

—¿A quién ves? —le pregunta a su amiga.

—Nagore Arratia. La dueña de la tienda antes de Alicia.

La señora le da la espalda y avanza por la calle, pasa al lado de Kaos. La chica se frota los brazos al sentir una ráfaga de aire frío.

—Pues espero que se vaya pronto —farfulla.

—No —responde Naia caminando tras el fantasma—. Quiere que la sigamos.

La cara de Kaos se contrae en una mueca de disgusto. Fabio resopla.

—¿Y por qué no nos cuenta lo que quiere y ya? Estos fantasmas… siempre tan misteriosos.

Naia no responde. Sigue de cerca a Nagore, que no parece haberse inmutado.

—¡No la ofendas! —regaña Kaos a Fabio en un susurro—. ¿Y si se enfada y nos dice algo?

Ninguno de los dos conoce cómo funciona el más allá. Naia sabe de sobra que los espíritus son incapaces de hablar, la única forma de comunicarse con ellos es la *ouija* o las sesiones de espiritismo.

Nagore los conduce al viejo cementerio de Getaria. Kaos parece al borde del colapso; los camposantos son, junto a los hospitales, los lugares que más odia en el mundo. Se coloca entre Fabio y Naia, procurando que sus hombros se toquen.

Sortean tumbas medio enterradas por la vegetación. Nagore se detiene frente a una lápida en forma de cruz celta y vuelve a mirar a Naia a los ojos.

La chica se agacha a leer la inscripción en la piedra y un escalofrío le sacude la columna.

Nagore Arratia
15 de noviembre de 1986

Murió el mismo día que su madre, pero un año después.

—¿Qué has visto? —pregunta Kaos sin ocultar la impaciencia por irse.

Naia abre la boca para responder, pero un segundo espíritu aparece junto a la tendera. Otra mujer, a esa no la conoce. Se dirige hacia el ala izquierda del cementerio y Naia es la única que la sigue. Kaos y Fabio se sientan en el suelo, están agotados.

El espíritu se detiene frente a otra lápida y la chica se acerca a leerla conteniendo la respiración:

Zuria Aparicio
15 de noviembre de 1983

Aún no le ha dado tiempo a procesarlo cuando ve a un tercer fantasma, esta vez un hombre, que la guía hacia una fila de nichos y señala uno en concreto.

Enrique Torres
15 de noviembre de 1984

Las piezas encajan de golpe en su cabeza. Naia retrocede varios pasos y tropieza con una raíz. Se pasa las manos por el pelo y echa a correr hacia la salida del cementerio, sorprendiendo a sus compañeros de carne y hueso.

—¿Te estás echando una carrera con los fantasmas? —exclama Fabio.

Naia, alterada, se gira hacia ellos.

—Tengo que ir a la capital —anuncia con la vista clavada en su reloj. Las seis de la mañana, ya deben de pasar autobuses.

—¿A Madrid? —pregunta Fabio boquiabierto.

—A San Sebastián, idiota —responde Kaos al tiempo que le da una palmada en el hombro. Luego se dirige hasta donde está Naia—: ¿Ahora?

—Sí.

—¿Estás loca? Llevamos veinticuatro horas sin dormir —se queja Fabio.

—Nuestras vidas corren peligro —explica la chica aturullada—. Kaos y yo acabamos de cruzar un horizonte de sucesos, el akelarre es como un agujero negro. Y nada puede escapar de un agujero negro, ni siquiera los fotones. Por eso Nagore y los otros están muertos y Alicia vive como una neurótica. No encontraron la salida, pero yo la encontraré. Estoy a un paso de dar con muchas respuestas.

—Vale, creo que lo he entendido —farfulla Kaos—. ¿Lo puedes repetir?

—¿Qué es un horizonte de sucesos? —pregunta Fabio.

Naia no tiene tiempo de aclarárselo.

—Espero volver pronto, os contaré lo que descubra. —Echa a andar por el camino que lleva al pueblo y, en el último momento, recuerda algo—: Aprovechad para encargaros de la luz, el agua y… todo eso. Si no vuelvo en doce horas, llamad a la policía.

Naia se despide de ellos, con el 15 de noviembre todavía dándole vueltas en la cabeza. Se levanta la manga de la chaqueta, aún conserva escrita la dirección que Aitor le ha apuntado con boli en el *pub*.

Seguro que no espera visita tan pronto.

5

El sonido del trueno despierta a Naia, se ha dormido contra la ventanilla del autobús. Bosteza y cierra los ojos, a punto de coger el sueño otra vez, pero el vehículo frena en seco. Entreabre los párpados y ve que ya están en San Sebastián. Hubiera deseado que el trayecto durase tres horas más.

Se levanta de mala gana y baja del autocar tras despedirse del conductor, es la única pasajera a estas horas. Fuera le espera una lluvia insistente y algún que otro relámpago.

Escondiéndose bajo los balcones, vuelve a mirar la dirección anotada en el antebrazo. Cada vez se lee peor. Conoce bien la ciudad, pero nunca ha visto esa calle.

Se pone en marcha, a cada paso que da se le ocurren nuevas maneras de sonsacarle información a Aitor. El rubio no es de fiar, eso está claro, pero no sabe qué postura debe adoptar frente a él. ¿Le hablará sin rodeos del asesinato de su madre y le pedirá explicaciones? ¿O mejor abordará el tema contándole su reciente descubrimiento de las fechas? Que cada año alguien de la zona muere el 15 de noviembre, que su madre no fue la única y que intuye que su akelarre tiene mucho que ver.

Decide que no, es mejor hacerse la loca. Tiene que evitar que se ponga a la defensiva, seguro que si la ve como a una aliada hablará mucho más.

La lluvia empieza a amainar. Naia se sube la cremallera de la chaqueta hasta la barbilla, muerta de frío. Las farolas se apagan, ya hay luz suficiente. Aun así, las calles por las que la llevan las indicaciones son cada vez más oscuras. Comienzan repletas de edificios obreros construidos durante el franquismo, llenos de grafitis, y desembocan en barrios marginales. Aprieta el paso mirando a su alrededor con los ojos muy abiertos. Furgonetas, ropa tendida en los balcones y persianas rotas. Se oye un gallo cantar.

—¿Dónde me estoy metiendo? —se pregunta en voz baja, está cada vez más nerviosa.

Un perro ladra a su izquierda y se asusta. Es un *pitbull.* Se juega lo que sea a que lo usan para peleas. Seguro que al gallo que canta también.

La chica acelera aún más, hasta el punto de casi echar a correr. Vuelve a comprobar la calle y se da cuenta de que es la que cruza en diagonal.

Avanza comprobando los números de los portales hasta llegar al 82. Un inmueble gris que, a juzgar por algunas ventanas tapiadas, está medio deshabitado. No le extraña, da la impresión de que se derrumbará en cualquier momento.

Levanta el dedo para llamar al piso 5, pero descubre una notita pegada con celo: «Los timbres no funcionan».

—¡Genial! —maldice.

Luego ve que la puerta está rota, solo tiene que empujarla para entrar. Busca el botón de la luz, y resulta que tampoco va.

Entorna los ojos para ver en la penumbra, distingue a un grupito de personas tiradas en el suelo, en el hueco de la escalera. Se acerca a ellos por si necesitan ayuda, pero son drogadictos. Uno de ellos se ha dormido con el cinturón apretado en el brazo. Ve un par de jeringuillas entre sus cuerpos, una cucharilla y un mechero. Naia no entiende de drogas, pero juraría que es heroína.

Sube por las escaleras, asqueada, deseando perderlos de vista. Quiere acabar con esto lo antes posible. Cuando apenas ha llegado al primer piso, alguien baja en tromba y la empuja sin querer.

—¡Lo siento! —exclama Aitor, y en su rostro se refleja la sorpresa—. ¡¿Naia?!

Ella, confusa, se masajea el hombro adolorido.

—¿Aitor? —farfulla tontamente—. ¿Dónde vas a estas horas?

—Creo que me corresponde más a mí preguntarte qué haces tú en mi casa.

Naia alza el antebrazo a modo de respuesta.

—Me diste tu dirección por si quería mandarte una carta algún día.

—¿Y por qué no has hecho eso en vez de venir?

—Porque no hace ni seis horas me arrancasteis un mechón de pelo y me obligasteis a entrar a vuestro akelarre, creo que es normal que quiera explicaciones —replica Naia cruzándose de brazos.

Aitor mira hacia la parte alta de las escaleras y frunce el ceño, incómodo.

—Espera, vámonos de aquí.

—¿Por qué?

Aitor no responde, la agarra del brazo y no la suelta hasta que abandonan la propiedad. Luego se saca del bolsillo las llaves del coche y camina hacia un Ford Fiesta rojo bajo la mirada inquisidora de Naia.

—Aquí estaremos mejor —resopla abriendo la puerta.

Se recuesta frente al volante e invita a Naia a entrar. Ella acepta sin comprender su actitud.

—Oye, te pido perdón en nombre de todos, díselo también a Fabio. Debió de ser muy violento para los tres —dice Aitor de forma inesperada—. Si te sirve de consuelo, puedes estar tranquila. El grupo siempre tiene buenos motivos detrás de las cosas que hace, y nunca os harán daño si os portáis bien. Además, Gorka es una bellísima persona, el mejor sumo sacerdote que podríamos tener.

Sumo sacerdote. Ahora que lo menciona, investigar más sobre Gorka es un buen inicio.

—¿Cómo es tu relación con él?

—Para mí es un segundo padre. Me ha cuidado, se ha preocupado por mí y se ha desvivido para ayudarme —explica—. Yo, a cambio, procuro hacerle compañía, está muy solo. No se merece lo que ha sufrido.

—¿Qué le pasó?

—Tenía una mujer y una hija, pero ambas murieron en un accidente de coche hace mucho. —Naia se queda helada. Aunque las muertes por accidentes de tráfico son las más comunes, no puede obviar que su madre falleció de la misma manera—. Edurne dice que cambió mucho desde aquello. No le quedaba nada y empezó a dedicarse en cuerpo y alma al akelarre. Se radicalizó, por así decirlo. Aunque eso tampoco está mal, solo siendo radicales se consiguen objetivos.

—¿Y qué objetivos tiene?

Aitor se rasca el mentón, Naia adivina que le aburre hablar del tema. Quizá se está pasando con las preguntas.

—Es largo, ya te lo explicará Gorka en otra reunión. De todas maneras, yo tampoco lo sé todo, estoy en la esfera más baja. Los que tienen el poder son Gorka y Edurne.

—Entiendo —dice Naia. Cada vez le huele más a secta—. ¿Y tenéis alguna fecha especial? Un día concreto, como, por ejemplo, el 15 de noviembre.

Analiza sus ojos buscando cualquier rastro de nerviosismo, pero no lo encuentra.

—Pues creo que no —responde tan tranquilo que Naia decide creerle—. Y, por cierto —añade cambiando de tema—, siento que hayas tenido que bajar hasta este barrio de mierda para encontrarme, deseaba que no descubrieras esta faceta de mi vida. Supongo que no estarás a gusto en este… ambiente.

El hecho de que se preocupe por su comodidad desconcierta a Naia.

—Bueno, lo puedo soportar —responde sin convicción. Odia cada palmo de calle que ha recorrido desde que entró en los bajos fondos—. ¿Por qué duermes en el coche en vez de en tu casa?

Aitor suspira, sube un pie al asiento y apoya el mentón en la rodilla.

—Es por mi padre —confiesa—. No me deja entrar hasta que venda toda su droga.

Naia alza la cabeza de golpe.

—¿Cómo? —es lo único que acierta a balbucear.

—Me utiliza de camello. Me explota, más bien —explica—. Y si no lo hago, me tira de casa.

Ahora tiene sentido que, antes de atar a Fabio al árbol, le vendiese marihuana.

—¿Por qué no te independizas? —propone Naia.

—No tengo estudios, me cuesta encontrar trabajo. La única salida es mover, y mientras tanto sigo tocando con Gorka en el *pub*, a ver si me puedo ganar unos duros como bajista.

Naia comienza a entender mejor la frase que siempre repetía su madre: «Estudia. Estudia para poder ser libre».

—¿Y no has conseguido vender la droga esta vez?

—No es eso, clientes hay de sobra por aquí —replica—. Es que la poli me tiene fichado, si vuelven a cogerme estoy muy jodido. —Mira el techo del coche, desamparado—. Perdona, no sé por qué te lo cuento. Dudo que entiendas estas cosas, tienes pinta de tener otra clase de problemas.

La chica lo atraviesa con la mirada, ¿acaba de llamarla niña mimada? Le pica, le pica demasiado. Quizá porque en el fondo sabe que es cierto.

—Claro que entiendo estas cosas —miente con descaro—. Es más, te voy a ayudar. Dame la droga y la pasaré por ti, a mí no me tienen fichada.

Le sostiene la mirada al chico, ganando seguridad.

—¿Harías eso por mí? —se emociona él—. ¡Joder, muchísimas gracias!

Naia finge una sonrisa. Aitor saca un paquete con pastillas de colores y se lo da. Tienen formas simpáticas, como corazones, estrellas o margaritas; dan ganas de comérselas como si fueran caramelos. Naia se las guarda.

—Ve por esa la calle hasta el número 9. —Señala el barrio por el que ha venido—. Pregunta por Aurelio, él te las comprará.

Naia asiente con la cabeza y sale del coche. Por supuesto que no planea mover las pastillas, las tirará a la basura y sacará dinero del banco para fingir que las ha vendido. Matará dos pájaros de un tiro: le cerrará la boca a Aitor y llevará a cabo una buena acción al limpiar las calles de estupefacientes.

Las piernas le tiemblan a cada paso que se aleja del coche, su seguridad se tambalea. Le asusta que Aitor la descubra tirando las pastillas, pero también que la pare la poli mientras las lleva encima. Es la primera vez en su vida que hace algo ilegal, es una ciudadana tan ejemplar que hasta regaña a Kaos cuando roba piruletas del supermercado.

«Idiota, idiota, idiota», se maldice.

Igual no era una idea tan sencilla. Se frota los ojos, está sudando del estrés. Debe de ser la falta de sueño, que le nubla el cerebro.

Vuelve a pasar por al lado del *pitbull* (que continúa atado a un poste) y ya no se asusta al oírlo ladrar. Se pierde por una callejuela buscando un contenedor de basura, y entonces…

—¿Dónde vas, gitanita?

Naia se gira de golpe con el corazón desbocado. Es un hombre moreno con muy mala pinta. Tiene los ojos saltones, ojeras y llagas sospechosas por la piel. Se acerca demasiado y ella se aparta, pero él la agarra del brazo.

—¿Cuánto cobras, guarra?

—¡Nada, déjame ir! —chilla retorciéndose para liberarse—. ¡¡Ayuda!!

No puede seguir gritando porque el hombre le tapa la boca. Pega su cuerpo al de ella y puede sentir la erección contra su ombligo. Es incapaz de contener la arcada.

—¿Para qué pides ayuda encima que te voy a pagar? —susurra el desconocido.

La primera lágrima cae por la mejilla de la chica. Él le destapa la boca para bajar las manos a sus muslos. Agarra las medias de rejilla y las rompe de un tirón.

—¡Basta! —exclama Naia histérica—. ¡Tengo droga! Te la regalo toda a cambio de que me dejes marchar.

El hombre se detiene en seco y la mira.

—¿En serio? ¿Qué droga?

—Creo que éxtasis, son pastillas de colores.

Naia rebusca bajo su camiseta y saca el paquetito. Le tiemblan tanto las manos que se le cae al suelo.

—Pringada —se burla el tipo recogiéndolo. Le brillan los ojos—. Esto se vende como churros en la discoteca.

Naia no desaprovecha la oportunidad y sale corriendo. Su acosador no hace ademán de perseguirla, parece satisfecho con el trato. Aun así, Naia huye como si la estuvieran siguiendo con una pistola.

Pronto deja el barrio atrás, pero, aunque ya no está en peligro, no se detiene. Hasta que resbala en un charco y se da de bruces contra el suelo. Deja escapar un gemido ahogado. Tiene las rodillas en carne viva, la sangre se escurre entre las pieles raspadas. Decide que tirará las medias a la basura en cuanto llegue a casa.

Una amable anciana la ayuda a ponerse en pie, después de eso Naia se dedica a deambular por la ciudad como un alma en pena.

«La decana tenía razón, nunca debería haber dejado las clases —piensa—. Ya no hay vuelta atrás, lo he puesto todo del revés. Con lo fácil que habría sido olvidarme de la maldita advertencia y seguir con mi vida…».

Sin embargo, en el fondo sabe que aunque pudiese volver a su zona de confort no lo haría. Necesita resolver el asesinato de su madre, las incógnitas la aterrorizan casi más que el drogadicto que ha estado cerca de violarla.

Hasta una hora más tarde no se acuerda de Aitor, solo entonces despierta del trance. Saca la cartera, extrae su tarjeta de crédito y pasa por el cajero. Se guarda un fajo de pesetas (lo que ella imagina que pueden costar esas pastillas) y se arma de valor para regresar.

No se atreve a volver por la misma calle por si el acosador aún está por allí y da una vuelta enorme para llegar al coche de Aitor por otro lado. El rubio se ha dormido en el asiento, ronca plácidamente contra el volante. Naia lo despierta al abrir la puerta y sentarse en el asiento del copiloto. Aitor se restriega los ojos.

—¿Lo has conseguido? —le pregunta preocupado.

—Sí —responde la chica tendiéndole los billetes—. Ha estado chupado.

—¡Dios mío, eres genial! —Los cuenta ilusionado—. No sé cómo agradecértelo.

Naia se retoca el pelo nerviosa.

—No ha sido nada, olvídalo.

—Para mí significa mucho —insiste—. Eres todavía más excepcional de lo que me pareciste anoche.

«Excepcional», no está acostumbrada a que la llamen así. Al menos, no fuera del ámbito académico. Se queda mirando a Aitor, bloqueada, sin saber cómo debe reaccionar.

—¿Por qué te di esa impresión? —pregunta con más frialdad de la que le gustaría.

—Pues no me lo he preguntado, la verdad —responde él—. Me pareciste misteriosa.

Naia se encoge de hombros.

—Simplemente no hablé de mí misma.

—Bueno, te acabas de enterar de la mitad de mi vida en una mañana. Lo justo sería que me contases algo de ti.

—No sé qué decir.

—Por ejemplo, ¿qué estudias?

Naia juguetea sin entusiasmo con un mechón de su pelo gris. «Qué forma más aburrida de conocer a alguien —piensa—. Yo le preguntaría si al meterse en la cama imagina escenarios de vidas hipotéticas o si se duerme directamente».

—Física y astronomía —responde sin saber qué más añadir a la frase.

Aitor alza las cejas con sorpresa.

—Así que eres científica. Se me hace raro ver a uno de tu calaña en un akelarre de brujería.

Naia alza los ojos hacia él, por fin la conversación se pone interesante.

—La mayoría de profesores me caen mal por eso mismo, son tan escépticos que rayan lo absurdo —refunfuña—. Se niegan a investigar todo lo que escape de sus normas, pero yo creo que el deber de la ciencia es encontrar la lógica, incluso en cosas que parecen no tenerla.

—Entiendo —responde Aitor tamborileando con los dedos en el volante.

—Los fenómenos paranormales, por ejemplo. Si la energía ni se crea ni se destruye, y los humanos funcionamos mediante energía, ¿por qué descartan sin más la existencia de fantasmas? Los espíritus son campos electromagnéticos que funcionan de forma opuesta a la energía tradicional, emiten frío en vez de calor.

—Parecías más callada en el *pub* —bromea Aitor, pero a Naia le sienta como una patada en el estómago.

De repente siente una vergüenza enorme por no haber sabido cerrar la boca. Ahora pensará que es una rarita.

Pasa tanto tiempo con Kaos que a veces se le olvida que la gente normal no quiere hablar de esas cosas.

—Perdón, no quería aburrirte con mis chorradas.

Aitor esboza una sonrisa.

—No iba a malas. Pero, la verdad, sí que me apetecería hacer otra cosa en este momento —le dice acercándose a ella.

—¿El qué? —pregunta Naia con torpeza.

Aitor le acaricia la mejilla y, al ver que no lo rechaza, se inclina sobre ella y la besa en los labios. Naia cierra los ojos y le devuelve el beso, concentrándose en hacerlo bien y no abusar de la lengua, porque supone que eso sería asqueroso.

Piensa y analiza más que disfruta, pues ha conseguido impresionar al chico más guapo que ha visto nunca, y ni siquiera entiende por qué.

Ya le encontrará el sentido luego, de momento se siente como una vencedora. Tanto que incluso ha olvidado que el objetivo de la misión era sonsacarle información para desmantelar al akelarre.

6

—¡Hay que proteger la casa! —exclama Kaos entrando al salón.

—Tengo un amigo que curra en Prosegur, ¿le digo que nos ponga una alarma? —pregunta Fabio.

—Tenemos que defendernos de los maleficios que nos va a lanzar esta gente, no de los ladrones.

El chico asiente sin saber qué hacer.

—Creo que primero necesitamos calmarnos —decide sacando la bolsita de marihuana.

—¡De eso nada! Seamos responsables por una vez —replica Kaos—. Tenemos que hacer cosas para que cuando vuelva Naia se sienta orgullosa de nosotros. ¡Seguro que ella está haciendo una investigación de la hostia!

—Vale, pero no grites —suplica apoyándose en la mesa de madera. Al momento se le ocurre una excelente idea—. ¡Ya sé! debería ir a la tienda mágica de la chica mona. Seguro que ella vende lo que necesitamos.

—Sí, ve —asiente ella—. Tú te ocupas de eso y yo de la casa. —Mira a Fabio a los ojos y levanta una ceja—. Y no seas pesado con Alicia, que así no te la vas a ligar.

El chico le devuelve un guiño.

—Gracias por el consejo, Kaos.

Deja atrás la casa y se detiene en el jardín a liarse el porro ahora que su amiga no le ve. Mientras exhala el humo, cae en un pequeño detalle: es domingo, la tienda debe de estar cerrada. Aun así se dirige hacia allí, igual hay un teléfono apuntado en la persiana.

Nada de eso. Contra toda pronóstico, la tienda esotérica Velasco está abierta.

Fabio atraviesa la puerta y hace sonar las campanillas. Alicia está tras el mostrador, con sus rizos castaños recogidos en un moño. Está enfrascada en una novela policiaca, y cuando levanta la vista y ve al chico, suspira por lo bajo.

—¿Qué haces aquí? —le pregunta apartando el libro.

—¿Recibes así a todos tus clientes?

—No parecías muy interesado en mis productos ayer, ¿vas a volver a preguntarme si quiero ir de birras contigo?

—¡No, tranqui! No soy ningún pesado —se apresura a aclarar—. Vengo a comprar, no esperaba que estuviese abierto hoy. ¿Abres todos los findes?

—Sí.

—¿Por qué?

—No tengo nada mejor que hacer.

—¿Lo único que haces de lunes a domingo es trabajar?

Alicia pone los ojos en blanco, Fabio teme parecer cotilla.

—¿Qué necesitas?

—Algo para proteger casas.

—Llévate turmalina negra e incienso de ruda.

El chico le echa un rápido vistazo a las estanterías. Hay muchísimos minerales, de todas formas y colores. Algunos opacos, otros traslúcidos. Se gira hacia Alicia y ve que está jugueteando con uno que parece especial. Es una afilada punta de cuarzo irisado. Al ladear la cabeza se da cuenta de que refleja un arcoíris a la luz.

—¡Qué bonito! Quiero ese cristal —decide sin saber aún qué haría con él.

—No se vende, es mío.

—¿Me dejas verlo?

Alicia suspira y, tras dudar un poco, se lo tiende. Fabio se clava la punta al cogerlo y suelta una exclamación de dolor.

—¡Pincha! —exclama—. Joder, se podría matar a alguien con esto.

La chica sacude la cabeza y se lo quita de las manos.

—Todas las noches apuñalo con mi cuarzo a las personas que me caen mal —replica sarcástica—. Y tú estás a punto de entrar en mi lista.

Mete la piedra en un bol dorado y lo golpea con un mazo, creando un sonido que lleva a Fabio a imaginar templos budistas. Abre la boca para preguntar para qué sirve eso, pero Alicia se le adelanta:

—¿Vas a comprar ya o qué?

—Sí, sí, tranquila. Es que no sé qué es la turmalina negra, ni la ruda —se defiende. Alicia suspira y pone un paquetito de incienso y un mineral negro sobre el mostrador—. Es por mis amigas, están en un marrón muy grande —le explica pese a que intuye que no le importa—. Unos tarados las han obligado a entrar en su akelarre y están cagadas de miedo por si las embrujan.

Las manos de Alicia comienzan a temblar, se ha puesto tan pálida como las velas que tiene detrás. Mira a Fabio de un modo distinto.

—Aléjate de todo eso —le dice, y ya no suena borde—. Vete del pueblo si hace falta.

—Ey, nena, no temas por mí —sonríe Fabio peinándose el tupé con la mano. Alicia frunce el ceño—. Soy duro de roer, aunque no lo parezca.

—Lo que eres es imbécil —gruñe. Luego señala los productos—. Son mil pesetas.

—¿Qué? No llevo tanto… —masculla él.

Se gastó parte del dinero en la marihuana el día anterior.

Alicia se queda mirándolo. Parece fastidiada, pero no por perder la compra. Se muerde el labio, debatiéndose entre dos opciones.

—¿Cuánto llevas? —le pregunta.

—Seiscientas.

—Vale, pues te lo dejo a ese precio —responde entre dientes.

No parece gustarle la idea de rebajárselo tanto. Fabio no entiende por qué lo hace, pero tampoco le da muchas vueltas.

—¿De verdad? Jo, pues gracias. —Deja los billetes a su lado—. Eres muy generosa.

Alicia resopla, cuenta los billetes uno a uno y se los guarda como si fueran un tesoro.

—No es generosidad, cariño, lo hago por mí, no por ti —replica—. Para que cuando te pase algo horrible no me sienta culpable por no haber hecho nada por evitarlo. Demasiada carga de conciencia llevo ya.

Fabio apoya el codo en la estantería. Está abriendo sus sentimientos (o eso cree él). Parece el momento ideal para hacer el siguiente movimiento.

—Eso suena a pasado tormentoso —comenta—. ¿Quizá quieres venir conmigo a hablarlo a un bar con una buena birra?

Alicia cierra la caja registradora de golpe.

—No, lárgate.

Fabio cierra los ojos un instante. Es una suerte que no sea orgulloso, si fuera Kaos estaría ardiendo de despecho.

—¿Qué tiene que tener un tío para que no lo eches a patadas?

—Trabajo estable, ambición y madurez —le responde—. Todo lo que tú no tienes.

Kaos se tira en el sofá, está agotada. Había pensado en enganchar la luz, pero descartó la idea. Si Naia ya se cabrea con ella cuando roba piruletas, no quiere ni imaginar qué pasaría si vuelve a casa y descubre que ha cometido fraude eléctrico, así que ha ajustado cuentas con las compañías y ya tienen luz, agua y gas legal.

Ahora que no hay nadie más en la casa, aprovecha para mirar las fotos del salón. Las únicas que aparecen en ellas son Naia y su madre, solas. Siempre solas.

Por lo visto, les iba bien así. El dinero no parece que fuera un problema, y siente una punzada de envidia. Aunque la familia que Kaos perdió era cálida y numerosa, siempre tenía que heredar la ropa vieja de su hermana. Dormían en una litera, no tenían televisor y nunca salieron de Euskadi.

Ve a Naia con uniforme, posando en la foto de bienvenida del liceo bilingüe más caro de Gipuzkoa. Antes de ser gótica vestía con polos de Lacoste, como una niña pija. La ve cargar con uno de los trofeos que tiene en su habitación, fue ganadora del torneo juvenil de matemáticas en 1981. También ganó el del 83, y quedó segunda en el 84.

Kaos se detiene a analizar una foto de cuando era pequeña y se da cuenta de lo diferente que es Naia de su madre. Triana tenía los ojos oscuros y la piel muy morena. Aunque la hija heredó su pelo negro natural, su bronceado es más pálido y tiene los ojos claros.

En ese momento se abre la puerta. Es Fabio, parece deprimido.

—¿Qué te pasa? —le pregunta Kaos.

—¿Crees que soy un inmaduro sin ambiciones en la vida?

Kaos frunce los labios apenada.

—Un poco, sí. Pero nosotras te queremos igual, Fab, ¡eres genial! —intenta animarlo dándole un abrazo.

No parece consolado, pero tampoco dice nada más al respecto. Le da las «buenas noches» y se sube al dormitorio a dormir. Kaos se encarga de encender el incienso y de colocar la turmalina en la entrada. Solo queda esperar el regreso de Naia, que ocurre varias horas después.

Nada más verle la cara, Kaos sabe que han ocurrido muchas cosas. Parece asustada, cansada y feliz al mismo tiempo. Lleva las medias rotas y heridas en la rodilla.

—He ido a hablar con Aitor —le dice antes de que pueda preguntarle—. No he descubierto gran cosa. Gorka y Edurne son, por así decirlo, el sol del akelarre —sin darse cuenta se lleva la mano al sol que tiene tatuado en el hombro— y los demás miembros, los planetas que giran alrededor. Pero que sean los líderes no implica que fueran ellos los asesinos. Aunque saber quién la mató da un poco igual, la pregunta clave es por qué.

—¿De eso has hablado con Aitor? —se extraña Kaos.

—No, esto son cosas a las que iba dándole vueltas en el bus. Lo único relevante que Aitor me ha dicho es que Gorka perdió a su hija y a su mujer en un accidente de tráfico hace muchos años.

—¿Y por qué eso es relevante? —pregunta su amiga, algo se le escapa.

—Porque mi madre murió igual.

Kaos abre mucho los ojos.

—Seguro que está relacionado.

—Seguro. —Naia bosteza—. No quiero pensar más por hoy. Vamos a dormir, por favor.

Kaos no se opone a la idea. Sin embargo, cuando ya están en la habitación, mira a Naia con sospecha.

—¿De verdad que no ha pasado nada más?

La aludida se empieza a desnudar y Kaos aparta la mirada, nerviosa.

—En verdad, sí —suspira quitándose las medias, las lanza con rabia a un rincón. Se saca el suéter y el sujetador, y se pone una camiseta ancha a modo de pijama —. Ha pasado de todo.

—Cuéntame, anda —dice Kaos mientras se mete en la cama. Naia se tumba a su lado.

—No puedo creer lo que he hecho. Me he paseado por la calle con un paquete de éxtasis escondido en el sujetador.

Kaos se gira hacia ella tan rápido que le da un tirón en el cuello.

—¿¿Qué?? ¿Tú vendiendo droga? ¿Desde cuando eres ilegal? —exclama—. Si lo llego a saber engancho la luz. No me vuelvas a regañar cuando…

—Kaos —la interrumpe—, no lo he hecho por gusto, tenía que cerrarle la boca a Aitor.

Su voz vacila al decirlo, le parece una justificación patética.

—¿Y ese qué pinta?

—Su padre le obliga a vender droga y si no lo hace lo tira de casa, pero no puede pasar porque la poli lo tiene fichado.

Kaos se cruza de brazos bajo las sábanas.

—Vamos, que te ha manipulado para que le hagas el trabajo sucio.

—No me ha manipulado —replica Naia—. Él ha insinuado que soy una niña de papá que no entiende sus problemas y tenía que demostrarle que no es cierto. En ningún momento tuve intención de vender las pastillas, he sacado dinero del banco.

—Tú no eres así. Siempre te ha dado igual la opinión de los demás, lo que me parece es que pretendías impresionarle.

Naia no se atreve a contradecirla porque sabe que tiene razón.

—Está bien —admite—. El caso es que luego me ha besado.

Su amiga enmudece y trata de procesar la nueva información.

—¿De verdad? —pregunta con un hilo de voz. En la oscuridad del dormitorio, Naia asiente. Kaos necesita tragar saliva antes de preguntar—: Y… ¿le has seguido el rollo?

A Naia se le escapa una sonrisa pícara. Aún no ha decidido cómo debería sentirse al respecto, pero si algo tiene claro es que le ha gustado.

—Pues claro.

Kaos se da la vuelta, poniéndose de espaldas. Siente como si una mano invisible le estrujase el corazón hasta resquebrajarlo. Su amiga intuye que algo no va bien.

—¿Kaos?

Tras unos segundos de silencio, la chica coge aire e intenta hablar sin que se le quiebre la voz.

—Estoy muy cansada, tía.

No vuelven a tocar el tema. Naia se duerme y Kaos cierra los ojos con fuerza. Varias lágrimas le caen de los párpados y se deslizan por las mejillas hasta mojar la almohada.

El teléfono suena a primera hora de la mañana, y ni Fabio, ni Kaos, ni Naia tienen ganas de ir a cogerlo. Continúan durmiendo, pero vuelve a sonar una y otra vez.

—Como vaya y lo coja lo voy a mandar a tomar por culo —maldice Kaos tapándose las orejas con la almohada.

Naia, por su parte, ya se ha desvelado. Se levanta de mala gana y baja al salón. Descuelga el auricular y se lo pega a la oreja.

—¿Sí?

—Es la cuarta vez que llamo. Habíamos quedado en que siempre estaríais disponibles para el akelarre, empezáis con muy mal pie. —Naia traga saliva, es Gorka.

—Perdón —farfulla enredando el cable del teléfono en el dedo—. ¿Qué quieres?

—Depende de si eres Naia o Nekane.

—Naia.

—Entonces quiero que vengas a mi casa el miércoles. Ya sabes dónde vivo, es el piso superior del caserío del *pub*.

Naia sigue apretando el cable hasta que el dedo se le pone morado.

—¿Para hacer qué? —pregunta con voz temblorosa.

—Eres médium, ¿no?

—Sí, ¿cómo lo sabes?

Gorka elude su pregunta.

—Vamos a hacer espiritismo.

—¿Cómo sabes que soy médium?

—Quiero contactar con alguien, pero no vamos a utilizar la *ouija*. En vez de una tabla de madera, vamos a usar tu cuerpo.

7

Gorka le abre la puerta a Naia. Le ha exigido ir sola y ha amenazado a Kaos y a Fabio para que ni se les ocurra acercarse. La chica agacha la cabeza temblando. Ha deseado que ese día no llegara desde que recibió la llamada.

—Llegas diez minutos tarde —protesta el hombre.

—A clase suelo retrasarme unos veinte.

—Pasa.

Naia obedece. Se atreve a mirar a su alrededor, investigando en la medida de lo posible. Gorka es el asesino más probable, y que la invite a su hogar es una oportunidad inmejorable para recabar datos. No obstante, lo único que logra deducir es que es una casa anticuada: la decoración parece de los sesenta. Todas las puertas están cerradas. Si hay alguna pista en ese lugar, Gorka se ha encargado de no dejarla a la vista.

El hombre la guía hacia una sala oscura que parece dedicada al esoterismo. Está iluminada con velas, hay candelabros por doquier. Los estantes están abarrotados de frascos con hierbajos, un mazo de tarot y una enorme bola de cristal. La mesa del centro está vacía.

Naia se estremece, hace frío. El aire de esta habitación parece más pesado que el del resto de la casa, como si una energía maligna los acechara. Fuera, la lluvia repiquetea contra la ventana y las ramas de los árboles crujen. Aún no son las ocho, pero ya es noche cerrada.

—Siéntate, por favor —dice Gorka señalando la mesa.

A pesar de que lo único que quiere hacer es abandonar la habitación maldita cuanto antes, Naia toma asiento. El hombre se coloca en la silla que está frente a ella.

—Si te parece, vamos a empezar la sesión —anuncia—. ¿Has probado a practicar espiritismo antes?

—No me gusta mi don, así que lo he evitado a toda costa —responde la joven—. Solo intenté hacer la *ouija* una vez, para contactar con mi madre y preguntarle si la asesinaron. —Atraviesa a Gorka con la mirada, analizando sus reacciones—. No lo conseguí, es como si su espíritu no estuviera en este plano. Es lo que me llevó a convencerme hace años de que fue un suicidio. Si su alma no está aquí es porque ha pasado al plano astral; si ha pasado al plano astral es porque no tiene asuntos pendientes. Supuse que si la hubieran matado los tendría.

Gorka mantiene el contacto visual sin problemas.

—Lamento tu pérdida —responde y Naia se siente desconcertada.

Al ver sus ojos juraría que está triste. ¿Por qué si él la mató?

—Gracias —se limita a contestar.

—Ahora centrémonos —carraspea Gorka—. Vas a realizar un trabajo de médium psíquica, ¿sabes qué es eso?

Ella asiente con la cabeza.

—Un espíritu entrará en mi cuerpo y hablará contigo desde mi boca —musita removiéndose en la silla.

—Sí, pero no te asustes. Solo será un momento.

Naia frunce el ceño. Desea saltar sobre él y arañarle la cara.

—No sirve de nada que me asuste, estoy obligada a hacerlo.

Gorka esboza una amable sonrisa.

—Empecemos pues.

Pone en marcha una música suave y lenta que bien podría usarse en un ritual pagano. Le tiende a Naia un peluche. Es un gatito de colores.

Nada más tocarlo, la chica siente una presencia a su lado y al girarse ve a una niña. Es pelirroja, como Gorka, pero tiene los ojos oscuros.

No le da tiempo a fijarse en nada más, la pequeña se abalanza sobre ella y comienza a invadir los orificios de su cuerpo. Cuando Naia grita siente un torrente de energía irrumpiendo en su garganta. Intenta respirar, moverse, pero no puede. Luego pierde el conocimiento.

La cabeza se le cae hacia atrás mientras su cuerpo convulsiona. Gorka, ansioso, se inclina sobre la mesa.

—Venga… Venga… —murmura.

El cuello de Naia se zarandea con un crujido y la chica vuelve a incorporarse. Abre los ojos, pero no tiene pupilas: son una masa blanca.

—¿Quién eres? —le pregunta Gorka.

Los labios de Naia se retuercen de forma extraña, como si no recordase como hablar.

—*Aita*[6]*?* —pregunta por fin con una voz aguda que no es suya.

Las lágrimas saltan de los ojos del hombre y, sin pensarlo, rodea la mesa para ir junto a Naia.

—¡Nerea! Sí, Nerea, soy tu *aita* —exclama abrazándola—. ¿Me has echado de menos?

—Mucho —solloza Naia y le devuelve el abrazo—. No me gusta estar aquí. *Ama* dijo que te odia y después tuvo que irse al lugar bonito donde no me dejas ir.

Gorka entierra el rostro en el cuello de Naia, ahogando allí el llanto.

—Tu *ama* no comprende que lo hago por tu bien, mi niña.

---

[6]*Aita* significa 'papá' en euskera.

Naia se separa de él y le coge la cara con las manos. Acaricia su barba de forma infantil.

—¿Me lo prometes, *aita*?

—Eres lo más importante de mi vida, claro que te lo prometo. Te he llamado para decirte que estés preparada, tienes que ser valiente.

—¿Volveremos a estar juntos?

Gorka se sorbe la nariz.

—Sí, mi niña. Pronto.

Naia asiente satisfecha. Le limpia las lágrimas al hombre y se ríe como una cría.

—Sigues siendo igual de llorón.

—Un poco, es verdad —sonríe Gorka emocionado.

Naia comienza a convulsionar de nuevo. Su cabeza se sacude con violencia, cierra los ojos y se desploma.

Fabio ha ido a Zarautz a intentar que su madre le dé otra oportunidad. De paso quedará con unos de sus muchos amigos, así que Kaos está sola de nuevo.

Desde que ha abierto los ojos esta mañana y ha visto los nubarrones negros, supo que sería un día de mierda. Se pone guapa para compensarlo, siempre le sale mejor el maquillaje en los días malos. Engancha en el pelo el lazo negro de la suerte (que conserva desde el orfanato) y se viste con una sudadera de *Star Wars* y una falda corta.

Sale a pasear para distraerse con el paisaje otoñal del bosque. La niebla se escurre entre los árboles y las hojas crujen bajo sus pies a cada paso que da. Kaos se sienta bajo una encina y se pone a leer el último cómic de *Star Trek*. Lo empezó hace unos días y ya se le han ocurrido diez niveles nuevos para su videojuego.

Hoy es incapaz de concentrarse, no puede dejar de pensar en Naia. Si Gorka le hiciese algo malo no lo soportaría. Lo peor es saber que lo único que puede hacer por ella es esperar. Intenta centrar su atención en las coloridas viñetas, sin embargo, su rodilla traquetea hiperactiva.

—Se acabó el paseo —decide y cierra el tebeo.

Echa a andar hacia el pueblo y no se detiene hasta llegar al supermercado. Roba unas cuantas piruletas de corazón, sus favoritas, y la adrenalina de salir de la tienda sin pagar la devuelve un poco a la vida. Odia los pueblos, no hay nada interesante.

«El día está torcido por la lluvia, el frío y el aburrimiento —trata de convencerse, pero entonces imagina a Naia besándose con el papanatas de Aitor y se le revuelve el estómago—. O quizá soy yo la que está torcida desde el domingo».

Se mete una piruleta en la boca y rompe el corazón de caramelo con los dientes.

—Vivir así es morir de amor —suspira.

La canción de Camilo Sesto se le mete en la cabeza nada más decirlo, y seguramente tardará horas en marcharse.

«Siempre me voy a enamorar de quien de mí no se enamora, y es por eso que mi alma llora…». Abre el resto de piruletas y se las come una tras otra mientras camina, como si fueran las únicas capaces de calmar el desamor. «¡Y ya no puedo más!, ¡ya no puedo más!, siempre se repite la misma historia… Estoy harto de rodar como una noria».

Una lágrima cae sobre el envoltorio de la cuarta piruleta, y Kaos se gira para comprobar que no hay nadie más en la calle. Al ver que está sola, se permite romper a llorar.

Corre hacia las afueras del pueblo y no se detiene hasta llegar al monte de San Antón. Saca las llaves de la casa y abre la puerta con manos temblorosas.

Se deja caer sobre la moqueta, abrazándose a sus rodillas.

—Kaos, tía, llevas años así. Ya va siendo ahora de superarlo, ¿no te parece? —se reprocha—. Naia nunca se va a fijar en ti. Naia nunca va a sentir lo mismo.

Las lágrimas la interrumpen. Alcanza con una mano el hacha que pintó de rosa el día anterior y juguetea con ella desanimada. Ve su reflejo en el filo de metal: tiene el rímel corrido y la piel de la cara llena de manchas rojas por llorar. Seguro que llevar un hacha en la mano no ayuda a mejorar su aspecto.

—Parezco una pirada —solloza y el llanto se refuerza.

Le encantaría poder ver a Naia como su amiga, igual que al principio. Ser objetiva cuando le hable de Aitor, sin ponerse celosa, y buscarse ella también un ligue. Hace semanas volvió a hablar con María, su ex. Días antes de venir a Getaria invitó a Kaos a ir a verla a un torneo del club de debate de la universidad. Igual debería ir, seguirle el rollo y ver qué pasa. Así dejaría de vivir con el corazón roto.

Respira hondo y se seca las lágrimas, calmándose un poco. Se le ocurre una posible solución a su problema, y por primera vez no es irse a los recreativos a jugar a los *Space Invaders*.

Se levanta del suelo, esperanzada, y busca el libro de hechizos de la madre de Naia. Está al lado de la entrada. Es bastante grueso, debe de haber un poco de todo. Lo abre y pasa la página donde Triana escribió la advertencia. Busca algo similar a «deshacer enamoramiento», pero no encuentra nada.

«Deshacer amarres», «deshacer mala racha», «deshacer magia negra».

Se detiene a mirar este último apartado, al menos les será útil si el akelarre las maldice:

Lo que está destinado a suceder, sucederá de un modo u otro. La única manera de cambiar el destino es con la magia. Todo lo que no está destinado a ser, pero sucede gracias a la magia negra, puede (y debe) ser revertido.

Kaos cierra el libro de golpe cuando se abre la puerta. Al ver a Naia chilla de alivio.

—¡Menos mal que estás bien! —exclama—. Estaba superpreocupada, ¿qué te ha hecho ese loco?

Ella se frota las sienes, le duele la cabeza.

—La sesión me ha dejado sin energías —musita sentándose en el sofá.

—¿Pero qué ha pasado?

—Hay una niña muerta, me juego la mano a que es su hija. Es con ella con quien quería hablar —explica—. Su espíritu se metió en mi cuerpo, soy incapaz de recordar lo que pasó después.

—¿No sabes de qué hablaron ni qué hicisteis?

Niega con la cabeza.

—Cuando volví del trance, Gorka estaba junto a mí, llorando. Está tramando algo, Kaos, tenemos que descubrir el qué.

—¿Cómo?

Naia se incorpora pensativa.

—Tengo una idea. Vamos a entrar en su casa, allí estarán las respuestas.

—¡Sí! —exclama Kaos decidida.

Naia se da golpecitos con el dedo en el mentón.

—Lo haremos este sábado, durante la celebración del akelarre. —Entorna los ojos mientras improvisa un plan—. Pero será arriesgado, si no somos rápidas nos pillará. Y las consecuencias serán las peores.

Kaos traga saliva asustada.

—No nos matarán, ¿verdad?

—Gorka estará en el prado, con la cabra y los demás —piensa en voz alta Naia para eludir la pregunta—. No habrá nadie en el caserío, porque Edurne también estará allí. Cerrará el *pub* antes de la celebración, como hizo la otra vez.

—¿Recuerdas que al mismo tiempo que hacían ofrendas al animal bebían vino? —apunta Kaos.

—Sí, el vino —masculla Naia—. Eso puede jugar a nuestro favor. Haremos la danza y cantaremos con todos —decide—. Y cuando empiecen las ofrendas, nos quedaremos apartadas tras la hoguera. Conforme se emborrachen y se olviden de que estamos allí, nos marcharemos.

Kaos se retuerce las manos.

—¿Y cuánto tiempo tendremos para colarnos en su casa?

—Diez minutos.

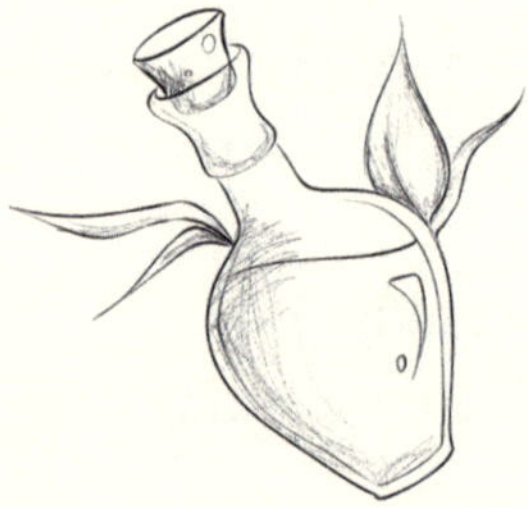

8

El sábado por la noche acuden al Pub de Edurne. Dentro ya están todos reunidos (a excepción de Gorka), sentados y en silencio. Naia localiza a Aitor con la mirada y le dedica una tímida sonrisa. Él la saluda con la mano y Kaos aparta la vista, soplando por la nariz como un toro.

Las dos chicas se sientan en un rincón, a la espera de algo. Es distinto a la vez anterior cuando fueron directamente al prado. Gorka entra al local y sube al pequeño estrado donde tocaron la semana pasada. Edurne se coloca a su lado.

—*Ongi etorri*[7], *sorginak* —saluda el hombre—. Como habréis imaginado, hoy no iremos a la cueva del valle.

Kaos y Naia se miran con fastidio. No habían imaginado que sus planes se truncaran en los primeros diez minutos.

—Vamos a pasar a la acción —anuncia Edurne tomando la palabra. Es como si llevase mucho tiempo esperando ese momento—. Sabéis que nuestra misión es recuperar los orígenes de Euskal Herria, devolviéndole las raíces paganas que nos arrebató el cristianismo y que luego pisoteó el Estado español. Es hora de empezar a ganarles terreno.

[7] *Ongi etorri* significa 'bienvenidos' en euskera.

—Esta noche iniciaremos una quema de iglesias —prosigue Gorka. Las bocas de las dos jóvenes se abren de par en par.

Kaos no puede mantenerse callada:

—Pero sabéis que así no conseguiréis nada, ¿no? —salta, y Naia le dirige una mirada de advertencia para que se calle—. Es decir, la gente seguirá siendo cristiana. Si les quemáis la iglesia del barrio, pondrán la tele y verán la misa en La 2.

Todos guardan silencio. Naia está pendiente de Edurne por si vuelve a sacar la pistola. Sin embargo, esta esboza una mueca de comprensión.

—Tienes razón, Nekane, pero nuestro mensaje no va dirigido a la ciudadanía, sino al clero. Queremos que sepa que su poder se tambalea, que existe una resistencia pagana.

Naia suspira, esta mujer no parece enterada de que ya no viven en tiempos de Franco. España no es el país casto y religioso de antaño, desde los ochenta hay desfase, droga y puterío. El poder de la Iglesia lleva años tambaleándose sin su brillante aportación.

—Haremos dos expediciones —explica Gorka—. Miren, Aitor y Edurne irán en coche a quemar la iglesia de Hondarribia. Naia y Nekane se encargarán de la ermita de San Prudentzio, podéis ir andando desde aquí. —Kaos contiene la respiración. Naia le coge de la mano, tan nerviosa como ella—. Yo me quedaré en el caserío orando a la diosa Mari para que todo salga bien.

«Qué listo eres», piensa Naia.

—Nos reuniremos aquí una vez realizadas las misiones —dice Edurne.

Dan por finalizada la reunión, pero, antes de salir, la mujer llama a Kaos para hablar con ella en privado. Se la lleva a las cocinas.

—¿Qué quieres? —le pregunta la chica, recelosa.

—No te pongas a la defensiva, Nekane. No tengo nada contra ti.

—No pensé eso cuando me pusiste la pistola en la cabeza.

—Empezamos con mal pie, lo sé, pero nos conviene ser aliadas. —Edurne le tiende la mano—. ¿Dejamos el rencor atrás y empezamos de cero?

Kaos permanece impasible. Luego masculla algo entre dientes y le estrecha la mano; al fin y al cabo, le conviene tenerla de buenas.

—¿Eso es lo único que querías de mí?

—No, claro que no. Aunque, a diferencia de Aitor, no tenga el don de ver auras, se me da bien leer a las personas. Creo que eres una chica con un gran potencial.

—¿Potencial para quemar iglesias? —bufa Kaos—. Os estáis flipando.

—Solo siendo radicales se consiguen objetivos. Además, ellos te prenderían fuego sin dudarlo si todavía tuviesen el poder de hacerlo. A ti y a todos los que estamos aquí.

Kaos se muerde el labio mientras reconsidera sus palabras.

—La verdad es que los religiosos nunca me han tratado bien.

—¿Qué te han hecho esos bestias, cielo? —pregunta, la joven traga saliva.

No va a contarle a Edurne su vida, no se fía un pelo de ella. Sin embargo, le vienen a la cabeza imágenes que no quiere recordar.

Los primeros días en el orfanato católico, donde aquellas horribles monjas se convirtieron en su nueva familia. Nada más llegar le dijeron que había sido la única superviviente porque Dios quiso salvarla. Luego, cuando a los ocho años le escribió una carta de amor a otra niña y ellas se enteraron, cambiaron la versión. Kaos había sobrevivido al incendio porque Satanás la había ayudado.

«Enferma», «El diablo se ha metido en tu cuerpo», «Tú única esperanza es rezar».

Comienzan a arderle los ojos. Parpadea para retener las lágrimas, furiosa, no quiere ser tan ridícula de ponerse a llorar. Creía que esas heridas ya sanaron hace mucho.

—Eh, Nekane, tranquila —la consuela Edurne—. Sea lo que sea que te hicieron, con nosotros estás a salvo. Eres parte del grupo. No tienes que seguir buscando tu lugar, lo tienes aquí.

Le da un abrazo, y Kaos no la rechaza. Se pregunta si así debe de sentirse abrazar a una madre cuando estás triste, la última vez que abrazó a la suya era tan pequeña que no recuerda mucho la sensación.

—Gracias —suspira olvidando quién es Edurne. La mujer se separa de ella y la toma por los hombros.

—Y ahora vamos a por todas. —Le guiña el ojo con complicidad—. ¡Que se enteren esos puritanos de que estamos aquí!

Kaos esboza una sonrisa.

—¡Que se jodan!

Naia no para de mirar la puerta cerrada de las cocinas, no puede evitar imaginar escenarios terribles. ¿Qué está haciéndole a Kaos la arpía de Edurne?

A su lado, Gorka permanece en silencio, volviendo aún más incómoda la situación. Entonces, Kaos y Edurne salen de las cocinas, ambas llenas de energía. Naia alza las cejas sin encontrarle una explicación. Casi parecen amigas.

Gorka reparte varios bidones de gasolina, y todos menos él salen del *pub*. Edurne se sube a su coche junto a Miren y Aitor y se marchan. Las dos chicas se quedan solas junto al corral. Naia coge a Kaos del brazo.

—¿Qué te ha hecho?

Akerbeltz, la cabra, emite un balido que sobresalta a Naia y esta decide alejarse del caserío, arrastrando a Kaos tras ella.

—Nada, solo hemos hablado.

—¿Y por qué has salido igual de motivada como si hubieses aprobado el curso?

—Porque siento que por fin estoy haciendo algo importante con mi vida. Tenemos que derruir esa sucia ermita.

Naia se detiene y la mira.

—¿Qué dices, Kaos? No me asustes.

—¿Por qué estás tan segura de que estos son los asesinos de tu madre? —pregunta—. Lo diste por hecho desde el primer momento, pero no tienes ninguna prueba.

—¿Cómo que no? La nota de mi madre decía…

—Seguro que hay más akelarres en Gipuzkoa.

Naia se acerca un paso a ella.

—Kaos, esa mujer te puso un revólver en la cabeza. Nos arrancaron un mechón de pelo para chantajearnos con la posibilidad de hacernos magia negra y que no podamos marchar. Nos obligan a participar en sus celebraciones, y Gorka me forzó a hacer de médium para que su hija muerta me poseyera.

Kaos frunce el ceño confusa.

—Pero quemar iglesias no es tan malo como suena, ¡piénsalo, Naia! Ellos quemaron a muchas personas en la hoguera —exclama—. Además, solo siendo radicales se consiguen objetivos.

Naia resopla, es la misma frase que le dijo Aitor en el coche.

—Te están lavando el cerebro, ¿no lo ves? —se desespera—. Son una secta, es lo que hacen.

—Edurne dice que tengo potencial —insiste Kaos.

—Porque eres manipulable, ¡ese es el potencial que ha visto en ti!

El orgullo de Kaos despierta. Irgue la espalda y alza la barbilla.

—¿Y tú qué? —le espeta—. Un tío que no conoces de nada te hace un poco de caso y renuncias a tus principios para hacerte la guay —Naia frunce el ceño, ha sido un golpe bajo—. ¡Eso sí es ser manipulable!

—No sé en qué pensaba y no lo volvería a hacer, ¿vale? —se defiende alzando la voz.

—Se aprovechó de ti. Es como el resto de tíos en los que te fijas, quiere usarte y dejarte tirada.

Naia sacude la cabeza, sorprendida al ver lo mucho que parece importarle el tema.

—¿Qué te pasa, estás celosa?

El enfado de Kaos se desinfla de golpe.

—¿Por qué piensas esa tontería? —replica tensa.

—Igual crees que si me echo novio voy a descuidar nuestra amistad —responde Naia y ella se tranquiliza.

—Pues no es eso —resopla y aprieta con fuerza el asa del bidón—. Y ahora vamos a lo importante, la quema. Tranquila, me ocuparé yo sola.

Llegan al objetivo después de casi dos horas de trayecto. La ermita de San Prudentzio se encuentra en medio de campos de viñas y es de la época medieval.

—Acaba rápido —suplica Naia.

—Empezaré por la puerta —dice Kaos—. Arderá y el fuego entrará dentro, seguro que hay banquetas de madera y cortinas.

Respira hondo y abre el tapón de la garrafa, mentalizándose. El olor a gasolina les invade la nariz. Kaos avanza varios pasos, pero en ese instante se enciende una luz y se escuchan voces. Kaos parpadea sorprendida.

—Hay gente dentro.

—Serán los párrocos, o alguna monja —supone Naia.

—¿Cómo conseguimos que se vayan?

Naia se gira hacia ella y frunce el ceño.

—¿Qué pasa, ahora tienes moral? —bufa—. Quema la ermita con ellos dentro. Ibas a empezar por la puerta, ¿no? Así no podrán escapar.

—¿Qué coño dices?

Naia se encoge de hombros.

—Quemar una ermita con religiosos dentro es mucho más radical que quemar un simple edificio.

—Naia, yo no pienso cargarme a nadie. ¿¿Te has vuelto loca??

—Menuda radical de mierda estás hecha —resopla—. Ni siquiera eres capaz de eliminar a la casta.

—¡No puedo! —exclama Kaos cerrando los ojos.

—¿Eras tú la que tenía un gran potencial? ¡Vas a defraudar a Edurne!

—¡Cállate!

—No me callo, te ordeno que dejes de ser una cobarde y les prendas fuego.

Kaos se araña la cara, esforzándose por tomar aire.

—¡¡He dicho que no!!

El grito resuena por los alrededores, y se vuelven a oír voces dentro de la ermita. Se abre la puerta y un hombre con sotana sale de dentro.

—¿Quién anda ahí? —pregunta al tiempo que escruta los campos. Naia y Kaos echan a correr y el cura las persigue varios pasos—. ¡Eh, gamberras!

Las dos chicas saltan entre las parras, tropiezan varias veces hasta perderse por el bosque. Se detienen en un árbol, jadeando. Kaos mira a Naia y esta se cruza de brazos.

—¿Cuando Edurne te diga que te cargues a alguien lo harás? —inquiere muy seria.

Su amiga agacha la cabeza, temblando.

—No.

—En menos de media hora te ha convencido de que quemar una ermita está bien —alega—. Igual mañana te convence de que asesinar es parte de tu misión. Que cualquier cosa vale para conseguir lo que quieren.

Kaos esboza una mueca de dolor y se sienta en la tierra.

—Todo me da vueltas. No quiero convertirme en un monstruo —solloza.

Naia la abraza. Kaos es la única persona del mundo con la que puede ser tan cercana.

—Tranquila, no lo permitiré —le asegura—. Pienso abrirte los ojos cada vez que ellos te los cierren.

Kaos se separa un poco de Naia para poder mirarla.

—Les pararemos los pies para que no puedan seguir sacrificando a inocentes cada 15 de noviembre —susurra.

Naia entreabre los labios al darse cuenta de esa posibilidad. Ella solo quiere resolver las incógnitas que rodean el asesinato de su madre, pero sí, si de paso consiguen que Gorka y Edurne dejen de cometer atrocidades, estaría muy bien.

Se aclara la garganta para responder, pero ve a Edurne detrás de Kaos y chilla:

—¡Dios mío! ¿¿Qué haces aquí??

Kaos se gira, sobresaltada, y la mujer esboza una sonrisa grotesca. Parece estar sufriendo.

—¿Con quién hablas, Naia? —quiere saber Kaos mirando a todas partes.

—¡Con Edurne! Está ahí a tus espaldas, ¿no la ves?

Kaos vuelve a girarse con los ojos muy abiertos. Niega con la cabeza y Edurne se desvanece. Naia jadea, acaba de comprenderlo.

—Está muerta —susurra—. La han matado.

PARTE 2

SACRIFICIOS

9

«Vamos con la actualidad reciente. Una etarra fue abatida anoche por la policía en Hondarribia, Gipuzkoa. Al parecer, estaba intentando huir a Francia con dos compañeros», dice Matías Prats, periodista de noticias de La 1.

Alicia, interesada, sube el volumen de la tele.

«La policía la encontró frente a una iglesia en llamas. Al verse acorralada, extrajo una pistola y los agentes abrieron fuego contra ella. Sus dos compañeros consiguieron huir. Respecto a la terrorista abatida, todavía se desconoce a qué comando pertenecía. Su nombre era Edurne Aramburu, natural de Pamplona».

Aparece una foto de la mujer y la mandíbula de Alicia se desploma. Se derrumba en el sillón de la trastienda.

—Edurne no era de ETA, ineptos —masculla frotándose la sien—. ¿Ahora les da por quemar iglesias? Mierda, están como cabras.

Comienza a sentirse intranquila, como cada vez que piensa en el akelarre. Igual luego pone más incienso de ruda y coloca otro *eguzkilore* en la puerta; aunque sabe que la mejor protección es irse lejos. Muy lejos.

Se levanta y camina hacia la caja fuerte para contar los billetes por cuarta vez en el día.

—Ya queda poco. Espérame, Madrid —suspira mientras acaricia las pesetas.

Aún no puede creer que sus sueños, esos que sus padres catalogaron como «castillos en el aire», estén cada vez más cerca de hacerse realidad.

—La próxima vez que me veáis, ese castillo estará ya hipotecado —murmura con retintín.

Le ha costado trabajo y mucho esfuerzo, pero cada gota de sudor ha valido la pena. Hace años que elaboró la estrategia que le acercaría paso a paso al éxito. La tienda solo ha sido el medio para conseguir el dinero necesario para empezar su nueva vida.

—Paso uno: el dinero —dice guardando los billetes—. Paso dos: la mudanza. Paso tres: escribir el libro. Paso cuatro: no descansar hasta convertirlo en un *best seller*.

«Déjate de fantasías o te darás la hostia —le decían sus padres—. Ve a lo seguro, como hacemos todos».

Pero a Alicia no le interesa hacer lo mismo que todos. Nunca ha querido una de esas vidas donde la gente estudia, trabaja, se casa, tiene hijos y muere. «Al fin y al cabo, casi todos los adultos que hacen eso terminan frustrados —piensa—. Puestos a acabar así, prefiero frustrarme por haberme caído al volar, que por no haberme atrevido nunca a abrir las alas».

Se siente llena de esperanza, pero entonces descubre un moratón en la muñeca y el corazón se le acelera.

—Mierda... —murmura—. No, no, ¡no!

Cierra la caja fuerte respirando como una locomotora. No puede apartar la vista de la mancha violácea.

Corre a un espejo y se saca el suéter a zarpazos, busca más hematomas por la espalda, por los brazos, por el vientre. Se le emborrona la vista, está a punto de llorar.

Imagina el diagnóstico, los hospitales, la quimio, el pañuelo en la cabeza y hasta su muerte, pero en su piel no hay rastro de más cardenales.

Vuelve a ponerse la ropa y corre a buscar algo por los cajones. Ahí está, el bote de diazepam.

Se mete la última pastilla bajo la lengua y se sienta en el suelo con los ojos cerrados; inspira hondo.

—No es real, no es real… —susurra. Saca de su bolsillo la afilada punta de cuarzo y la aprieta contra el pecho, como si eso la tranquilizara—. Está en tu cabeza. No estás enferma, no lo estás.

Apoya la palma de la mano en el hematoma y se concentra. La energía sanadora fluye por sus venas, por cada poro de su piel, calentándola. Cuando retira la mano, ya yo hay rastro del moratón.

Los latidos del corazón se van acompasando, no tardará en sentirse drogada. Mira el bote de analgésicos vacío y desea no tener otra crisis en lo que queda de día.

Se sienta a leer *Cosecha roja*, su novela negra favorita, para intentar distraerse. Le fascinan las historias sobre asesinatos, el libro que escribirá tendrá esa temática. El comentario que hizo el chico pesado hace unos días la ha inspirado. Dijo que se podría matar a alguien con su cuarzo, ¿y no sería original una historia donde el asesino apuñala a las víctimas con un cristal?

Aparta la vista de la lectura para observar la piedra, pensativa. En ese momento escucha las campanillas de la puerta. Sale de la trastienda para atender a los clientes, pero se encuentra con el pesado. Es un chico alto y desgarbado, tiene la piel bronceada pese a que ya no están en verano. Al parecer no piensa seguir su consejo de marcharse del pueblo.

Al verla sonríe como un bobo y se peina el tupé castaño con los dedos.

—¡*Kaixo*, Alicia! ¿Qué tal tu día? —la saluda y ella frunce el ceño.

—Maravilloso. ¿Qué quieres?

El chaval se apoya en el mostrador sin dejar de sonreír. Alicia se pregunta por qué se viste como si acabase de salir de la película *Grease*, con esa chupa de cuero negro y los vaqueros. ¿Acaso quiere parecer una estrella del *rock* americana?

—Pues verás, estoy buscando curro. Tengo metas de futuro, ambiciones. Y quiero demostrárselo a mi madre para que me deje volver a casa. —Alicia suspira con disimulo, se enrolla más que las persianas. No entiende qué le lleva a pensar que le importa su vida—. Creo que no te lo contado, pero mi relación con ella es tensa. Fui el miércoles a Zarautz a verla, pero…

—Vale, Rafa —le corta Alicia—. Te deseo suerte con todo eso.

El chico arruga las cejas dolido.

—Me llamo Fabio.

—Eso, Fabio. ¿Qué buscas, una vela verde para encontrar trabajo rápido?

Comienza a estar un poco mareada por el diazepam.

—En realidad, esperaba que me lo dieses tú.

Alicia deja escapar una carcajada sarcástica.

—¿Piensas que voy a contratarte?

—¿Y por qué no?

—No has traído un currículum. Tampoco pareces saber mucho sobre esoterismo —espeta Alicia apoyando las manos en el mostrador.

—Aprendo superrápido, te lo juro.

—¿Tienes experiencia laboral?

—Trabajé de repartidor para el orfanato de Zarautz.

—¿Y ya está? —se impacienta Alicia.

—Sí.

Alicia se cruza de brazos.

—Comienzo a comprender que tu madre te echara de casa. ¿Tienes estudios, al menos?

—Me gradué de la EGB, y también hice un grado medio. Pero que sepas que yo iba para universitario, quería ser filósofo —presume—. En los primeros años de instituto era estudiante de honor, sacaba todo excelentes.

Alicia arquea una ceja, no sabe si creérselo o no.

—¿Y qué te pasó, Sócrates?

Fabio se encoge de hombros. Ya no sonríe.

—Al final me decanté por la FP de chapa y pintura.

Lo cierto es que empezó a juntarse con malas influencias que le convencieron de que quedarse fumando porros en el parque era mucho mejor que ir a clase.

—No estás siendo convincente —replica Alicia—. ¿Qué podrías aportar a mi negocio?

Fabio, pensativo, se rasca el mentón.

—Se me ocurren mogollón de formas de mejorar la tienda. Por ejemplo, música en directo. Puedo tocar la guitarra en la puerta, ¡seguro que será la primera tienda esotérica del mundo con guitarrista!

—Porque es una ridiculez —resopla Alicia tajante.

—Vale, vale, lo descartamos —farfulla—. También puedo limpiar, recoger y atraer clientes. Soy simpático, tengo don de gentes. Pero no estoy diciendo que tú no seas simpática, eh —se apresura a aclarar al ver que la chica comienza a fruncir el ceño.

—Vale —dice Alicia y Fabio abre la boca.

—¿Vale?

—Sí, estás contratado. Pero será solo por unos días, porque antes del 15 de noviembre me voy de aquí —le advierte—, tal y como deberías hacer tú también.

Fabio no puede ocultar la desilusión.

—¿A dónde vas?

—A Madrid, y no volveré nunca más.

Le endosa una escoba y Fabio la sostiene cabizbajo.

—Vaya…

Desearía seguir interrogándola, pero Alicia comienza a mandarle tareas sin piedad. Sacarle el polvo a los cuencos tibetanos, ordenar los mazos de tarot, barrer la trastienda…

—Oye, ¿y tú tienes algún don? —le pregunta Fabio al cabo de un rato.

Alicia respira hondo, ya le extrañaba que llevase cinco minutos seguidos callado.

—Sí, la sanación. Desde hace tiempo está de moda llamarlo *reiki*.

—¿Puedes curar cualquier enfermedad?

Alicia esboza una mueca.

—No, esto no es *Sabrina, cosas de brujas*. Sirve para dolores, heridas o lesiones. Si tienes algo fuerte como un cáncer, te jodes.

—¿Por qué yo no tengo dones? —pregunta Fabio.

—Solo algunos tenemos una sensibilidad especial que nos permite desarrollarlos.

—Naia ve fantasmas, ¿cómo crees que lo hace?

—Su caso es raro —responde Alicia—. Es médium porque nació la madrugada del 1 de noviembre, el instante en el que el mundo de los muertos y el nuestro se fusionan.

Se muerde la lengua demasiado tarde. Ha hablado más de la cuenta. A Fabio podría parecerle extraño que tenga tanta información de Naia sin apenas conocerla, pero el chico no es avispado, así que no hace más preguntas. En lugar de eso, se queda en silencio durante un lapso de tiempo sospechoso. Se escuchan objetos removiéndose y Alicia se incorpora.

—¿Esto lo has escrito tú?

La chica se pone en pie como si le hubiesen pinchado el culo e irrumpe en la trastienda. Fabio ha sacado su caja verde donde guarda borradores de novelas.

—¿Qué haces cotilleando mis cosas? —exclama Alicia.

—No cotilleo, las estoy recogiendo.

—Pues no recojas tan a fondo —gruñe ella, cierra la caja y la vuelve a meter en el armario.

—¿Eres escritora?

—Lo seré.

—¿Cuándo?

—¿Siempre lo preguntas todo?

Fabio se balancea sobre las puntas de los pies.

—Perdón.

—Sigue limpiando.

Él obedece. Observa cada rincón sin perder detalle mientras restriega la fregona por el suelo. Se topa con una foto colgada en una esquina. En ella aparece una Alicia adolescente, con una sonrisa llena de hierros y el pelo largo, posando junto a un cantante que Fabio conoce demasiado bien.

—¡Ay va la hostia! —exclama emocionado—. ¡Conociste al gran Loquillo!

Alicia camina hacia él y acaricia la foto con cariño.

—Me llevaron a su concierto, fue un regalo por mi quinceavo cumpleaños —asiente—. Nueve años después sigo siendo igual de fan.

—¡Qué fuerte, yo también soy superfan! —sonríe Fabio contento al ver que por fin encuentra algo en común con ella—. Mi mayor aspiración en la vida es ser como él.

—Menudo exagerado.

—No, de verdad, tengo todos sus discos.

Alicia abre el segundo cajón de la cómoda y le muestra a Fabio una gran colección de vinilos. También tiene todos los discos, desde *Los tiempos están cambiando* al último, *Héroes de los 80.*

—Tía, sabía que molabas —dice Fabio—. ¿Sabes? Cerca de mi casa, en Zarautz, hay un *pub* donde siempre ponen sus canciones. ¿Quieres que vayamos cuando acabemos de currar?

Alicia se pone seria de repente. Se acuerda de que tiene ansiedad y piensa en que se le han acabado las pastillas. Un nudo de espinas comienza a enroscársele en el estómago.

—No —responde con sequedad.

Fabio cierra los ojos abatido. Ya no sabe qué hacer para que le conceda una cita.

—Bueno, pues yo iré igualmente. Si cambias de opinión, el *pub* se llama Rock Legends.

—Dudo que lo haga —responde Alicia dándole la espalda—. Y por cierto, ya te puedes ir. Ha anochecido, y has dejado esto bastante recogido. Cerraré enseguida.

—Pues hasta mañana, supongo.

Se despiden con un apretón de manos y la chica se queda sola con sus pensamientos.

En el fondo arde en deseos de ir a ese *pub*, ni siquiera recuerda la última vez que se divirtió. Lo único que ha hecho durante el año ha sido trabajar todos los días de la semana, casi sin salir de la tienda.

Pero… ¿qué pasará si sale de fiesta y le da una crisis en medio de todo el mundo? Se imagina hiperventilando delante de Fabio, escapándose al baño para buscarse hematomas por el cuerpo. En definitiva, haciendo el ridículo. Quedando como una puta loca.

Y lo peor de todo, sin pastillas en el bolso. Sin posibilidad de calmarse. ¿Y si le da un ataque tan grande que tienen que llevarla al hospital? Tremenda vergüenza.

Se encoge sobre sí misma. Si pudiera desear algo sería tener un botón para apagar su mente y dejar de pensar.

Lo cierto es que Fabio es un idiota. Pero un idiota que, desde que entró a su tienda esa tarde, le ha hecho olvidar que tiene ansiedad. Gracias a sus tonterías y ocurrencias ha estado tranquila e incluso entretenida, aunque nunca lo admitiría en voz alta.

Se pone en pie, ha tomado una decisión. Debe ser más fuerte que sus miedos. Está harta de posponer su vida hasta que la ansiedad desaparezca y pueda volver a hacer todas las cosas de las que se está privando.

—¡Se acabó! —exclama.

Antes de que pueda cambiar de opinión, entra a la trastienda y se cambia de ropa. Todo lo que se ha comprado últimamente es de color marrón y demasiado formal como para ir a un *pub*. Rebuscando mucho encuentra un pantalón vaquero holgado, una camiseta amarilla y una chaqueta roja. Así es como se vestía cuando era adolescente.

Se sienta frente al espejo y se dispone a arreglarse por primera vez en meses. Se pone espuma en los rizos marrones, los alborota, y se pinta los ojos de amarillo, a juego con la camiseta. Por último, se calza sus botas granates y coge las llaves del coche.

Poco después ya está en Zarautz, frente al *pub*. Empuja la puerta y se encuentra con un local más parecido a una discoteca que a una taberna, incluso tienen una bola de espejos en el techo. Fabio está solo en un rincón, aunque le cuesta localizarlo porque hay mucha gente.

Avanza a empujones, con la música retumbando entre sus costillas. Se planta frente a él y, a pesar de que esperaba que fuera, le pilla desprevenido.

—¡Alicia! —esboza una enorme sonrisa—. ¡Has venido!

Ella se encoge de hombros quitándole importancia.

—No hagas que me arrepienta.

A partir de ese momento empiezan a pedir una cerveza tras otra, cada vez más distendidos. Fabio no sabe si esta es la verdadera Alicia o si el alcohol se le ha subido a la cabeza, pero le encanta verla reír. Pese a tener algunos dientes torcidos, su sonrisa le parece preciosa. Está aún más guapa que cuando le da respuestas bordes en la tienda, y no porque se haya maquillado.

En un momento de la noche, comienza a sonar *El ritmo del garaje* y Fabio se atreve a cogerla del brazo y sacarla a bailar.

Alicia da vueltas sobre la pista cantando a gritos la canción.

—«Cualquier noche los gatos de tu callejón le aullarán a gritos esta canción. Porque yo tengo una banda de *rock and roll*».

Las horas pasan veloces, cuando son las cinco de la mañana el dueño del *pub* los echa para cerrar.

Por suerte, Alicia ya va suficientemente sobria como para conducir. Se despide de Fabio con un beso en la mejilla y se sube al coche para volver a casa.

Se lanza a la cama, agotada, y se duerme tan deprisa que se le olvida poner el despertador.

Al día siguiente, los golpes en la puerta la despiertan. Ya es mediodía. Se levanta de un salto nerviosa.

—¡Voy! —exclama.

Abre la puerta y se le ponen los pelos de punta al descubrir que quién hay al otro lado es Gorka.

—¿Qué haces en mi casa? —le espeta.

—He pasado por la tienda y no estabas.

—No he abierto aún. ¿Qué quieres ahora?

Gorka deja escapar un suspiro hastiado. La soporta tan poco como ella a él.

—Solo comentar que te veo muy centrada en tus cosas, y eso está bien, pero también tienes la tarea de vigilar a Naia…

Alicia aprieta los puños. Le odia, le odia, ¡Dios, cuánto le odia!

—¿Necesito recordarte que fui yo quien la localizó en San Sebastián? La que descubrió que estudia física y astronomía, la que averiguó la dirección de su piso de est…

—Tampoco sirvió de nada —la interrumpe Gorka—. Al final, ella solita vino aquí por su propio pie.

—¿Qué problema tienes entonces? —exclama perdiendo la paciencia.

—Simplemente, no olvides que tú y yo tenemos un trato…

—Tranquilo, no se me puede olvidar si me lo recuerdas a cada segundo de mi maldita vida —gruñe y le cierra la puerta en los morros.

Pega la oreja a la madera hasta escuchar los pasos del hombre calle abajo. Solo entonces deja escapar un rugido de rabia. Se tira del pelo desesperada.

—Joder… —murmura.

Todo el malestar vuelve a ella de golpe. Necesita diazepam.

Va a la farmacia, sin molestarse en limpiarse los restos de maquillaje, maldiciendo su vida. Es una ingenua al pensar que alguna vez podrá superar toda esa mierda.

Solo es un despojo humano que llora por los rincones.

ROCK LEGENDS
¿ALICIA? ¡HAS VENIDO!

NO HAGAS QUE ME ARREPIENTA
Cherry

10

Edurne Aramburu
12 de abril de 1933 - 8 de noviembre de 1992

Naia no puede apartar la mirada de la lápida. Le da un par de tragos a la cerveza, la clásica del desayuno.

—No es momento para estar de birras —la regaña Miren, que se ha colocado a su lado.

A veces se le olvida que esa señora también forma parte del akelarre.

—¿Por qué? —bufa Naia harta de normas sociales estúpidas—. Si fuera agua nadie se ofendería.

Kaos le quita a su amiga la cerveza y se la termina en un par de tragos, desafiando a la mujer con la mirada.

—Que te jodan —le dice y lanza la lata vacía al suelo. Miren decide alejarse de ellas, molesta.

Gorka ha obligado a todo el akelarre a asistir al entierro. Parece afectado, no para de llorar.

Por desgracia, no son los únicos que han acudido al cementerio. Como la versión oficial es que Edurne era de ETA, personas de los alrededores afines a la organización terrorista han querido dar su apoyo. Así, el pequeño camposanto de Getaria se ha llenado de banderas, pancartas y manifestantes. Se quejan de que la muerte de Edurne ha sido abuso policial, y gritan consignas en euskera que Naia es incapaz de entender.

—¿Qué dicen? —le pregunta a Kaos.

—Que dispararon a Edurne a traición. Y frases variadas en contra de la Policía.

Naia suspira restregándose una mano por los ojos.

—Genial, y nosotras aquí con ellos. Solo falta que nos relacionen con la *kale borroka*.

Mira a Kaos de arriba abajo. La muy oportuna ha decidido ponerse para el funeral lo único negro que tiene en su armario: una sudadera de Kortatu que perteneció a María, su ex, que lleva prendida una chapa de la ikurriña. Parece una más de los manifestantes.

—¿De verdad? —gruñe Naia.

Kaos la mira sin entender.

—¿Qué?

La policía se agolpa en la entrada del cementerio. Tienen las porras desenfundadas y cara de pocos amigos, pero aún no se deciden a actuar.

—Ahora vuelvo, me agobio con tanta gente —anuncia Naia.

Camina hacia el ala oeste, no sin antes recoger la lata de cerveza que Kaos tiró al suelo y llevarla a la papelera. Termina sentada junto a la tumba de Nagore Arratia, la expropietaria de la tienda de Alicia, sin quitarle el ojo a su fecha de muerte.

15 de noviembre, maldito día. Apoya el mentón en las rodillas, derrumbándose por momentos. Las teorías se le enredan en el cerebro, a veces piensa que nunca será capaz de desvelar las incógnitas. El asesinato de su madre es más complejo que las once dimensiones de la teoría de cuerdas.

—Odio los cementerios, hacía años que no pisaba uno —dice alguien a sus espaldas trayéndola de vuelta al mundo.

Naia se gira y se topa con Aitor, que se sienta a su lado. Se pone un poco nerviosa.

—A mí me gustan. Me dan paz —responde.

—Seguro que de pequeña te daban miedo.

—Dejé de tener miedos muy pronto. No tuve más remedio.

—¿A qué te refieres?

A Naia no le apetece decir la verdad. Cuando era niña, su madre salía de fiesta una vez al mes y la dejaba sola en casa toda la noche. Al principio la situación la aterrorizaba: lloraba hasta la madrugada deseando que Triana regresase. Ella solía aparecer cuando el sol ya había salido, tambaleándose y oliendo a alcohol. Luego volvía a ser la madre atenta y cariñosa de siempre, como si ese desliz nunca hubiese sucedido.

A sus ocho años, Naia decidió dejar de tener miedo. Alquiló del videoclub todas las películas de terror que sus ahorros infantiles le permitieron y pasó días enteros viéndolas sin parar. Así podía analizar los errores de los protagonistas al enfrentarse a los monstruos y los comportamientos típicos de estos últimos. Cuando llegó de nuevo la noche de soledad, se sentía un poco más preparada para afrontarla. Y a la siguiente, más aún. Ya sabía cómo actuar si algún monstruo entraba en casa.

—Ser médium implica ver espíritus casi a diario. Y si los fantasmas nunca me han asustado, mucho menos un par de lápidas —es lo único que se decide a contestar. Tampoco es mentira.

—Supongo que no puedes evitar estar conectada con la muerte.

Naia suspira desalentada.

—La muerte forma parte de mí desde que nací, mi madre decía que ya veía espíritus siendo solo un bebé. Me ponía a mirar a la nada, como hacen los gatos. Luego me reía, me asustaba o lloraba.

—Qué mal rollo —dice Aitor.

—Y pensar que si no hubiese nacido prematura sería normal…

Aitor la mira con un nuevo interés.

—¿Naciste prematura?

Naia asiente mientras arranca distraída el musgo del mármol.

—Me adelanté un mes. Mi madre salía de cuentas a principios de diciembre.

—Menuda casualidad, ¿no? —comenta el chico—. No solo fuiste prematura, sino que pudiendo nacer en cualquier momento vas y lo haces el día de los muertos. Y te conviertes en médium.

Naia deja de arrancar el musgo, la mano se le congela en el aire. Mira a Aitor con el ceño fruncido.

—Tienes razón —murmura—. ¿Y si no fuese una coincidencia?

—¿Insinúas que alguien provocó tu nacimiento? —pregunta Aitor, y Naia asiente con la cabeza. El chico se echa a reír—. ¡No seas paranoica! ¿Para qué iba alguien a querer hacerte eso?

—Los médiums somos muy útiles, muy escasos y muy solicitados.

Aitor no parece tomárselo en serio. Naia se siente decepcionada, le entran ganas de buscar a Kaos y contárselo a ella. Seguro que su amiga la escucha y le da la razón. Es más, seguro que se le ocurren mil teorías al respecto. Hablar con Aitor es muy distinto, es… como si la conversación nunca pudiera ponerse interesante.

Tras ellos, los manifestantes continúan gritando. Esta vez contra los policías que tienen enfrente.

—Si quieres salir de dudas puedes hablarlo con tu madre, igual ella sabe algo —es lo único que se le ocurre decir a Aitor—. Al fin y al cabo, fue quien te parió.

—Está muerta. Murió en un accidente de tráfico —especifica Naia sin poder evitar una mueca sarcástica.

Los ojos oscuros de Aitor se abren de par en par.

—Mi madre murió igual.

—Vaya, lo siento —se apresura a farfullar Naia. Luego se gira hacia Aitor inquisidora—. ¿¿Qué día murió??

El chico parpadea, extrañado por la pregunta.

—El 15 de noviembre del 88. Se estampó en la curva del río Oria.

Naia traga saliva. Las palabras se le atascan en la garganta, así que se queda en silencio.

—¿Pasa algo?

—Nada. Es que parece que hoy no dejo de encontrar casualidades —responde. No es buena idea soltarle así sin más que, aunque no lo sepa, su madre también fue asesinada por el akelarre. No de golpe, no sin pruebas. Con la devoción que siente por Gorka se cerraría en banda, así que decide cambiar de tema—: El sábado te fuiste muy rápido de la reunión.

Vuelve a arrancar musgo, Aitor se rasca la nuca.

—Lo sé, me habría gustado hablar contigo. Pero bueno, ya estamos hablando ahora, ¿no?

Naia lo mira y sonríe sin ganas. El rubio se inclina sobre ella y la besa en los labios. Le devuelve el beso, pero tiene la mente en otra parte. En la conversación que se muere de ganas de tener con Kaos, en concreto.

—¿Quieres venir mañana por la tarde a mi casa? —le propone Aitor cuando se aparta.

Solo de pensar en el hombre que le rompió las medias, los drogadictos y las casuchas, a Naia se le revuelven las tripas. Tiene que recordarse que es valiente.

—Vale. Mañana por la tarde.

Acercan los rostros para besarse de nuevo, pero un estruendo los interrumpe. Los manifestantes han lanzado un cóctel molotov a los polis y estos han respondido atacándoles.

Aitor y Naia se levantan para echar a correr, y pronto son absorbidos por la marea de gente. Naia se encuentra sola entre la multitud, llevada a empujones de un lado a otro. Se deja arrastrar, pero se golpea sin querer contra el palo de una pancarta y cae al suelo.

Le pisan el muslo y la mano derecha. Suena una segunda explosión y empieza a oler a quemado. Intenta levantarse a trompicones, pero se lleva un rodillazo en la frente y vuelve a desplomarse de espaldas.

—¡Naia! —exclama Kaos apareciendo entre la muchedumbre.

Le tiende la mano y consigue ponerla en pie.

«Euskal herriaren, eskubideen alde!»[8], grita a coro el gentío.

Corren juntas sin soltarse hasta la salida del cementerio. Han quemado el contenedor de la entrada, de ahí viene el olor. Un acre humo negro impregna el ambiente.

Un policía se acerca a ellas, porra en alto, y comienza a golpear a Kaos.

—¡Eh, brutalidad policial! ¡Fascista! —grita la agredida—. ¡Si me rompes las gafas me las vas a pagar!

Naia se abalanza sobre el agente para intentar pararlo, pero lo único que consigue es llevarse un empujón. Este tira a Kaos al suelo y la reduce mientras ella chilla de dolor.

—¡Déjala en paz, no ha hecho nada! —exclama Naia.

Su voz se pierde entre el barullo, y el policía se lleva a Kaos a rastras. Naia echa a correr tras ellos, pero su amiga niega con la cabeza.

—¡Huye, Naia!

No, no está dispuesta a irse de allí sin ella. Sin embargo, alguien la coge desde atrás y la levanta en volandas. Aitor.

La saca de los disturbios por la fuerza al tiempo que ella patalea sin parar.

—¿Qué mierda pretendías hacer?

—¡Impedir que se la lleven, desde luego! —exclama Naia tan alterada que apenas vocaliza.

Aitor la deja en el suelo en un lugar apartado.

---

[8] *Euskal herriaren, eskubideen alde!* significa '¡Por los derechos del pueblo vasco!' en euskera.

—Te habrían cogido a ti también, no habrías podido hacer nada.

Naia se apoya contra la pared de una casa.

—¿Por qué han ido solo a por ella?

—Por las pintas que llevaba. Entre el flequillo y la sudadera de Kortatu parece una *abertzale*[9] —responde Aitor.

Gorka llega corriendo junto a Miren.

—¿Estáis bien? —pregunta el hombre.

—Se han llevado a Kaos —dice Naia—. Y le han hecho daño.

—Todos hemos pasado por eso alguna vez —responde Gorka—. ¿Verdad, Aitor?

El chico asiente y Naia se desespera.

—¿Ahora qué hago? ¿Dónde la busco?

—Se la llevarán a comisaría, reza por que no la torturen —responde Miren, y Naia se cubre la boca con la mano—. Ya volverá a casa.

Aitor le dirige a Naia una mirada de lástima.

—No puedes hacer nada más.

La chica agacha la cabeza temblando. Gorka vuelve a tomar la palabra y cambia de tema:

—He decidido suspender la actividad del akelarre hasta que se calmen las aguas, no habrá más quema de iglesias —anuncia para alivio de Naia—. El asesinato de Edurne ha sido un palo duro, y a vistas de las autoridades es una etarra. No quiero que todos terminemos acusados de terrorismo, ni que confundan al akelarre con un comando. —Gorka atraviesa a Naia con sus ojos azules y se dirige solo a ella esta vez—: Eso sí, Naia, tú y yo tenemos una cita pendiente. El 16 de noviembre realizaremos otra sesión de espiritismo.

Naia deja caer los hombros.

—¿Por qué? ¿Y por qué justo ese día? —su mirada se ensombrece—. ¿No puede ser el 15?

Gorka se envara visiblemente nervioso.

---

[9] *Abertzale* hace referencia a los nacionalistas vascos.

—Deja de hacer preguntas. Y a los demás, os aviso de que marcho a Navarra ahora mismo, anoche hice el equipaje. Voy a acompañar a la familia de Edurne en su duelo, estaré un par de días fuera.

Cuando Naia llega a casa no son ni las tres de la tarde, pero se siente agotada.

—¿Fabio? —pregunta sin obtener respuesta.

Sube al piso superior y se asoma a la habitación de su madre. El chico está tirado en la cama durmiendo. Se ha acostado con ropa de calle, aún lleva la chupa de cuero puesta.

Recuerda que anoche, de madrugada, creyó escuchar la puerta.

—¡Fabio! —lo despierta.

—¿Eh? —farfulla medio dormido—. Ah, Naia, buenos días.

Se incorpora y se frota los ojos.

—Buenas tardes —responde ella—. ¿Anoche te fuiste de parranda?

—Sí, menuda resaca. —Se da una palmada en la frente—. ¡¿Qué hora es?!

—Las tres.

Fabio se levanta de un salto y comienza a coger ropa limpia de los cajones.

—¡A las cinco entro a trabajar!

La ceja de Naia se curva.

—¿Tú, trabajando?

—Alicia me ha contratado. Fue con ella con quien estuve anoche en el bar. —Esboza una sonrisa—. Y yo estoy que me salgo, hoy mismo me pongo a estudiar.

—¿Estudiar?

—Para ir a la universidad. Voy a ser filósofo, que era mi sueño, joder. —Sale directo a la ducha y cierra la puerta, pero continúa hablando con su amiga desde dentro—. Que yo soy muy listo, eh, Naia. Sacaba matrículas de honor con trece años.

—Y si quieres mejorar, ¿por qué no empiezas por dejar los porros? —propone ella cuando se apoya en la pared.

—¡Lo haré, eso también lo haré! —asegura y se escucha el agua correr—. Voy a ser el hombre que se merece una gran mujer como Alicia.

Naia lo escucha perpleja.

—Vaya, sí que te estás pillando.

—Y ella también, estoy seguro de que le molo. Estaba tan guapa en la pista de baile… ¿Sabes que fuera de la tienda es otra persona?

Minutos después, abre la puerta y sale envuelto en el albornoz. Suena el teléfono y corre a cogerlo, deja rastros de agua a su paso.

—¿Sí? —se pega el auricular a la oreja. Su rostro se ilumina—. ¡Alicia! ¿Qué tal estás? ¿Qué tal tu día?

Naia le observa desde la puerta, curiosa. La cara de Fabio se ensombrece, su cuerpo parece ir desinflándose como un globo. Cuando cuelga, está abatido.

—¿Y bien? —cuestiona Naia con las cejas alzadas.

—No lo entiendo, creía que todo iba guay entre nosotros —suspira—. Dice que lo ha pensado bien y no necesita que trabaje para ella, que no hace falta que vuelva a la tienda. —Su barbilla temblequea, de pronto rompe a llorar—. ¿He hecho algo mal, Naia?

La chica se frota los brazos incómoda. Consolar no es uno de sus talentos, suele dejar que esa faena la haga Kaos.

—Puede que no seas su tipo, o que le guste otro. O igual nunca le has gustado y has malinterpretado sus intenciones.

El llanto de Fabio se refuerza, y Naia decide que le ayudará más callándose. Le da un torpe abrazo y unas palmaditas en la espalda, deja que el chaval se desahogue. Fabio la estruja como si fuese un peluche y Naia clava la vista en la pared.

En ese momento se abre la puerta de la casa y entra Kaos. Lleva un moflete magullado de cuando el policía la tiró al suelo, y se le ha torcido un poco una patilla de las gafas. Naia suelta a Fabio y corre hacia ella.

—¿Qué te han hecho, estás bien?

Kaos sonríe haciéndose la dura.

—Tranquila, que un par de maderos no van a poder conmigo. Han cogido mis datos, me han interrogado y han sido bordes de la hostia, pero enseguida me han dejado suelta. Creo que hasta les he caído bien. —Su mirada se desvía hacia Fabio—. Ay, no... ¿Estás bien, Fab?

El chico niega con la cabeza, Kaos corre a darle pañuelos y un vaso de agua. Le cuenta a su amiga cómo se siente por lo ocurrido con Alicia y ella le escucha cogiéndole la mano. Al cabo de un rato, Naia decide carraspear.

—Por cierto, Gorka dice que la actividad del akelarre queda suspendida hasta nuevo aviso —les informa para romper la atmósfera dramática—. A excepción de una sospechosa reunión que quiere tener conmigo, justo después del día clave. Luego ha marchado.

—¿A dónde?

—A Navarra, al parecer es cercano a la familia de Edurne y quiere darles el pésame. Volverá en unos días.

Kaos asiente con energía volviendo a ponerse la chaqueta.

—¿Y a qué estamos esperando?

—Explícate —dicen Fabio y Naia a la vez.

—Bueno, queríamos entrar en su casa, ¿no?

Naia se rasca la cabeza, lo cierto es que ya se había olvidado de ese plan.

—Sí, es verdad —balbucea—. ¿Pretendes que lo hagamos ahora?

—Ahora o nunca, querida.

11

A plena luz, el camino hasta el caserío parece más corto. Akerbeltz los saluda con un balido, en estos momentos es el único habitante del lugar. El caserío ha adquirido una presencia fantasmagórica con el Pub de Edurne cerrado a cal y canto.

—Cabrita —canturrea Kaos acariciándole los cuernos—. ¿Tienes hambre?

—Creía que te daba mal rollo —comenta Naia.

—Por la noche sí, de día es mona —sonríe Kaos y le da una brizna de paja al animal.

Fabio se sienta en la valla de madera del corral y comienza a liarse un porro.

—¿Sabíais que las cabras tienen diferentes acentos? No balan igual las americanas que las francesas. No recuerdo dónde lo leí, pero es curioso —dice. Sus amigas se quedan mirando el canuto con el ceño fruncido y Fabio carraspea—. Lo siento, es que estoy estresado. Este es mi primer allanamiento de morada.

—¿Recuerdas lo que ideamos? —le pregunta Naia a Kaos.

Ella asiente.

—Treparemos al piso de arriba impulsándonos desde la valla del corral.

—¿Los tres? —pregunta Fabio.

—Las dos. Ya que estás aquí, nos guardarás las espaldas. Te escondes entre los árboles y si se acerca alguien nos tiras una piedra a la ventana —propone Naia.

Fabio asiente aliviado. Kaos, por su parte, parece cada vez más inquieta. No para de mirar hacia los geranios del primer piso.

—No es que tenga miedo, eh —tartamudea—. Pero ¿y si nos caemos?

—Tranquila, Kaos —suspira Naia—. Subo yo primera.

Se encarama por la fachada con determinación, agarrándose a las tuberías y encajando los pies entre las piedras grises de la parte delantera. Jadea por el esfuerzo, es más arduo de lo que esperaba.

En un momento dado, mira al suelo y se le sube el estómago a la garganta, comienza a comprender a su amiga. Unos metros debajo de ella, Akerbeltz la observa rumiando la hebra de paja.

—¡Vamos, casi lo tienes! —la anima Kaos.

Naia aprieta la mandíbula y consigue aferrarse al pequeño balcón. Una gota de sudor le cae por la sien. Cierra los ojos, cuenta hasta tres y se empuja hacia arriba. Cruza la pierna y cae dentro.

—¡Sí! —chilla sintiendo un subidón de adrenalina. Se asoma a través de los barrotes—. Ahora tú, Kaos.

La chica saca su lazo negro del bolsillo y se recoge una parte del pelo, preparándose.

—El lazo de la suerte —murmura.

Respira hondo y comienza a trepar con el empujón inicial de Fabio. No tarda en llegar junto a Naia.

La puerta del balcón está cerrada, tienen que forzarla para entrar. Aparecen en medio del salón e intercambian miradas con los nervios a flor de piel.

—¿Y ahora qué? —pregunta Kaos en un susurro.

Por un momento, Naia no sabe responder. Quizá deberían haber planificado más la incursión.

—Su habitación —improvisa.

Atraviesan el pasillo, dejan atrás los baños y el cuarto oscuro donde hicieron la sesión de espiritismo. Van asomándose a las puertas una a una hasta encontrar el dormitorio.

Al igual que el resto de la casa, la decoración está anticuada. Papel pintado de flores, colcha con volantes y una lámpara de lava de los ochenta que desentona horriblemente.

—Miraré en su armario —decide Kaos.

—Yo en la mesita —responde Naia.

Antes de abrir los cajones ve una foto familiar que le pone los pelos de punta, porque, a simple vista, la mujer que posa junto a Gorka y la niña le ha parecido su madre.

—Kaos..., tienes que ver esto —susurra pálida.

La chica se acerca a la foto y abre los ojos de par en par.

—¿Esa es tu madre?

—No, pero el parecido es increíble.

Coge la imagen para observar de cerca a la mujer. Pelo negro, piel aceitunada y ojos oscuros. Lleva los labios pintados de rojo, su sonrisa blanca destaca como espuma de mar.

—Debe de ser su hermana.

—No existe otra explicación —responde Naia y devuelve el marco a su sitio.

Pensar en todo lo que eso significa es abrumador.

—¡Qué fuerte! ¿Sabías que tenías una tía?

Naia niega con la cabeza.

—No.

—¿Qué sabes de tu familia materna? —le pregunta Kaos.

—Mi madre nunca hablaba de ellos, hacía como si no existiesen. —Los ojos azules de Naia se entrecierran—. Pero los vi una vez.

—¿Qué? ¿Cuándo?

Naia se sienta en la cama.

—A finales del 75. Yo era pequeña, no me acuerdo de casi nada. Mi madre me llevó a Sevilla en tren —añade—. Me dijo que iba a conocer a los abuelos, pero parecía muy nerviosa.

—¿Y qué pasó?

—Recuerdo a un señor y a una señora, se enfadaron mucho al vernos. Yo me escondí detrás de mi madre mientras ella contestaba a los gritos.

—Os echaron de allí —adivina Kaos.

Naia ha comprimido la colcha en un puño sin darse cuenta.

—Sí, al igual que repudiaron a mi madre en su día. La pobre se pasó todo el camino de vuelta llorando.

Kaos, pensativa, frunce un poco el ceño.

—¿Por qué repudiaron a tu madre cuando era joven?

—Era rebelde, salía a fiestas y no se quería casar. A los gitanos no les gustan esa clase de mujeres —responde Naia encogiéndose de hombros.

Apenas termina de formular la oración, escuchan un coche aparcando.

Las chicas se levantan de un brinco y chocan entre ellas con torpeza. Miran a su alrededor y alisan la colcha y se meten bajo la cama. Respiran entrecortadamente, Naia se obliga a aguantar el aire para no hacer ruido.

Se escucha la puerta y Kaos cierra los ojos apretando la mano de Naia. La piedrecita golpea la ventana: el aviso de Fabio.

«Siempre puntual», piensa Naia con sarcasmo.

Se escuchan pasos en dirección al dormitorio y Kaos empieza a sollozar. Naia le tapa la boca.

Gorka entra con prisas, ven sus zapatos a varios palmos de sus narices. Se para junto a la mesita de noche y el corazón de Naia se acelera. ¿Igual se ha dado cuenta de que la foto está movida del sitio?

Los segundos se vuelven interminables. Naia tiembla con tanta violencia que su barbilla traquetea sin parar.

Finalmente, Gorka abre el último cajón, saca algo y marcha. Oyen como se dirige al comedor y cierra el balcón. Con un poco de suerte creerá que fue él quien lo dejó abierto.

Camina por la casa, las chicas intuyen que está en el cuarto oscuro. Oyen ruidos y, luego, la puerta de la habitación cerrarse de un portazo. Parece no haber sospechado nada, porque lo siguiente que hace es abandonar la casa y echar la llave.

Solo entonces Naia retira la mano de los labios de Kaos y ambas se permiten respirar.

—Casi me desmayo —gime Kaos restregándose los ojos—. No soporto a la gente que vuelve porque se le olvida algo.

Naia es incapaz de articular palabra, no siente las piernas.

Salen de debajo de la cama a rastras, y Naia ahoga un grito al ver a la mujer parada junto al armario.

—Es como si de repente hiciera más frío —comenta Kaos estremeciéndose.

—¿Qué quieres? —le espeta Naia a Edurne, esta esboza una sonrisa y se cruza de brazos en actitud chulesca.

—Pues lo mismo que tú, ¿qué voy a querer? —se queja Kaos.

—No hablo contigo. Tienes a Edurne detrás.

Kaos chilla como si tuviera una araña encima y se agarra al brazo de su amiga.

—No grites, que Gorka aún estará cerca —la regaña Naia.

—Haz que se vaya, ¡haz que se vaya! —suplica Kaos mirando a todas partes con los ojos desorbitados.

Edurne comienza a reír a carcajadas, pero sin emitir un solo ruido.

Naia agarra a Kaos de las mejillas y la obliga a mirarla.

—Escucha. No puede hacerte daño, es inofensiva, ni siquiera la podemos oír. Los espíritus no pueden hacerte nada a menos que les des permiso o alguien los envíe para hacerte algo —le explica con voz suave para tranquilizarla.

—¿Y si alguien del akelarre la ha mandado contra nosotras?

—En ese caso nos habría delatado hace unos minutos ante Gorka, ¿no crees?

Kaos, más calmada, asiente. Vuelven a centrarse en la foto y en la desconocida hermana de Triana bajo la mirada de Edurne.

—Hostia… —murmura Kaos, entonces la coge y la pone junto a Naia para unir su cara con la imagen de Gorka.

—¿Qué? —farfulla.

Kaos traga saliva antes de responder.

—No sé cómo no me había dado cuenta. Te pareces a Gorka.

Naia aparta la foto de un manotazo.

—¡No digas tonterías!

—Tenéis los mismos ojos —insiste Kaos—. La misma nariz puntiaguda y los labios con forma de corazón. Y aquí, que no lleva barba, tenéis los dos el mentón afilado.

—¡Que no, que te calles! —grita Naia.

Se deja caer en el suelo con la espalda apoyada contra la cama. Edurne comienza a burlarse de ella, así que esconde la cabeza entre las rodillas para no verla. Se convierte en un ovillo y se rompe. Llora hasta quedarse sin aire, los brazos de Kaos la envuelven.

—No puedo, Kaos —solloza enterrando el rostro en el hombro de su amiga—. Puedo aceptar que tengo una tía a la cual mi madre nunca mencionó, que por alguna razón también acabó en el País Vasco y tuvo una hija con Gorka. Asumir que Gorka es mi padre no, no puedo. Me niego.

Kaos frunce los labios y la estrecha con más fuerza.

—Igual me he precipitado y no os parecéis tanto. Mucha gente tiene los ojos azules —trata de arreglarlo, pero ya es tarde.

—No es lógico. ¿Se enamoró de mi tía, tuvieron una hija, las perdió a las dos en un accidente de tráfico… y después se enamoró de mi madre, nací yo y la mató dieciséis años después?

—No, no tiene sentido —admite Kaos—. Luego están las muertes cada 15 de noviembre.

—Todas causadas por accidentes de tráfico en el mismo sitio, la curva del río Oria —añade Naia—. He llegado a esa conclusión después de hablar en el cementerio con Aitor. Su madre murió en idénticas circunstancias, he asumido que fue otra víctima del akelarre. Él no lo sabe e idealiza a Gorka. Convencer a Aitor de que Gorka es un asesino va a ser más difícil que probar la existencia del bosón de Higgs.

—Joder —suspira Kaos con la mirada perdida—. ¿Y qué hay de que nos necesitase como integrantes del akelarre? ¿Por qué nos quiere en su red?

—A quien querían es a mí. La propia Edurne lo dijo la noche de nuestra iniciación —recuerda Naia comprendiendo muchas cosas—. A ti te necesitan para poder hacerme chantaje, porque saben que me importas.

—Pues solo encontraremos las respuestas si seguimos buscando.

Naia asiente secándose las lágrimas. Comienzan por ver qué contiene la mesita de noche, de la cual Gorka se ha llevado algo.

El primer cajón está lleno de calzoncillos viejos, Kaos esboza una mueca de asco. Abren el segundo y se encuentran con calcetines. Sin embargo, hurgando hasta el fondo, descubren una carta que, al parecer, nunca se llegó a mandar.

La fecha es de octubre de 1968.

Naia la abre con cuidado y lee en voz alta:

> Mi amada Saray:
>
> Por favor, vuelve. Paso los días pensando en ti, recordando cada momento juntos.
>
> Cambiaré, te lo juro por mi vida. Ruego que me des otra oportunidad.
>
> La niña me adora, lo sabes bien. Cuando me ve corre a mis brazos y me llena de besos. Se

merece una familia, Saray, la familia es lo más importante que tenemos. No la rompas.

Triana te ha lavado el cerebro, te ha apartado de mi lado con mentiras. Sé que es tu hermana, pero yo soy tu esposo, y Nerea es tu hija; lo más importante que tienes y tendrás.

Recapacita, vuelve a casa.

Por siempre tuyo, Gorka.

Naia pliega la nota y la mete otra vez en el sobre.

—Puaj —dice Kaos—. Este tío es lo más rancio que hay.

—Tengo una teoría nueva —medita Naia—. Tal y como vemos en esta carta, Saray, mi tía, dejó a Gorka porque mi madre la convenció de que era un imbécil. Tuvo un arrebato de despecho y mató a su mujer y a su hija. Años después decidió matar también a mi madre porque le guardaba rencor. Así que repitió la misma estrategia, controló su mente usando un mechón de pelo y la obligó a estampar el coche.

Kaos se muerde el labio pensativa.

—No, esa hipótesis cae por su propio peso. ¿Por qué entonces siguió matando gente cada 15 de noviembre? ¿Para qué hacer algo así?

—No lo sé —admite Naia—. Parece un ritual, pero no sé muy bien qué pensar de esa idea tampoco. De momento, dejemos todas las opciones abiertas.

—¿Y si Gorka no es el asesino? —propone entonces Kaos—. ¿Por qué asumimos sin más que el culpable es él?

—Por la advertencia de mi madre sobre el akelarre, él es el sumo sacerdote.

—Pero no es el único miembro. Pudo haber sido cualquier otra persona, como Edurne.

Naia se gira hacia la mujer, pero no la encuentra por ninguna parte.

—Hablando de Edurne, se ha desvanecido.

—Mira qué bien —suspira Kaos mientras abre el último cajón de la mesita.

Está vacío, pero la marca del polvo delata que hasta hace muy poco reposaba allí algo cuadrado.

—Esto es lo que se acaba de llevar —maldice Naia.

—Me juego el brazo a que era una caja.

—Y seguro que contenía algo importante, ¿por qué si no iba a volver solo para cogerla? —gruñe.

Kaos cierra el cajón de golpe. Tendrán que resignarse a seguir buscando por otra parte.

En el armario solo hay ropa, y tampoco descubren nada relevante en el resto del dormitorio.

Deciden ir a registrar la habitación oscura de la brujería con la esperanza de encontrar al menos los frascos donde Gorka guarda sus muestras de cabello. No están por ninguna parte, así que suponen que también se las ha llevado.

—Menudo mal fario estamos teniendo para encontrar pistas —protesta Kaos.

—Esperaba que esta expedición me aclarara todas las dudas, pero no paro de formar teorías nuevas —piensa Naia en voz alta mientras revisa los estantes.

Aparta la bola de cristal y varios recipientes de hierbas. Volver a entrar en esa habitación le ha puesto los pelos de punta, nota el ambiente igual de cargado.

—¡Naia! —exclama Kaos sacando una especie de tablero de un cajón—. ¡Mira esto! Creo que es el quid de la cuestión.

Naia se acerca a ella y lo que ve la deja muda.

Un tablón de madera con doce incisiones. En cada una de ellas hay una foto, un nombre y una muela, excepto un hueco que está vacío.

Naia no tarda en descubrir la foto de su madre junto a un letrero que reza: «Triana Cortés». Luego localiza a la expropietaria de la tienda esotérica y ve las fotos del hombre y la mujer que se le aparecieron para mostrarle sus tumbas. También hay otra mujer demacrada que, a juzgar por el parecido, debe de ser la madre de Aitor.

—Son sus sacrificios —dice Naia alejándose medio paso. Aunque solo sean muelas, es como tener un fragmento de los cadáveres frente a ella—. Creo que ya podemos confirmar que es el asesino. Doce. Le queda por cometer un asesinato. —Señala el espacio en blanco, el doceavo guion—. Supongo que lo tendrá planeado para dentro de cinco días, para el 15 de noviembre.

—¿Y luego qué?

—Tiene una cita conmigo el 16. Dice que volveremos a practicar espiritismo, pero dudo del objetivo.

Un escalofrío recorre la espina dorsal de Kaos.

—¿Por qué doce muertes?

—Doce horas del reloj, doce signos del zodiaco, doce apóstoles, doce meses del año, doce dioses romanos, doce caballeros de la mesa redonda, doce frutos del árbol de la vida… —enumera Naia—. Supongo que ese número tiene una fuerza especial, debería investigarlo.

Kaos vuelve a dejar el tablón donde estaba sin poder controlar el temblor de sus manos.

—Doce hostias le voy a dar como nos haga algo —asegura—. Naia, hay que encontrar la manera de evitar que mate a alguien más. Me da igual lo que esté tramando.

Naia traga saliva. Intenta ser optimista, pero le cuesta. Al fin y al cabo, acaban de allanar su morada y lo único que tienen entre manos son piezas sueltas de un puzle imposible de descifrar.

12

Aitor diluye la metanfetamina en alcohol y la carga en una jeringuilla. Antes se la fumaba, pero cuando vio los dientes de mierda que se le quedaron a varios colegas decidió cambiar el método.

Se quita la zapatilla (imitación de Converse) y el calcetín para inyectársela en el pie. Tampoco se la va a pinchar en el brazo, eso deja unas marcas demasiado reconocibles. Una cosa es ser un yonqui y otra muy diferente que se note que lo eres.

La aguja atraviesa su pálida piel, hundiéndose en la vena, y la droga fluye en el torrente sanguíneo.

Se pone en pie y sacude la cabeza sintiendo el subidón.

—¡Joder!

Pone el último disco de Nirvana, *Nevermind*, y sube el volumen al máximo. No deja de escucharlo desde que lo sacaron el año pasado, ya sabe tocar la mitad de las canciones con el bajo. Si Gorka decide reabrir el Pub de Edurne las tocará algún sábado.

Baila la canción dando saltos erráticos y se lanza a la cama de cabeza, disfrutando cada segundo de esa sensación. Es como hundirse en una nube, una nube de tormenta, y luego sentir la energía del rayo.

La puerta de su habitación se abre y aparece su padre vestido con el mono del trabajo.

—¡Haz el favor de bajar el volumen! —le pide.

Aitor hace como que no le escucha cantando la canción para tapar sus palabras:

—*With the lights out, it's less dangerous, here we are now, entertain us. I feel stupid and contagious, here we are now, entertain us. A mulatto, an albino, a mosquito, my libido, yeah.*

No sabe inglés, se ha aprendido la letra de memoria leyendo el panfleto que venía con el álbum.

Su padre apaga el tocadiscos de mal humor.

—Eh, ¿qué coño haces? —le espeta Aitor levantándose de la cama para encararse a él.

El hombre le observa con decepción.

—¿Ya vas puesto a estas horas?

—¿¿Te importa??

—¡Claro que me importa! No quiero que acabes como tu madre.

Aitor rechina los dientes, la metanfetamina siempre le pone violento.

—Mamá acabó muerta porque salió a conducir drogada y tú ni te enteraste ni lo impediste —le acusa mientras le da un golpe en el pecho con el dedo. El hombre baja la cabeza—. Y ahora pretendes que deje de meterme, que deje de pasar... ¿Qué vas a hacer para impedirlo, volver a echarme de casa? ¡Contesta!

El padre retrocede un par de pasos intimidado.

—Te echaré de casa las veces que haga falta, a ver si durmiendo en el coche te das cuenta de que este no es el camino, Aitor. Que vas a acabar en la cárcel, muerto o tirado en la calle como los desgraciados de este barrio —gime—. Me mato a trabajar en la fundición para que no te falte de nada. Si quisieses podrías venir conmigo, ganarte la vida honradamente. Los drogatas no paran de tocarnos al timbre para comprar tus... productos, y ya no sé ni cómo echarlos. Yo no puedo más, Aitor, me va a dar algo.

Intenta coger las manos de su hijo, pero este se aparta.

—Qué pesadez, todos los días la misma monserga. Tira al curro, anda, que aún llegarás tarde.

El padre no insiste más y se va de casa como un soldado derrotado. Aitor, mosqueado, vuelve a sentarse en la cama. Ya se le ha pasado el subidón, ojalá durasen más.

Su padre es un enorme grano en el culo, siempre insistiéndole para que vaya a trabajar con él. ¿De verdad se cree que va a ser tan pringado de pasarse ocho horas diarias fundiendo aluminio?

No, claro que no. Y menos sabiendo que le queda menos de una década de vida. Está convencido de que el mundo se acabará en el año 2000 desde que lo leyó en el *Muy Interesante*. En el fondo le gusta saber que todos van a morir pronto, así no se siente culpable cada vez que se droga.

Se le pasa por la cabeza meterse otro chute para compensar el que le ha jodido su padre, pero llaman a la puerta.

Va a abrir y se lleva una alegría al encontrarse con Irantzu. Es su vecina favorita. Lleva el pelo castaño algo despeinado, sus ojos no tienen brillo y su aura es tan gris como los charcos sucios. Antes de volverse una adicta la tenía amarilla.

—Hola, Aitor —lo saluda rodeándole el cuello.

Se besan con una pasión desmedida. Aitor la estrecha contra él y nota sus huesos, ha adelgazado mucho desde que empezó con la heroína. La entra en la casa, cierra la puerta y la lleva al dormitorio para continuar liándose con ella. Le levanta la falda, pero Irantzu le detiene.

—Tengo la regla —explica, y Aitor retira la mano de inmediato.

Él creía que las yonquis dejaban de menstruar.

—Pues hoy no follamos. Voy a ponerte el caballo en una bolsita.

Irantzu sonríe, coqueta, agarrando a Aitor de la camisa de cuadros.

—Pero te la puedo chupar. Voy mal de pasta, ¿si te la chupo me regalas la mierda?

Aitor la toma de los hombros y la empuja hacia abajo hasta que se arrodilla.

—Depende de lo bien que lo hagas. —La apremia recogiéndole el pelo—. Pero sí, al menos una rebaja te haré.

Irantzu asiente y le baja los vaqueros casi con ansia.

Aitor sabe de sobra que a ella no le gusta él. Lo único que quiere es su chute de heroína, y si se tiene que prostituir para conseguirlo lo hará. Estaría dispuesta a hacer cualquier cosa.

A Aitor no le importa, al fin y al cabo, es problema suyo, por ser una arrastrada. Por haberse convertido en un deshecho humano.

Disfruta sin sentirse culpable, como si Irantzu fuera su amiga con derechos, y luego le da su droga para que se vaya contenta y vuelva mañana. Una vez solo, cocina unos rollitos de primavera y tallarines asiáticos y se sienta a ver *Dragon Ball* en la tele.

Apenas ha terminado de comer cuando vuelve a sonar el timbre. Va a abrir pensando que será otro cliente, pero quien está al otro lado es Naia, con sus pintas de Sailor Moon gótica y el aura tan negra como las playas de Tenerife. Lleva una camiseta de la película de terror *Pesadilla en Elm Street*.

Ya había olvidado que el día anterior, en el cementerio, la invitó a ir a su casa por la tarde, cuando su padre no está.

—Hola —sonríe la chica recogiéndose el pelo tras la oreja. Se ha puesto guapa para él, lleva parte del cabello recogido en dos moños, y el resto cae suelto por la espalda. Se ha maquillado igual que la noche que la conoció; pintalabios negro, sombra de ojos violeta y delineador. Alza una bolsa de cartón del McDonald's—. He traído comida.

—Gracias. Acabo de comer, pero haré un hueco —responde inclinándose para besarla.

Nota que se pone nerviosa, y no le sorprende. Desde la primera vez que habló con ella en el *pub* se dio cuenta de que es una insegura. No le molesta, lo prefiere así. Si hay algo que no le gusta nada a Aitor son las chicas con carácter. Por eso se fijó en Naia y no en su amiga, a pesar de que Kaos es más su tipo.

Se separa de ella y la invita a pasar al salón. Le ha dado un beso comedido para que no piense que le dijo de quedar solo para follar.

—¿Te gustan los dibujos chinos? —pregunta Naia al ver la tele encendida.

Aitor suspira con disimulo.

—Es anime. Y no es de China, es de Japón —le explica.

—Oh.

Pese a ser universitaria, científica y parecer lista, Aitor piensa que en la vida real es una cateta. Por ejemplo, cuando se cree alternativa por gustarle la estética de las tribus urbanas marginales. Le echa un vistazo a sus botas negras, que deben de costar la mitad del sueldo de su padre, y los pantalones Levis que ha roto a mano ella misma. Los tatuajes de planetas, el *choker* en el cuello, el *septum* en la nariz… Una niña pija intentando parecer interesante.

Naia observa cada rincón del salón, quizá comparándolo con su espacioso chalet de Getaria. Detiene la vista en el teléfono y Aitor traga saliva.

—Me dijiste que no tenías teléfono.

—Y no lo tenía —miente Aitor—. Nos lo instalaron ayer. Te apunto mi número.

Le gustaría no tener que dárselo, no quiere correr el riesgo de que lo acose a llamadas. Valora mucho su espacio personal.

—¿Y tu padre? —se preocupa Naia tras guardarse el papelito con el número apuntado—. ¿Ha seguido obligándote a pasar su droga?

—De momento no, pero no creo que tarde en exigírmelo otra vez —suspira—. Ahora mismo debe de estar en cualquier sótano cerrando tratos con traficantes.

Naia parece indignada.

—Tienes que rebelarte contra él. Y estudiar. Mi madre siempre me decía que estudiase para poder ser libre.

—Y lo haré, te juro que lo haré. Saldré de este barrio de mierda —le dice porque sabe que es lo que ella quiere oír.

Vuelve a besarla y se excita un poco. Se muere de ganas de arrancarle la ropa.

Pero entonces Naia se aparta y lo mira con seriedad.

—Espera, tengo algo importante que decirte, es grave. No quería contártelo hasta tener pruebas, y ahora por fin las tengo.

Aitor frunce el ceño, ¿qué mosca le ha picado?

—Dime, Naia. Me estás asustando.

—Es sobre tu madre, y sobre la mía —empieza tras coger aire—. No murieron en accidentes de tráfico, fueron asesinadas.

Aitor resopla poniéndose a la defensiva.

—¿Qué estás diciendo?

—Deja que te lo explique. Ambas formaban parte del akelarre y murieron un 15 de noviembre en la curva del río Oria. Como bien sabes, el requisito para formar parte del grupo es entregar un mechón de cabello, resulta que con una muestra biológica pueden embrujarte como quieran. Alguien las obligó a estampar el coche. —Hace una pausa y desvía los ojos para romper el contacto visual—. Gorka las obligó.

Los músculos del cuerpo de Aitor se tensan. Esa acusación lo hace enfurecer, Naia está completamente loca. Como una cafetera.

—Escucha, mi madre estampó el coche porque iba hasta el culo de anfetas. Nadie la embrujó, y mucho menos Gorka —responde intentando controlar el tono de voz para no sonar demasiado agresivo—. Es un buen hombre, siempre nos ha tratado bien, ¿por qué iba a matarla?

—Eso aún no lo sé, pero sé que ha sido él —responde Naia sin dudarlo—. He entrado a su casa, tiene la foto y el nombre de tu madre en un tablero. Y también uno de sus dientes.

Aitor arruga la nariz sin creerla. ¿Quizá sufre alucinaciones? Si no tuviera ganas de tirársela la echaría de casa en este mismo instante.

—¿En serio? Entonces tendré que hablar con él —le sigue el juego dándole la razón para que deje el tema.

Naia niega con la cabeza al tiempo que abre mucho los ojos.

—¡No le digas que me colé en su casa!

—Tranquila, no te delataré. Indagaré, le haré preguntas para sacar algo en claro —dice, y Naia se queda mirándolo como si esperase algo más, o una reacción exaltada, así que añade—: Muchas gracias por avisarme, en serio.

Naia asiente, extrañada por la forma en la que se lo ha tomado. En sus ojos ve una sospecha, así que decide distraerla besándola de nuevo. La empuja sobre el sofá para ponerse encima, pero ella vuelve a apartarse.

Aitor deja caer los párpados, fastidiado. ¿Ahora qué le pasa?

—Aitor, quería preguntarte… ¿Qué somos tú y yo?

Los rollitos de primavera parecen revolverse en el estómago del chico. Qué lata, ¿ahora va a ponerse intensa?

Suspira buscando las palabras adecuadas para no decepcionarla.

—Mira, no hace falta poner etiquetas a lo que sentimos. Decir que somos novios es más de la época de nuestros padres.

—Creo que no te sigo.

—El amor es libre, Naia. Sin títulos, sin nombres, sin barreras. Yo sé lo que siento por ti. Porque eres mágica, y creo que me estoy enamorando. —Los ojos de Naia se redondean—. ¿Por qué no dejamos que fluya esto que está naciendo? Sin limitarnos con compromisos.

Aitor es consciente de que su discurso es un disparate, pero ha quedado bonito. ¿Lo suficiente como para camelársela?

—Pues vale —responde Naia indiferente—. Solo lo preguntaba por saberlo, pero…

Aitor la hace callar comiéndole la boca, está harto de cháchara. Quiere pasar a la acción de una vez.

Le quita la camiseta y el pantalón, dejándola en ropa interior. Espera que ella le quite la ropa a él, pero como ve que no se decide se desnuda él solo.

Manosea su cuerpo, agradeciendo que tenga dónde agarrarse. No como Irantzu, que es todo piel y huesos.

Naia lo mira con deseo, pero también parece nerviosa. Más de lo normal.

—Espera, hay algo que debes saber —le comenta incómoda.

—Dime.

Se retuerce las manos, sin saber cómo decirlo. Opta por soltarlo de golpe:

—Soy virgen.

Aitor se echa a reír, esa no se lo esperaba.

—¿En serio? ¿Pero cuántos años tienes?

Naia se encoge sobre sí misma avergonzada.

—Acabo de cumplir veintitrés.

El chico respira hondo intentando no burlarse.

—Tranquila, vamos a solucionar eso —dice tras la pausa y Naia se limita a asentir.

Le quita el sujetador y se siente un poco defraudado, creía que tenía los pechos más grandes. Por suerte, a él le gustan más los culos, y el de Naia le apasiona.

—He comprado condones antes de venir —anuncia ella recogiendo su pantalón del suelo para sacar un paquetito del bolsillo.

A Aitor se le escapa una mueca de desagrado.

—¿Condón para qué? La sacaré a tiempo.

—Da igual, quiero usarlo.

—Que no te vas a quedar preñada, te lo juro —insiste—. ¿No confías en mí?

Naia arruga un poco el ceño.

—No es eso, ¿y el sida qué?

Aitor resopla armándose de paciencia.

—Estoy sano, de verdad. Hace muchísimo que no lo hago con nadie —miente—. Y, además, quienes lo suelen pillar son los gais.

—Eso es porque, al no quedarse embarazados, no usan condones —replica Naia y a Aitor le sorprende verla tan firme—. Así que yo quiero usarlo.

El chico le quita el paquetito de las manos de mala gana. Lo rasga con los dedos y se pone el preservativo.

—No voy a sentir nada, pero como quieras —la avisa para que se sienta culpable. La seguridad de Naia parece flaquear—. Ponte encima.

Ella obedece y se sube sobre Aitor. Él la penetra de golpe, sin ningún cuidado. Naia grita, los ojos se le llenan de lágrimas.

—Duele —solloza.

—Se te pasará enseguida, hazme caso —se impacienta Aitor—. Muévete, de arriba abajo.

Naia lo intenta, tragándose las ganas de llorar. Entre el dolor y la inexperiencia, no consigue hacerlo bien.

Aitor pone los ojos en blanco y la aparta.

—Vale, cambiemos de postura. Ponte a cuatro patas.

Naia desearía no tener que ponerse así, le da demasiada vergüenza. Pero más vergüenza le daría que Aitor pensara que es una mojigata, así que lo hace.

Él comienza a embestirla, la agarra del pelo y le azota las nalgas, sin preguntarse siquiera si eso le gustará a ella. Empuja los hombros de la chica hasta que su mejilla se aplasta contra el sofá, y aumenta el ritmo.

Naia no le da nada de juego. Ha escondido la cara entre los cojines, e intuye que está llorando. Esperaba que fuese bastante más entretenida en la cama, está siendo uno de los polvos más lamentables de su vida. Además, su mente no para de desviarse hacia el maldito condón y piensa en todo el placer que se está perdiendo por culpa de la barrera de látex. Siente como la erección comienza a bajar, así que se detiene. Se aparta de Naia y se quita el preservativo resoplando.

—¿Qué pasa? —se preocupa ella mirándolo sin entender.

Efectivamente, tiene los ojos rojos.

—Te dije que con condón no siento nada.

Un atisbo de pánico se refleja en el rostro de la chica.

—¿Seguro que es por eso y no por mí?

Ni siquiera escucha su pregunta. Aitor se gira hacia ella y vuelve a tocarle el culo. La agarra de la cadera y siente una nueva oleada de excitación.

—Prueba con la boca a ver —le pide.

Y, sin esperar su consentimiento, la agarra de la cabeza y encaja el miembro entre sus labios.

Naia lo intenta, pero Aitor se da cuenta de que no sabe ni por dónde empezar. Quizá también es la primera vez que hace esto.

Trata de ayudarla. Coge a Naia de la cabeza y la zarandea hacia adelante y hacia atrás, sin medir la fuerza, hasta que la chica se atraganta.

—Vale, déjalo —resopla apartándola—. Voy al baño a terminar yo solo.

Se marcha del salón sin mirarla. *Dragón Ball* continúa sonando de fondo, como una extraña banda sonora:

> Como todos los Saiyajin de sangre pura, ¡Kakaroto preferiría morir peleando antes que ganar con

la ayuda de las semillas del ermitaño! ¡Él entrenó en la habitación del tiempo como nosotros!

Aitor se encierra en el lavabo y comienza a masturbarse. Se imagina a Naia como una ardiente actriz porno haciendo todas las guarradas superatrevidas que ha visto en el cine X.

Termina rápido y pretende volver junto a ella. No parecía muy cómoda antes, así que ahora deberá compensarlo diciéndole un par de frases bonitas.

Pero cuando regresa al salón, no hay ni rastro de la chica. Debe de haberse marchado a su casa.

—Genial, ahora quedaré yo de malo —bufa al repanchigarse en el sofá.

Ve la bolsa de McDonald's que trajo en la mesa, ya fría, y decide aprovecharla. Le ha entrado hambre. Sube el volumen a la tele y se zampa las patatas de tres en tres, dándole vueltas a las tonterías que ella ha dicho antes.

Gorka, un asesino. ¡Lo que le faltaba por oír!

«Esa chavala debería preocuparse más de esa aura tan negra que tiene y hacer menos caso a sus paranoias», piensa mientras abre una bolsita de kétchup.

Sin embargo, no está del todo tranquilo. Comienza a recordar a su difunta madre, y a buscar quizá algún pequeño indicio de que Naia diga la verdad.

Los abuelos de Aitor eran republicanos y se exiliaron a Suiza tras perder la guerra civil, así que su madre vivió la juventud sin la censura de la dictadura. Empezó a drogarse en los sesenta, en plena movida *hippie*, y comenzó a interesarse por la magia y las seudociencias. Luego volvió a Gipuzkoa, encontró a Gorka y al akelarre y se unió a ellos. Poco después conoció a su padre, y nació él. Al ver que Aitor tenía el don de ver auras, decidió meter a su hijo pequeño en el akelarre también.

Pasó unos diez años sin drogarse. Era ama de casa, se pasaba el día poniendo incienso y meditando mientras su padre doblaba el lomo en la fundición. Hasta que llegó el desfase y la droga de los ochenta, y volvió a recaer.

Crack, heroína, anfetamina, LSD… Aitor pasó la adolescencia viendo a su padre llorar desesperado mientras su madre se metía toda aquella mierda. En el 88 se mató con el coche, y a nadie le sorprendió. A partir de ese momento fue cuando Gorka se volcó con Aitor y se convirtió en su segundo padre.

Era como si le debiese algo. Le regaló el bajo, le compraba ropa, le llamaba para que fuera a tocar con él al Pub de Edurne y les pasaba dinero si no llegaban a final de mes.

En la cabeza de Aitor es imposible que ese hombre, su ángel de la guarda, haga sacrificios cada 15 de noviembre, que haya matado a su propia madre después de haberla acogido en su akelarre.

No, por supuesto que no.

—Así que solo queda una opción —murmura—. O Naia está loca o es una mentirosa. Y me decanto por la primera.

13

—Ojalá vuelva ya, estoy intranquila —le dice Kaos a Fabio—. No me hace gracia pensar que está sola en casa de Aitor.

—¿No será que estás celosa?

La chica le dirige una mirada asesina.

—Que no, hostia. Bueno, sí. Pero no es eso —aclara—. Aitor no es trigo limpio.

—A mí me pareció un tío simpático, a pesar de que me dejó atado a un árbol.

—Es malo, Fabio, lo sé; y manipula a Naia. Algo dentro de mí me lo dice.

—¿Intuición femenina?

—Y experiencia de ver cómo se han portado otros tíos con ella. Seguro que este es uno más.

Están tirados en la cama de Triana. Fabio se está fumando un porro, Kaos comienza a marearse con el humo.

—Debería estar acojonada pensando que hay un tarado que puede asesinarme —suspira—, pero lo que más me preocupa es que a Naia le rompan el corazón.

—Eso es amor verdadero.

Kaos pone los ojos en blanco y cambia de tema.

—No me tires el humo a la cara —se queja incorporándose—. Qué asco.

Fabio apaga el porro en el cenicero.

—Perdón.

La chica se levanta de la cama y se pone frente al espejo. Se peina los tirabuzones rubios y se los recoge con el lazo, se siente tan guapa como siempre. Justo en ese momento se escucha la cerradura.

—¿Naia? —exclama bajando las escaleras.

No obtiene respuesta.

Cuando llega al recibidor, se encuentra a su amiga hecha un trapo. Tiene los hombros hundidos, el maquillaje corrido y los ojos hinchados de haber estado llorando en el bus.

—Dios mío… ¿Qué ha pasado?

Ella alza un blíster de pastillas vacío mientras se tambalea.

—Me he tragado todo el Enantyum que llevaba en la mochila.

Kaos ahoga un grito y corre hacia ella.

—¡¿Qué dices?! ¿Por qué?

—Lo siento… Lo siento mucho —balbucea y se agarra al marco de la puerta para no caerse. Se frota los ojos como si no viese bien.

—¡¡Fabio!! —grita Kaos sujetando a Naia—. ¡¡Fabio, hostia, ven!!

El chico aparece de inmediato, y abre la boca al ver el panorama.

—¿Qué pasa?

Kaos gruñe una maldición al recordar que va emporrado.

—¡Échate agua y coge las llaves de la furgo! Hay que llevar a Naia a Urgencias.

Poco después ya están los tres en la furgoneta, conduciendo a una velocidad superior a la permitida. Kaos le aferra la mano a Naia, que parece desorientada.

«Si es culpa de Aitor, lo mataré como Darth Vader al emperador Palpatine», piensa.

Salen del pueblo y se dirigen a Zarautz. No tardan en llegar al centro médico. Nada más cruzar las puertas, se llevan a Naia en una camilla y no permiten a sus amigos que la acompañen. Le hacen un lavado de estómago y le realizan pruebas durante horas para asegurarse de que el exceso de medicación no ha causado daños.

Naia termina sentada en una silla, cabizbaja, esperando la resolución final del médico.

—Te has tomado seis pastillas de Enantyum. Lo que te quedaba en la caja, ¿cierto? —le dice a la chica y ella asiente—. Las personas que de verdad intentan suicidarse se meten veinte chutes de diazepam.

Ella intenta respirar hondo para calmarse. Se siente demasiado ridícula.

—No quería morir, no sé qué se me ha pasado por la cabeza —musita—. Estaba saturada, no quería seguir enfrentándome a la realidad.

El doctor asiente y anota algo en unos papeles. Luego se sube las gafas y vuelve a centrar la atención en ella.

—¿Quizá solo pretendías llamar la atención?

—¡No! —se defiende cruzándose de brazos—. Estoy completamente arrepentida de haber tomado esas pastillas, ha sido una estupidez.

—Entiendo —responde él sin interés—. Creo que te haría bien ver a un psicólogo.

Naia suspira y se levanta de la camilla.

—Mi madre era psicóloga, echaré un vistazo a sus apuntes.

El doctor pasa por alto su sarcasmo y le da el alta. En la sala de espera, Kaos se ha estado comiendo las uñas hasta la raíz. Cuando ve aparecer a Naia, deja escapar una exclamación de alivio.

—Estoy bien, tranquilos —les dice antes de que ellos abran la boca—. Os pido perdón de nuevo. Vámonos.

Está tan avergonzada que es incapaz de alzar la vista. Echa a andar hacia la salida, Kaos y Fabio intercambian una mirada. Al llegar a la casa, el chico no puede aguantarse más y abre la boca:

—¿Por qué lo has hecho? Si sabes que nosotros te queremos un montón, tía.

Naia suspira y Kaos le pasa un brazo por los hombros.

—No hace falta que contestes ahora ni que nos des explicaciones —le dice con suavidad mientras manda callar a Fabio con la mirada.

—Me voy a mi cuarto, ¿vale? —anuncia Naia y sube corriendo las escaleras.

Fabio da un paso al frente, pero Kaos le detiene.

—Yo me encargo.

Se dirige a la habitación, abre la puerta con cautela y la ve hecha un ovillo en una esquina. Se sienta a su lado, en silencio, y Naia se lanza a sus brazos.

—Tenías razón, Kaos —murmura—. Aitor es un mierdas.

Kaos deja que le empape la camiseta de lágrimas, estrechándola con cariño.

—Cuéntame, ¿qué ha pasado?

—He perdido la virginidad, al menos ahora soy un poco menos pringada —comenta y Kaos se separa de ella.

—Primero, nunca has sido una pringada —replica—. Y segundo, no parece haber ido nada bien.

Naia niega con la cabeza. Se inclina hacia delante, el pelo cae por su rostro. No tiene palabras para expresar lo incómoda, humillada y utilizada que se ha sentido esa tarde.

—Kaos, ¿tú crees que soy *sexy*? —musita—. Sé sincera, por favor.

Su amiga frunce el ceño y la agarra de los mofletes.

—Ey, escúchame. La mismísima Cindy Crawford no tendría nada que hacer a tu lado —le dice y Naia deja escapar un resoplido incrédulo—. ¿Por qué me preguntas eso?

Ella, acomplejada, alza los ojos al techo.

—A Aitor no le pongo.

—Ha tenido un gatillazo —adivina Kaos.

—Me ha dado a entender que fue culpa del condón, pero yo sé que es por mí.

Kaos se rasca el mentón pensativa.

—Pues puede que sí sea por ti. Tal vez lo que le ponen son los penes gigantes, y tú no tienes un pene gigante, ¿verdad?

A Naia se le escapa una risa amarga.

—Kaos, Aitor no es gay.

—Bueno, hay otra opción, pero es bastante chunga: disfunción eréctil antes de los veinticinco. Pobrecito, va a pasarse toda la vida hinchándose a viagra.

Naia resopla, incapaz de contener una sonrisilla. No tarda en volver a ponerse seria.

—Bueno, yo creo que es la opción C: no le pongo porque soy patética —se restriega la cara con las manos, viniéndose abajo—. Normal que me hayan pisoteado toda la vida.

—¿Vas a seguir echándote mierda o paramos ya? —pregunta Kaos mientras se pone en pie. Le tiende una mano—. Levántate del suelo, anda, que no eres ninguna tirada.

Naia obedece y Kaos la sienta en la cama. Saca toallitas y comienza a quitarle los restos de maquillaje con cariño.

—¿Sabes que las personas más brillantes de la sociedad son las que menos se quieren a sí mismas? La gente tiene tanto miedo de que les hagan sombra que se dedican a convencerles de que no valen nada —comenta Kaos.

—No tenía idea.

—A los mediocres nadie les intenta joder la autoestima, porque no son una amenaza. Igual, si te han pisoteado toda tu vida, es porque eres una reina.

—Nunca nadie me ha visto así, paso desapercibida.

Kaos se encoge de hombros, limpiándole los restregones de pintalabios negro.

—Eso es porque vas por la vida como si fueras un gatito. Y los gatitos están bien, son adorables, pero tú eres una leona. Y los demás no se darán cuenta hasta que te oigan rugir.

Naia sacude la cabeza.

—¿De dónde has sacado esa frase, de un libro de autoayuda?

—No, se me acaba de ocurrir —responde—. ¿A qué ha quedado bien?

—Me gusta. Raaww —ruge bromeando.

—¡Raaww! —la imita Kaos haciéndole cosquillas.

Ruedan por la cama riendo a carcajadas, enzarzadas en una guerra de cosquillas.

Kaos se siente feliz al ver que Naia llora de la risa. Aunque sabe que dentro de media hora volverá a comerse la cabeza, al menos ha conseguido que se distraiga un rato.

Terminan exhaustas, tumbadas una al lado de la otra. Naia mira a Kaos y sonríe, es consciente de la suerte que tiene de tenerla. Siempre lo ha dado por hecho, pero… ¿qué posibilidades habían de que su amiga terminase en su vida? Tantos millones de personas en la inmensidad del tiempo y del universo… y ellas, simplemente, han coincidido.

Naia sabe que nunca se conformaría con ninguna otra. No ha conocido a nadie más como ella, y duda que lo haga.

Siente un nudo en la garganta. Le gustaría decírselo, pero nunca se le ha dado bien expresar estas cosas. Pasa el rato y es Kaos quien toma la palabra.

—Eres la puta ama, Naia. El día que te des cuenta va a temblar el mundo —le dice al tiempo que le da un toquecito en la nariz.

El corazón de Naia se estremece.

—No sé qué haría sin ti —suspira por fin—. Cada vez que un imbécil me hace daño estás ahí para levantarme.

Piensa en aquel estudiante de intercambio con el que se enrolló en los baños de la universidad. Al día siguiente regresó a Liverpool y le dio a Naia su número para mantenerse en contacto, pero cuando le llamó descubrió que era un teléfono falso. O aquel chico con el que estuvo quedando una semana y de la nada le dejó de hablar.

Al final, la única que sigue a su lado pase lo que pase es Kaos. La única con la que se siente segura es Kaos. Se acurruca en su pecho, acomodando la mejilla en el hueco de su cuello.

«No necesito a nadie más», piensa.

Kaos le acaricia el cabello, sus dedos tiemblan un poco al recogerle un mechón tras la oreja

—Para eso estamos las amigas —responde intentando que no se note el dolor en su voz.

Poco después, Naia se queda dormida y Kaos se levanta con cuidado de no despertarla. Baja a la cocina, busca una piruleta de corazón y se hace un café. Se pone la chaqueta y la bufanda y sale de la casa. Casi ha anochecido, las nubes se han vuelto naranjas y rosas.

Ve a Fabio a lo lejos, sentado al borde del acantilado, y va junto a él. Se está fumando lo que le queda del porro de antes.

—Ey —lo saluda Kaos sentándose a su lado.

—¿Y bien? ¿Qué ha pasado? —pregunta.

—Que quiero pegarle una patada en la boca a Aitor, eso ha pasado.

Abre el envoltorio de la piruleta con rabia y se la zampa de dos bocados, el caramelo cruje entre sus dientes. Le tiemblan las manos y la voz.

—Vale, punto para ti. No es un buen tío —dice Fabio lanzando una piedra al abismo—. ¿Qué tal está Naia?

—Ahora algo mejor, pero si la caja hubiese estado llena de pastillas podría haber sido muy grave. —Cruza las piernas a lo indio y cierra los ojos, sintiendo la brisa en la cara—. No sé cómo lo hace para terminar siempre rodeada de gente que no la valora una mierda.

—¿Crees que hay peligro de que vuelva a hacer una tontería?

Kaos se recuesta sobre su amigo y le da un sorbo al café caliente. Observa las olas estampándose contra las piedras, golpeando sin piedad el monte de San Antón. Una hoja seca cae de un árbol, arrastrada por el aire, y termina enredada en su pelo rubio.

—No. La conozco, piensa las cosas antes de hacerlas. Ha sido una mala reacción ante una situación de mierda, sumado al estrés que llevamos encima con el maldito akelarre.

—Cuidado u os volveréis locas. Alguien me dijo que el estrés puede provocar brotes psicóticos, por eso me esfuerzo en vivir tranquilo. —Observa pensativo lo que queda del porro—. La marihuana también da psicosis, pero supongo que la falta de estrés lo compensará. ¿Tú crees que lo compensará?

Kaos toma aire angustiada.

—Estoy enamorada hasta las trancas, joder —murmura—. No paro de intentar conocer a otras para quitármela de la cabeza, pero con ninguna es como con ella. Me encanta que me hable de sus ideas locas, porque son casi tan locas como las mías, y eso es difícil de encontrar, ¿sabes? —se angustia—. Antes de conocerla creía que era la única rarita del planeta que se pregunta cosas como: «¿y si el sistema solar es un átomo y la tierra un electrón? ¿Y si el universo es en realidad un montón de átomos formando cosas enormes?», pero entonces llegó ella y me dijo que quizá somos partículas formando parte de la chaqueta de un gigante. —Los ojos se le llenan de lágrimas que, al poco, se desbordan por sus mejillas—. ¡¿Cómo no voy a enamorarme de alguien que me dice algo así?!

Fabio arquea un poco una ceja.

—No me parece… excesivamente romántico.

—Claro que lo es —replica Kaos a la defensiva—. Porque yo también me siento como una partícula en la chaqueta de un gigante, y nadie me entendía hasta que llegó ella. Naia hizo que dejase de estar sola en el mundo.

Se limpia las lágrimas a manotazos. A su lado, Fabio se ablanda.

—Eso es muy bonito, Kaos.

Ella deja escapar una risa amarga, otra lágrima cae por su mejilla.

—Pero estoy condenada a ser solo su amiga —se martiriza—; porque no basta con encontrar a tu alma gemela, esta también te tiene que corresponder.

—Enamorarse es de idiotas —declara Fabio sombrío.

Le da una última calada al porro y lo apaga entre las rocas.

—Lo dices por Alicia, eh.

Él asiente y ambos se quedan callados, mirando el mar. Hace tanto frío que no sienten los dedos de las manos.

Kaos se incorpora y clava la mirada en su amigo, le da otro sorbo al café antes de hablar:

—¿Eso significa que has tirado la toalla con ella?

—Tú me dijiste que no fuera un pesado, y es lo que intento —responde—. Si no quiere volver a verme, le dejaré su espacio.

—¿Pero sabes al menos por qué ha querido poner distancias?

—No. Solo me llamó para decirme que no hacía falta que volviese a su tienda ni que trabajase para ella. —Toquetea las piedrecillas del suelo como si quisiese elegir una—. Supongo que no se lo pasó bien saliendo esa noche conmigo.

Coge una piedra rojiza y la lanza por el acantilado. Kaos se cruza de brazos.

—¿Supones? ¿No le has preguntado?

—No.

—¡Muy mal, Fabio! —exclama sobresaltándolo—. Las personas se entienden hablando, no suponiendo.

—¿Y qué quieres que haga?

Kaos resopla, como su amigo fuera un caso perdido.

—Pues plantarte en su tienda y averiguar qué ha pasado para que tenga un cambio de actitud tan raro. Y si de verdad lo que pasa es que te odia y no quiere volver a verte en su vida, pues te alejas de ella para siempre, pero antes lucha un poco por su amor.

Fabio alza la barbilla decidido.

—Volveré a verla, aunque sea por última vez.

Kaos sonríe dándole un golpecito amistoso en el hombro.

—¿Sabes? Estoy acostumbrada a ver a mis amigas llorar por tíos que no les llegan ni a la suela del zapato, lo que me ha llevado a pensar que la mayoría de hombres son escoria —suspira—. Pero tú vales la pena. Si yo fuera Alicia, no te dejaría escapar.

Fabio le da un abrazo de oso.

—Gracias, Kaos. —Se separa de ella y, tras dudar un poco, añade—: Y no tires tú tampoco la toalla con Naia. Creo que es bisexual, aunque ni ella lo sepa. Sabe más del universo que de sí misma.

Kaos frunce el ceño.

—¿Por qué crees que es bisexual?

—Una vez que pillaste la gripe nos fuimos ella y yo a los recreativos. Había una chica preciosa de nuestra edad jugando al comecocos, y te juro que al verla le cambió la cara. Me agarró la muñeca y me dijo: «Mira esa chica qué guapa es» —explica—. Así que yo la invité a que se echase con nosotros una partida a los *Space Invaders*, y Naia se puso roja como un tomate.

Kaos se levanta y recoge su taza de café medio vacía de mal humor.

—Vaya, eso es completamente decisivo. Le pareció guapa una chica, guau —refunfuña andando hacia la casa. Va a pedir pizzas a domicilio para cenar—. No vuelvas a insinuar eso.

—¿El qué, que es bisexual?

Kaos se gira hacia él.

—¡Sí, cállate! Me niego a hacerme ilusiones.

Mientras espera la cena, Kaos ha dibujado un motor de curvatura con el que, supone, se podría viajar por la galaxia a la velocidad de la luz. El repartidor de Telepizza llega a las nueve en punto, justo cuando acaba de terminar el boceto. Kaos sube a la habitación para despertar a Naia, muerta de ganas por enseñárselo, pero se lleva una sorpresa al escuchar *Highway to Hell*, de AC/DC, a todo volumen.

Al abrir la puerta la ve sentada en el escritorio con un boli en la boca, moviendo la cabeza al ritmo de la música. Se ha vuelto a hacer los moños y se los ha sujetado con lápices. A su alrededor hay un revoltijo de papeles arrancados con miles de ideas escritas en ellos. Algunas tachadas, otras subrayadas, otras relacionadas entre sí de formas que solo ella alcanza a entender.

—*Hey, mama, look at me, I'm on the way to the promised land...* —canturrea abriendo una cerveza—. *I'm on the highway to hell...*

Kaos entra al dormitorio saltando por encima de la maleta de Naia, que todavía está sin deshacer, y deja las pizzas en la esquina de la mesa.

—¿Qué haces?

—Ordenar la información que tenemos hasta ahora. El 15 de noviembre ocurrirá un asesinato, quedan solo cuatro días.

Aún hay dolor en su mirada, pero es como si quisiese obligarse a enterrarlo. Le da un par de tragos al botellín de cerveza.

Kaos se sienta a su lado y ojea los apuntes. Ha dibujado a seis personas en círculo con sus respectivos nombres: Aitor, Gorka, Miren, Kaos, Naia y una tachada con el nombre de Edurne.

Todos los miembros del akelarre. Fuera del círculo hay otra figura, Alicia.

—Intentas adivinar quién será la víctima.

—Tiene que ser alguien del akelarre. Alicia ya no está dentro, pero lo estuvo en el pasado y seguro que tienen su muestra de cabello, así que es una de las candidatas.

—También tiene que ser alguien que tenga coche —añade Kaos—. Y Gorka tiene una cita especial contigo el 16.

—Exacto. Así que podemos empezar a descartar.

Naia tacha con el boli a Kaos, a Miren (nunca la han visto conducir) y a ella misma. También a Gorka, por motivos obvios.

—Aitor o Alicia —murmura Kaos—. Los dos huelen a muerto.

14

Fabio pone rumbo a la tienda esotérica Velasco a primera hora de la mañana, más nervioso que un estudiante en un examen final.

Se detiene cerca de la puerta al escuchar que hay clientes dentro, y espera con paciencia a que salgan. Los escucha hablar en euskera con Alicia.

—*Eskerrik asko, hurrengo arte*[10].

—*Agur!*

Dos señoras mayores salen de la tienda cargadas con bolsas. Fabio respira hondo, cuenta hasta tres y entra haciendo sonar las campanillas. Alicia está sentada tras el mostrador, pero se pone en pie nada más verle.

—¿Qué haces aquí?

Para sorpresa de Fabio no suena borde, sino angustiada.

—Si quieres me voy —dice—. Solo quería hablar contigo. Respeto tu decisión de despedirme, pero me gustaría saber tus razones.

Ha hablado de carrerilla, aunque no es de extrañar después de haber estado ensayando el discurso durante todo el camino.

—Es porque me voy a vivir a Madrid antes del 15 de noviembre, ya te lo dije. Estoy liquidando los últimos productos y no

---

[10] *Hurrengo arte* significa 'nos vemos' en euskera.

necesito a un empleado para tan pocos días. Siempre he funcionado bien yo sola —responde de un modo no muy convincente.

—¿Y por qué me contrataste?

Alicia suspira agobiada.

—No lo sé. Y lo siento, ¿vale? Pero no hace falta que vuelvas.

Se da la vuelta para no seguir mirándolo, como si algo la torturara. Luego cruza la cortina y se mete en la trastienda, dejando a Fabio cada vez más confuso.

—Espera —ruega.

No obtiene respuesta, así que decide arriesgarse. Salta por encima del mostrador y entra él también a la trastienda. Alicia lo mira con los ojos muy abiertos.

—¿Es porque no te divertiste cuando saliste de fiesta conmigo? —le pregunta preocupado.

Alicia suspira.

—No. Fue la mejor noche de los últimos cinco años —responde.

Al menos, la declaración deja un poco más tranquilo al chico.

—¿Y, entonces, por qué me quieres lejos de tu vida? ¿He hecho algo mal? ¿Hablo más de la cuenta? ¿Soy un pesado? —indaga. Alicia, agobiada, comienza a respirar más rápido—. ¡Ya sé! ¿Es porque hago muchas preguntas?

—¡No! —explota la chica y le hace un gesto para que se calle—. Tú no has hecho nada, soy yo la que no estoy preparada para tener ningún tipo de relación con nadie.

Fabio pestañea sorprendido.

—¿Cómo?

—Tú me dijiste que molo. Prefiero que te largues teniendo esa impresión a que sigas conociéndome, te des cuenta de que mi vida apesta y decidas alejarte por tu cuenta —prosigue.

—No lo entiendo, ¿por qué iba a pensar que tu vida apesta?

Intenta tomarla de la muñeca, pero ella se aparta.

—No sabes nada sobre mí, Fabio, ¡nada! —exclama—. Me paso encerrada en esta tienda de lunes a domingo, trabajando sin parar. Mi negocio y yo, en mi vida no hay cabida para nada más. —Abre el primer cajón de la cómoda y saca un bote de diazepam—. ¡Tengo que ir drogada la mitad del tiempo para que no me coma la ansiedad!

Fabio se queda mirándola como un bobo, sin saber qué decir.

—Lo siento. No tenía ni idea.

—Claro que no tenías ni idea —replica Alicia y se sienta en el viejo sofá—. Ahora ya puedes dejar de idealizarme e irte.

Vuelve a darle la espalda y apoya la barbilla en la palma de la mano. Espera escuchar los pasos de Fabio dirigiéndose a la puerta, pero en vez de eso se sienta a su lado.

Alicia rueda los ojos hacia él.

—¿No has entendido lo que te he dicho o aún lo estás asimilando?

—Lo he asimilado a la perfección —dice Fabio—, y sigo pensando que molas. Hasta me han entrado ganas de conocerte mejor.

A Alicia se le escapa un resoplido incrédulo.

—¿Pero tú de donde has salido?

—De Zarautz —bromea dándole un golpecito amistoso. Coge el bote de pastillas y le da una vuelta con los dedos—. ¿Cuándo empezaste a tener ansiedad?

Ella frunce los labios, sacudiendo la rodilla.

—Cuando mi vida se torció. No siempre he sido una amargada —responde—. Yo tenía amigos, un novio y estaba cursando una carrera que me encantaba.

—¿Y qué sucedió?

—No me gusta recordar el pasado.

—Pero igual lo necesitas.

Alicia toma aire antes de responder.

—A los veinte años comenzaron a salirme hematomas sospechosos por el cuerpo, especialmente en la espalda. Cuando fui al médico me diagnosticaron leucemia —suspira—. No tenía un buen pronóstico, creían que me iba a morir. Empecé la quimioterapia; se me cayó el pelo, la piel se me tornó verdosa y apenas tenía fuerzas para levantarme de la cama. Mi novio no tardó en dejarme, y mis amigos se aburrieron de mí. Tampoco volví a tener noticias de ellos cuando, dos años después, me recuperé y volví a ser la de antes.

Fabio parpadea consternado.

—¿Y entonces decidiste alejarte de la gente?

Alicia asiente mientras saca de su bolsillo la afilada punta de cuarzo. Un rayo de sol se filtra por la ventana e impacta en su superficie, reflejando un arcoíris.

—Aprendí que las personas solo están ahí cuando todo es bonito. Cuando las cosas se ponen feas y de verdad las necesitas, huyen. Ni el amor, ni la amistad, ni la belleza; solo lo material te acompaña para siempre.

—Yo no creo que sea buena idea aislarse por miedo a que te hagan daño —reflexiona Fabio—. Ni tampoco centrarse solo en el trabajo y el dinero. Es tan… frío. Estás ignorando toda la parte bonita de la vida.

Alicia deja escapar un bufido sarcástico. Vuelve a guardar el cuarzo en el bolsillo de su pantalón marrón.

—No existe ninguna parte bonita en la vida, solo momentos de calma antes de que te vuelvan a putear —contesta con acritud.

—¡Claro que no! La vida es maravillosa, aún con sus partes malas.

—Lo dirás porque a ti te ha tratado bien —replica ella.

Fabio frunce el ceño.

—Alicia, te curaste de un cáncer mortal. No se me ocurre un mayor motivo para estar agradecida.

La chica se levanta del sofá resoplando.

—No, Fabio, no vayas por ahí. No me digas que he tenido suerte de curarme, suerte habría tenido si no hubiese enfermado en primer lugar. ¿Cuánta gente de nuestra edad conoces que haya tenido un cáncer? ¡Nadie!

Fabio tiene la cabeza gacha y la vista clavada en el suelo. Tras unos instantes de silencio se pone en pie él también.

—Ven —le pide y sale de la trastienda.

Alicia le sigue extrañada.

—¿A dónde?

Fabio no se lo quiere decir, así que no le queda más remedio que cerrar la tienda, pegar una nota en la puerta para avisar de que vuelve en cinco minutos e ir hasta su furgoneta.

Salen de Getaria y se adentran por una carretera a orillas del mar. Alicia no para de mirarlo de soslayo, preguntándose a qué viene tanto misterio. Llegan a Zarautz, pero no paran en el pueblo. El chico lleva la furgoneta a las afueras, al monte, y aparca en la entrada del camposanto.

—Un cementerio —dice ella alzando las cejas.

—Sí.

Fabio se baja del coche y atraviesan juntos la verja metálica del recinto. Guía a Alicia entre las tumbas, hasta detenerse junto a una en concreto.

PATXI ORTIZ

1937 - 1981

El chico se arrodilla en la tierra y acaricia el mármol de la lápida con las yemas de los dedos.

—Aquí está mi *aita*. Murió cuando yo tenía quince años —dice, y Alicia se inclina en señal de respeto.

—Lo siento, Fabio. No lo sabía.

Él aprovecha para limpiar la piedra con la manga de su chaqueta y arrancar las flores viejas.

—Se lo llevó un osteosarcoma, el peor cáncer que hay. No duró ni tres meses en el hospital —explica—. El último casi ni pude hablar con él, lo sedaban para que no sufriera. Tenía tanto dolor que me rogaba que le diese una cuchilla para acabar con su vida.

Alicia se estremece, incapaz de apartar la vista de la fotografía de la tumba. Fabio es idéntico a su padre. Tienen los mismos ojos marrones de mirada risueña y una pícara sonrisa.

—Qué horror —susurra.

—Después de su muerte mi vida se fue a la mierda. Dejé de sacar buenas notas, hice malos amigos, empecé con los porros y la relación con mi madre empeoró —prosigue Fabio—. La verdad es que fue una putada que a mi padre le saliera un cáncer, nadie se merece algo así. Pero si se hubiese curado, te juro que me sentiría la persona más afortunada del mundo. Y seguro que él también.

Fabio se pone en pie junto a Alicia y se limpia la tierra de los pantalones. Ella gira la cabeza, incómoda. Comienza a sentir presión en la garganta. De un momento a otro, las lágrimas afloran a sus ojos. Lucha con todas sus fuerzas para retenerlas, pero es una marea incontrolable. Rompe a llorar como una niña, sacudiéndose por los sollozos.

El corazón de Fabio se encoge, es la primera vez que la ve tan... humana. Nunca imaginó que también pudiese ser vulnerable.

Pese a que le da miedo que le pegue un empujón, decide abrazarla. Contra todo pronóstico, ella esconde la cabeza en su pecho y se deja acunar. Fabio permite que se desahogue, que escupa con el llanto todo el malestar que la envenena. Incluso se atreve a acariciarle el pelo.

En contraposición al tsunami de emociones, alrededor de ellos todo es calma. Una brisa suave balancea los cipreses y varios gatos remolonean entre las lápidas.

Fabio y Alicia se separan. Ella agacha la cabeza, avergonzada, pero él la toma de la barbilla.

—Ey, no pasa nada —la tranquiliza esbozando una sonrisa—. No tienes que ser de hierro siempre.

—Supongo —suspira.

—Sentir nos hace humanos, llorar está bien —le dice—. Confiar en la gente también está bien. Y si luego te llevas la hostia, pues bienvenida sea, porque es mucho mejor eso a vivir reprimiéndote por miedo a que te hagan daño. Es normal que pienses que la vida es una mierda si te niegas a vivirla, Alicia.

Ella alza sus enormes ojos hacia Fabio. Está temblando.

—Vale —dice.

Fabio arquea una ceja.

—¿Vale? ¿Vale a qué?

—A todo —responde.

Luego agarra a Fabio de la camiseta y lo besa en los labios.

Al día siguiente amanece lloviendo, como casi siempre. Suena el timbre en casa de Naia y las chicas van a abrir.

Al ver a Alicia se les escapa una sonrisa. La noche anterior Fabio les contó (ilusionado como un colegial) que se besaron en el cementerio.

—¿Está Fabio? —pregunta Alicia sacudiéndose la lluvia de los rizos mojados.

—Se ha ido hace un rato.

—Mejor —responde sorprendiéndolas.

Entra en la casa sin esperar a ser invitada, cierra la puerta tras de sí y guarda el paraguas. Se planta frente a ellas, visiblemente nerviosa.

—¿Qué te pasa? —se impacienta Kaos.

Alicia cierra los ojos y respira hondo, como si necesitase encontrar el valor para hacer algo.

—Quiero ser una mejor persona —dice por fin—. Así que sentaos, porque os voy a contar todo lo que sé sobre el akelarre.

15

—Agradezco el gesto, aunque creo que llega con un pelín de retraso —masculla Naia sentándose a la mesa del salón.

Kaos se sienta a su lado y la tendera frente a ellas, como si fuera un interrogatorio.

—No sé por dónde empezar —reconoce Alicia.

—Pues por el principio, mira qué fácil —instiga Kaos, que ya ha asumido el rol de poli mala.

Alicia vuelve a tomar aire antes de hablar.

—Vale. Empecemos por el nacimiento de Naia.

La aludida se incorpora como si le hubiesen pinchado en el culo. Recuerda las sospechas que tuvo cuando Aitor y ella tocaron el tema en el entierro de Edurne y se le ponen los pelos de punta.

—Dime —susurra.

—Naciste prematura porque Gorka necesitaba que fueses médium.

—¿Qué? —exclama Kaos—. ¿Gorka le provocó el parto a Triana?

La espalda de Naia resbala por la silla, no le salen las palabras. Se presiona la sien con el pulgar y tarta de procesar lo que eso conlleva: ha vivido toda su vida siendo una marioneta.

—Sí —asiente Alicia—. Aunque no sé cómo, ni qué tipo de relación tenía con ella.

—¿Para qué quiere usarme? —pregunta Naia, aunque ya intuye la respuesta.

—Es… bastante complejo —responde Alicia y saca de su bolso un libro antiguo.

Naia lo observa casi con miedo. Es grueso, sus páginas amarillean y las cubiertas están forradas de cuero. A Kaos se le eriza la piel al ver el título, es un manual de magia negra.

Alicia pasa las páginas con ímpetu buscando algo en concreto. Se detiene casi al final y pone el libro abierto frente a ellas.

Conjuro de resurrección:
Para devolver a la vida a una persona muerta,
primero tenemos que atrapar su alma en el plano terrenal.
También necesitaremos realizar doce sacrificios. Los elegidos deberán morir de la misma manera que quien pretendamos resucitar, a ser posible el mismo día, en el mismo lugar y a la misma hora. Recogeremos una muela de cada cadáver y la guardaremos.
El último ingrediente es un médium que preste su cuerpo.

Naia para de leer, se está mareando. La temperatura del salón comienza a descender en picado, Alicia y Kaos se estremecen de frío. Naia no, está ardiendo.

Se gira a su derecha y se topa frente a frente con Edurne, tal y como esperaba. La mujer sonríe con sorna, como siempre, y Naia aprieta los puños.

—¡¿Te hace gracia?! —le grita a la nada y las otras dos chicas se sobresaltan—. Tú eres cómplice de esto, ¿verdad? —Edurne comienza a reír y Naia chilla de rabia.

Se pone en pie y tira al suelo de una patada la silla donde se ha sentado el espíritu. Siente que se asfixia y sale corriendo de la casa, incapaz de aguantar tanta presión.

La lluvia cae sobre ella, pero no la nota. Solo se detiene al llegar a los primeros árboles. Vuelve a gritar y se tira de rodillas al suelo, todo da vueltas a su alrededor. Los latidos del corazón se le disparan, le duele el pecho.

Siente que le va a dar un ataque cardiaco y se pone aún más nerviosa.

—No es un infarto, es cortisol. Cortisol a punta pala —farfulla—. Racionaliza… Racionaliza…

Cierra los ojos y se centra en su respiración, tal y como su madre decía que debe hacerse en las crisis de ansiedad. Kaos aparece a su lado y se acuclilla junto a ella.

—Imagino cómo te sientes —le dice poniéndole una mano en el hombro—. Pero tienes que volver, Naia. Hay que llegar al fondo de todo esto.

—No estoy preparada —replica mientras sacude la cabeza—. Aún no.

—Pero entonces no podremos pararle los pies a Gorka —insiste Kaos.

Naia recoge un puñado de hojas secas y las estampa contra el suelo furiosa.

—¡¡Me da asco, no sabes cuánto!! ¡No tengo la culpa de que perdiese a su mujer y su hija! ¿Por qué tengo que pagar yo los platos rotos? —exclama y Kaos agacha la cabeza—. ¡Yo nunca he querido ser médium, y no lo sería si él no me hubiese obligado! ¿Quién demonios se cree que es para controlar mi vida?

La emprende a puñetazos contra un árbol, Kaos la detiene para que no se haga daño. Es la primera vez que ve a su amiga tan enfadada.

—Te juro que nunca más la va a controlar, porque yo tampoco lo permitiré —le asegura Kaos—. Venga, vamos dentro.

Naia respira hondo, todavía con los pies hundidos en la tierra mojada. Sigue a Kaos hacia el interior de la casa, armándose de valor.

Por suerte, Edurne ya no está en el salón. Alicia continúa en la mesa, con las manos en el regazo y la mirada al frente, impasible. Cuando Kaos y Naia se sientan de nuevo frente a ella no hace comentarios.

—¿Sigo? —pregunta. Naia asiente—. Vale, porque ahora viene lo peor.

—Lo peor —repite Naia con voz monótona como si fuese un eco.

—La mujer y la hija de Gorka murieron en un accidente el 15 de noviembre de 1967 en la curva del río Oria. Quiere resucitar a una de ellas, no sé a cuál.

—A su hija. Ya se me metió en el cuerpo una vez —responde Naia tajante.

—Sabemos lo de los sacrificios, entramos a su casa y lo confirmamos —añade Kaos para sorpresa de Alicia—. Le queda uno para completar los doce.

—Entonces ya sabéis que habrá un nuevo muerto en unos días. El último.

—La principal pregunta que tenemos es para qué me ha citado el 16. ¿Qué quiere hacer conmigo? —pregunta Naia.

Sus ojos se desvían hacia la página del libro y siente un escalofrío. «El último ingrediente es un médium que preste su cuerpo».

Alicia parece incómoda. Se remueve en la silla antes de contestar.

—Concluirá el conjuro. No puedes ir, Naia. Te matará.

La advertencia se estanca en el ambiente. Kaos mira a Naia con el corazón en un puño.

—¿Estás segura, Alicia? —tartamudea.

—No la asesinará físicamente. Matará su consciencia para ser sustituida por el alma de su hija.

Naia se estruja las manos, empieza a comprenderlo.

—No puede recuperar el cuerpo de la niña, así que pretende usar el mío —musita—. ¿Cómo lo piensa hacer?

Alicia vuelve a tomar el libro y pasa una página para mostrarles las macabras instrucciones del ritual.

Naia las lee con el horror a flor de piel.

> El médium deberá tragar por su boca los doce dientes de los sacrificados, a intervalos de doce minutos entre diente y diente. Posteriormente, lo tumbaremos en una mesa y realizaremos doce incisiones en su pecho con un cuchillo de plata. La sangre que mane de los cortes será untada por su cuerpo desnudo, trazando círculos.

Naia cierra los ojos, está temblando. Kaos continúa leyendo por ella:

> Luego colocaremos un tablero de *ouija* sobre el vientre del médium y contactaremos con el espíritu al que deseamos reencarnar. El médium abrirá los brazos y lo recibirá en su interior.

Si hemos realizado bien todos los pasos, en este punto la consciencia del médium morirá y el espíritu volverá a la vida en su cuerpo.

Kaos cierra el libro de golpe, echa fuego por los ojos.

—¿Y de verdad Gorka es tan estúpido de creer que vas a hacer esto solo porque tiene un mechón tuyo?

Naia se pasa las manos por el pelo consternada.

—Kaos… ¿Recuerdas que nos preguntábamos por qué te necesitaban en el akelarre? —dice—. Pues te quieren para esto. Te va a utilizar para hacerme chantaje y que acceda a completar el ritual.

Kaos niega con la cabeza. La toma de los hombros y la sacude un poco.

—No, no, ¡ni hablar! ¿Me oyes, Naia? No te vas a sacrificar por mí.

—Pero entonces Gorka te matará a ti —susurra Naia al ser consciente de la gravedad de la situación—. Tiene tu pelo —le vuelve a recordar—. Podría hacer que te lanzases del acantilado o que te metieses al mar.

—Correré el riesgo —insiste Kaos.

—Pero yo no voy a dejar que mueras para salvarme el culo —le contesta—. Tú me lo dijiste antes de venir: estamos juntas en esto. O sobrevivimos las dos o morimos las dos.

Alicia las observa inexpresiva.

—Cortad el drama, Romea y Julieta —les dice y Kaos se ruboriza—. Podemos idear la manera de que ninguna de las dos muera por la otra.

Naia se gira de inmediato hacia ella.

—¿Qué propones?

—¿Acaso te importa lo que nos pase? —salta Kaos fulminándola con la mirada.

Ella se encoge de hombros.

—Bueno, yo también estoy metida en esto. Así que sí.

—¿Si no te afectase personalmente habrías venido a ayudarnos? —pregunta Kaos arqueando una ceja.

—No —responde como si fuera obvio—. Pero ya os he dicho que intento ser mejor persona.

Kaos se levanta con tanta fuerza que casi tira la silla. Camina hacia la tendera y planta las manos en la mesa. Se inclina sobre ella, amenazante, pero Alicia permanece tranquila.

—Gracias, Teresa de Calcuta, pero igual habría preferido que te llegase antes la bondad divina —le escupe—. Concretamente cuando fuimos por primera vez a tu tienda y mi amiga te preguntó si sabias algo del asesinato de su madre. —Naia frunce el ceño al recordarlo—. Te lavaste las manos como Poncio Pilato, luego entró Gorka por la puerta y no hiciste nada por impedir que cayésemos en su red. Claro, tú ya tenías el marrón encima, te daba igual compartirlo con nosotras, ¿no?

—Ya te vale —gruñe Naia.

Kaos se acerca más a ella, pero sigue sin intimidarla.

—¡Podrías haber evitado todo esto! —exclama—. Así que ahora no vayas de arrepentida.

Alicia se cruza de brazos y respira hondo.

—Quiero ayudaros, ¿vale?

Verla tan calmada hace que Kaos termine de perder los nervios.

—¡No necesitamos tu ayuda, vete!

Alicia se pone en pie sin prisas. Mira a la chica de frente y alza la barbilla. Es casi una cabeza más alta que Kaos.

—Te mueve la sangre caliente, así nunca vas a conseguir nada —le dice con una seguridad arrolladora—. ¿Qué plan tienes, aparte de sacrificarte por Naia? ¿Ir y matar a Gorka a puñaladas?

Kaos localiza con la mirada su hacha, está apoyada contra el sofá.

—Pues igual es la solución —replica con chulería.

Naia observa la disputa desde la silla sin atreverse a intervenir.

—Claro que no, ilusa. La solución está aquí —responde Alicia dándole un golpe con el dedo en la frente—. ¡Tenemos que pensar!

Kaos se pone en jarras, orgullosa, pero Naia habla antes que ella.

—Déjalo, Kaos, tiene razón. Hay que pensar, no pelearnos. Pero primero tengo una pregunta para ti, Alicia.

—Dime —resopla dejándose caer en la silla.

—¿Aitor sabe lo mismo que tú? —indaga deseando que diga que no.

Suena un trueno, las paredes se estremecen. La lluvia comienza a golpear las ventanas con más fuerza.

—Aitor no sabe una mierda, es un pringado —responde Alicia. Naia suspira aliviada de saber que al menos Aitor no le ha estado mintiendo—. Yo tengo esta información porque Gorka y Edurne me tomaban en serio.

—Y entonces, ¿por qué te echaron? —se extraña Kaos.

Alicia golpea el suelo con el talón incómoda.

—¿Podéis dejar de indagar en mi vida y empezar a buscar soluciones, por favor?

Apenas termina de decirlo, se escucha un segundo trueno. Las luces de la casa parpadean y se apagan.

—Lo que faltaba —suspira Kaos y va a buscar velas.

Naia las enciende y el salón se llena de la lúgubre luz del fuego.

Hacen caso a Alicia y se ponen a idear maneras de frustrar los planes de Gorka.

—Aitor dijo que mi aura es negra y que eso podía significar que alguien me había embrujado —recuerda Naia—. Supongo que será…

—Naciste con mal fario —asiente Alicia—. Y eso te acompañará de por vida.

Naia comienza a agobiarse.

—¿No hay ninguna manera de revocar la magia negra?

—A no ser que tengas un DeLorean como el de *Regreso al futuro* para volver a nacer, no —responde Alicia.

Por su parte, Kaos parece recordar algo. Cuando cogió el libro de Triana para buscar maneras de deshacer un enamoramiento, leyó algo sobre magia negra.

—Un momento —dice yendo a por el grimorio.

Regresa con él y busca aquellas páginas hasta que lo encuentra:

> Lo que está destinado a suceder, sucederá de un modo u otro. La única manera de cambiar el destino es con la magia. Todo lo que no está destinado a ser, pero sucede gracias a la magia negra, puede (y debe) ser revertido.

—Bueno, esto se puede aplicar a males de ojo o amarres de amor. Gorka la embrujó cuando ni siquiera existía, no puede cambiar eso —objeta Alicia tras leerlo.

Kaos se muerde el labio pensativa.

—Vale, no conozco a nadie que haya vuelto a nacer. ¡Pero eso no significa que no sea posible! —concluye.

Naia aferra el libro hasta que las puntas de los dedos se le vuelven blancas.

—¡Exacto! —concuerda con su amiga—. Yo tampoco conozco a nadie que haya resucitado, y Gorka pretende hacerlo. ¿En serio nos vamos a poner a pensar que hay cosas imposibles?

—Es una locura, pero quizá… —medita la tendera.

—Podemos hacerlo —insiste Kaos—. Si lo consiguiéramos se acabaría todo.

—Absolutamente —dice Alicia—. Si destruimos el primer hechizo de Gorka y dejas de ser médium, ya no le servirías para nada. Todo su plan se irá al garete —se rasca el mentón—. Pero… ¿Qué haremos si no funciona?

Naia esboza una media sonrisa.

—Encontraremos la manera de que funcione para no tener que preguntárnoslo.

—Miraré por todos los libros de mi tienda a ver si encuentro algo —decide Alicia—. Al fin y al cabo, tampoco tenemos una opción mejor.

Naia se muerde los labios inquieta. Todavía le quedan algunas dudas.

—Alicia, sé que no te gustan las preguntas, pero necesito que me digas algo —tartamudea.

—¿Sí?

Naia toma aire y lo suelta de golpe:

—¿Sabes si Gorka es mi padre?

Alicia abre mucho los ojos.

—¿Qué? ¿Por qué piensas eso? —exclama, y las chicas confirman que no tiene ni idea.

Alicia se para a observar mejor a Naia y empalidece, se da cuenta de que, en efecto, tiene un parecido con Gorka.

—Cuando fuimos a su casa no solo descubrimos cosas sobre el akelarre —responde Kaos—. También nos enteramos de que la mujer de Gorka era la tía de Naia.

16

Getaria, 10 de julio de 1964
28 años antes del asesinato de Gorka

Al oír los furiosos pasos de su madre, el chico cierra el libro de mitología vasca que está leyendo. Se levanta de la cama justo cuando se abre la puerta.

—¡Gorka! ¿Qué haces que no estás en el corral? —exclama la mujer.

—Iba a recoger la habitación —carraspea.

Su madre arquea una ceja mirando detrás de él. Señala el libro que reposa entre las sábanas.

—¿Eso qué es?

Gorka duda entre decir la verdad o callársela, pero es incapaz de mentir a su madre.

—Un libro de mitología vasca.

—¿Otra vez las brujerías esas?

—Son nuestros orígenes, mamá. Euskal Herria es pagana y está llena de magia —responde y su madre alza el brazo como si fuera a darle un bofetón.

—Déjate de magias que aquí somos cristianos. ¡Y ni se te ocurra decir esas sandeces en público, que aún te oirán los grises y te llevarán preso! —gruñe y luego vuelve a mirar el libro—. ¿De dónde lo has sacado? Seguro que es una publicación ilegal.

—Me lo regaló mi hermano ayer.

—¿A santo de qué?

—Fue mi cumpleaños.

El rostro de la mujer se contrae en un gesto de culpa.

—Es cierto, felicidades. ¡Pero eso no te va a librar de hacer tus tareas! Deja de leer chorradas y ve a ordeñar las cabras. Haz algo de provecho con tu vida, que ya tienes más de veinte años.

Gorka agacha la cabeza y asiente.

—Voy.

Intenta salir de la habitación, pero su madre le coge del brazo.

—¿Te vas a poner a llorar otra vez? —bufa examinando sus ojos azules, que han comenzado a humedecerse—. ¡Hostia, Gorka! A veces pienso que eres maricón.

El chico se libra de su agarre y sale corriendo del caserío. Nada más poner un pie en el corral estalla en llanto. Se abraza a Negra, la cabra, y le empapa el pelaje de lágrimas.

—No sé qué hacer para que esté orgullosa de mí —le dice sollozando—. Intento ser el hijo perfecto, pero siempre me ve con malos ojos.

Negra responde con un balido y rumia una hebra de paja. Gorka va a buscar el cubo y se sienta junto a ella para ordeñarla, quemándose bajo el sol de julio.

—Lo siento, Negra. Esta leche debería ser para tus bebés, no para nosotros —suspira.

Es una cabra vieja, la madre de Gorka no tardará en llevarla al matadero por mucho él patalee y se oponga.

Las cabras son sus amigas, las únicas que sabe que nunca le traicionarán. Las cuida desde que era pequeño y le gusta conversar con ellas aunque parezca un loco.

—Siempre estaré a la sombra de mi hermano, mamá le quiere más a él. Porque es fuerte y está estudiando una carrera. Yo solo soy un llorica —se desahoga.

Gorka solo tiene una aspiración en la vida: ser músico. Gastó todos sus ahorros en comprar una batería y su madre le estuvo gritando una semana. Ella siempre ha considerado la música (y el arte en general) una pérdida de tiempo. Un entretenimiento para vagos y pedantes.

Y ya ni hablar de la brujería. Es el colmo que hace que su madre lo vea como un fracaso. La vergüenza de la familia.

Gorka termina de ordeñar a los animales. Las cepilla con cariño, les pone heno nuevo y entra al caserío para dejar los cubos en la cocina. Su madre está sentada, de espaldas a él, mirando por la ventana. Ve su moño pelirrojo sobresalir por el respaldo de la mecedora.

La radio está encendida a un volumen excesivo porque la mujer se está quedando sorda.

—Ya he acabado, mamá —le dice.

No hay respuesta. Gorka empieza a meter la leche en botellas de cristal escuchando el noticiario: «Un grupo de estudiantes ha sembrado el caos esta mañana en Madrid, pero me alegra informar de que las protestas ya han sido sofocadas. España es una gran nación y nuestro excelentísimo Caudillo garantiza protegernos de comunistas como estos».

—¿Necesitas que haga algo más? —pregunta—. Puedo bajar al pueblo a vender la leche. ¿O prefieres que hagamos queso?

La mujer sigue en silencio, Gorka frunce el ceño.

—¿Mamá?

Otra vez sin contestación. ¿Quizá está dormida?

El chico se acerca a ella y le sacude el hombro. El cuerpo se balancea y la cabeza de su madre cae hacia atrás. Tiene los ojos abiertos y la mirada perdida.

La botella cae al suelo, reventando en mil añicos. El líquido blanco se desparrama por las baldosas y Gorka comienza a gritar.

—Fue un infarto de miocardio, ¿no? —pregunta Iñaki ocultando el dolor tras unas gafas negras.

—Eso dicen los médicos, hermano —responde Gorka dándole un abrazo.

La iglesia está medio vacía, la familia no tiene demasiados allegados que quieran molestarse en acudir al funeral.

—Lamento tanto que tuvieras que encontrarla tú…

Gorka cierra los ojos y entierra el rostro en la chaqueta negra de su hermano.

—La vida es cruel. Ella te quería muchísimo, Iñaki.

—A ti también —responde él.

Gorka sabe que es mentira y siente una punzada en el pecho. Se separa rompiendo el abrazo.

—El caserío va a quedarse muy grande para mí solo.

—¿Quieres venirte a Bilbao, a mi piso? —le propone Iñaki.

Gorka se niega, más por orgullo que por otra cosa. Quiere demostrarse a sí mismo que no es el hermano débil, que puede ser autosuficiente.

Iñaki le da una palmada afectuosa en el hombro y va con el cura para terminar de arreglar los detalles de la misa. El chico se queda solo, pero no tarda en escuchar una voz familiar:

—¡Gorka!

Es una muchacha joven, de su edad. Tiene el pelo oscuro, con un flequillo mal cortado, y le falta un colmillo. Es su prima, ha venido desde Navarra.

—¡Edurne! —exclama Gorka sorprendido—. No esperaba que vinieses.

—La familia tiene que estar ahí —responde ella—. Lo siento muchísimo, de verdad. Iñaki y tú tenéis mis condolencias.

—Gracias, prima. ¿Cuándo vuelves a Pamplona?

Edurne se encoge de hombros algo nerviosa.

—Vengo para quedarme. Getaria me tiene enamorada desde siempre, quiero abrir un negocio aquí.

—¿En serio? ¿Qué tipo de negocio?

—Un *pub.*

—¿No es un poco arriesgado?

—Creo que puede tener éxito, la gente cada vez quiere más marcha —sonríe.

A Gorka se le ocurre una idea.

—Si quieres te puedo alquilar la planta baja de mi caserío. Es grande, la puedes reformar para montar tu local. A mí me basta el piso de arriba para vivir.

Los ojos de Edurne brillan. Asiente con la cabeza, ilusionándose solo de pensarlo. Luego recuerda que está en un funeral y vuelve a ponerse seria.

—Luego me paso a verlo —dice—. Y otra cosa, ¿te importa que me quede fuera durante la misa? No me gustan mucho las iglesias.

—Tranquila —responde Gorka, cómplice—. A mí tampoco.

Esa misma noche, Edurne va a echarle un vistazo al caserío y se queda prendada.

☽

Los siguientes meses son un no parar. Muebles nuevos, taburetes y capas de pintura. Gorka trabaja mano a mano con su prima, cosa que agradece. Así no piensa tanto en su madre y en su muerte junto a la ventana que ahora forma parte de un bar.

Edurne y él hablan a diario y descubren lo mucho que tienen en común. Ambos creen en la brujería y son amantes de sus raíces. Charlan sobre la diosa Mari, la reina de la naturaleza, y de todos los que habitan la tierra. También sobre Akerbeltz, el macho cabrío negro que cuida a los animales, y sobre Aatxe, el habitante de los montes, un genio que aparece en forma de toro o de vaca y que guarda los tesoros de Mari.

—*Akelarre*. Me encanta esa palabra —comenta Edurne una noche de finales de agosto—. Significa 'prado del macho cabrío', por el prado que hay frente a una de las cuevas de Zugarramurdi.

Están sentados en su propio prado, el que tan cerca está del caserío, tomando la fresca mientras comen pipas y cantan los grillos.

—Lo que hicieron con esas brujas fue una injusticia —se indigna Gorka.

—Eran unas rebeldes —suspira Edurne—. Akerbeltz las lideraba, presidía sus reuniones. Las animaba a sublevarse contra el cristianismo y el nuevo orden establecido. Esas *sorginak* lucharon hasta morir por recuperar nuestras costumbres y creencias.

Gorka asiente cabizbajo.

—Y nunca lo consiguieron.

Edurne se gira hacia él con determinación.

—Deberíamos hacer algo más que conversar acerca de nuestra cultura —le dice.

—¿Algo como qué?

—Defenderla. Reivindicarla. —Aplasta una pipa entre los dientes—. Tenemos que ser más radicales. La teoría está bien, pero toca pasar a la acción.

Gorka se recuesta en la hierba pensativo.

—No se me ocurre nada que podamos hacer —responde mirando la luna llena.

Una luciérnaga se detiene en su rodilla unos instantes y vuelve a volar.

Edurne pone los ojos en blanco, ya está acostumbrada a la falta de iniciativa de su primo. Por suerte, ella siempre está dispuesta a llevar las riendas.

—Podríamos crear un grupo. Un akelarre moderno, o como quieras llamarlo. Encontrar a más gente que piense como nosotros y propagar la defensa de nuestros orígenes por toda Euskal Herria.

Gorka arruga las cejas, no muy convencido.

—¿Eso no sería ilegal?

—Seremos clandestinos, podemos aprovechar mi futuro *pub* como tapadera.

—No sé, Edurne —replica—. No me gustan los líos, y menos aún con el Gobierno.

La chica se incorpora y lo mira ceñuda.

—¿Te acuerdas de nuestro primo Antxon?

—Sí, ¿cómo iba a olvidarle? —responde Gorka reprimiendo un escalofrío—. Se suicidó metiéndose un balazo en la cabeza.

Edurne arranca una margarita del pasto.

—¿Sabes por qué lo hizo?

—No.

—Antxon era de ETA, Gorka. Le habían pillado y decidió matarse antes de que le torturara la policía.

—¿Qué? —balbucea su primo.

—A mí me lo contaba todo, quedábamos a diario. Yo no me llegué a meter en la organización, pero era cómplice —explica—. ¿Sabes cómo perdí el colmillo? —le pregunta estirando el labio para mostrarle su dentadura mellada. Gorka niega con la cabeza—. Fue en unos disturbios, los grises me persiguieron y me molieron a hostias.

—No sabía nada de esto —farfulla Gorka consternado.

—A lo que voy es que existe gente dispuesta a meterse en líos por el bien de nuestra tierra; como nuestro primo, que perdió la vida. Como yo, que perdí un diente. ¿A ti no te da vergüenza no atreverte siquiera a crear una asociación pagana?

Gorka encoge los hombros. Ha conseguido cohibirlo.

—Tienes razón, prima. Hagamos un llamamiento.

Edurne esboza una sonrisa, como cada vez que se sale con la suya.

Pese a poner todos sus esfuerzos, al llamado solo acuden dos personas: Nagore Arratia, la dueña de la tienda esotérica de Getaria, y Alda Iriondo, una joven *hippie* con flores en el pelo y pantalones de campana que acaba de regresar de Suiza con sus padres.

Gorka está satisfecho, disfruta en las reuniones de los cuatro para hablar de brujería, pero a Edurne no le parece suficiente.

—Una tendera y una drogadicta, ese es nuestro akelarre —se queja una vez solos—. ¡Patético!

—Pues a mí me caen bien —responde Gorka.

Edurne suspira, como si no supiera qué hacer con él.

—Pero no somos una pandilla de amiguitos, primo. ¿No recuerdas lo que hablamos, eso de que teníamos que ser radicales? —gruñe—. ETA se encarga de la independencia política y nosotros de la independencia espiritual.

Gorka respira hondo, incapaz de llevarle la contraria.

—Vale, prima. Nos esforzaremos más.

Sin embargo, dedican todo su empeño en finalizar la construcción del *pub* porque comienzan a quedarse sin un duro en el banco.

Pasan los meses y cuando llegan las navidades ya lo tienen todo listo. Deciden fijar la fecha de inauguración para el 5 de diciembre.

Ese día lo pasan hinchando globos y decorando con guirnaldas todo el local, incluido el corral de las cabras.

Gorka monta su batería en el estrado y llama a su hermano para invitarlo a la inauguración. Se encargarán de la música toda la noche, a pesar de que Iñaki no cante muy bien.

Pronto el caserío se llena de gente, todos los jóvenes del pueblo han querido acudir.

Iñaki y Gorka tocan canciones de Manolo Escobar, aclamados por el público, hasta que de repente entran al *pub* dos forasteras; los únicos rostros que a los hermanos no les suena haber visto nunca por la zona.

Son chicas guapas, de largas cabelleras negras y pieles morenas. Se nota a simple vista que son hermanas, y Gorka se queda prendado de una de ellas.

—Me gusta la del moño —le dice a Iñaki durante el descanso.

—Yo prefiero la otra, la que se está tomando una birra.

Gorka, desalentado, deja las batutas en sus rodillas.

—Ojalá tuviera el valor de acercarme a hablarle —suspira.

Iñaki se echa a reír y lo toma del brazo.

—¡Vamos, hombre! Yo te ayudo.

Lo lleva hacia las chicas, para bochorno de su hermano, y lo empuja ligeramente hacia la del moño. Gorka le dirige una mirada asesina, pero termina encontrando la manera de saludar a la chica.

Iñaki se sienta en el taburete que está al lado de la otra.

—Hola —le dice con soltura—. Me llamo Iñaki, ¿y tú?

La chica mira de reojo a su hermana antes de responder, pero ve que ya está hablando con Gorka.

—Triana Cortés, encantada —responde acabándose la birra de dos tragos.

Luego se pide un *whisky*.

—¿De dónde eres?

—De Sevilla.

—¿Tan lejos? —se sorprende Iñaki, a pesar de que ya había deducido que era andaluza por el acento—. ¿Y qué os trae por aquí?

—¿La verdad? Me he escapado de casa. —Pide también dos chupitos de tequila, bajo la mirada atónita del chico—. Bueno, en realidad me han repudiado. Pero mi hermana sí que se ha escapado.

Iñaki no sabe si debería hacer preguntas al respecto, parece una situación delicada. Y, a pesar de la apariencia despreocupada de Triana, ve resentimiento en sus ojos.

Brinda con ella y se beben juntos el tequila.

—¿Y vais a quedaros mucho tiempo por el norte? —indaga.

—Qué va, quillo, solo estamos de paso —responde Triana para decepción de Iñaki—. Nos vamos a París.

—¿Tan lejos? —repite—. Pero si aquí se vive muy bien, Euskadi es preciosa.

Triana finge una mueca de lástima.

—Qué pena que no vaya a verla mucho.

Iñaki tamborilea con los dedos en la madera ansioso. Por algún motivo, no quiere dejar escapar a la gitana misteriosa. Siente que, si lo hace, se arrepentirá toda la vida.

—Te propongo un reto —le dice.

—¿Cuál?

—Quédate tres días en Gipuzkoa, solo tres. Si después sigues queriendo irte a Francia, hazlo, pero… si cambias de opinión te quedas aquí conmigo.

Triana se inclina hacia él y resigue con el dedo la línea de su mandíbula mientras Iñaki la mira embobado.

—¿Y por qué tendría que cambiar de opinión? —dice finalmente. Iñaki parpadea saliendo de la ensoñación—. Lo siento, *miarma*, ve a comerle la cabeza a otra. Nos vamos en cuanto se me pase la borrachera.

17

—¡Gorka! ¡Sé que estás ahí, desgraciado! —grita Alicia a los pies del caserío—. ¡Asoma el morro!

El hombre sale al balcón. Lleva una boina negra, como siempre, y parece llevar días sin recortarse la barba pelirroja.

Aún desde la distancia, Alicia distingue sus ojos rojos de haber llorado. Acaba de volver de dar el pésame a la familia de Edurne en Pamplona. Es incapaz de comprender qué lo une a esa gente, ni por qué le afecta tanto la muerte de una mujer que no era nada suyo.

—¿Qué quieres, Alicia? —le pregunta como si no tuviera ganas de hablar.

—¡Decirte que ya no te tengo miedo! —exclama la chica—. Échame todas las maldiciones que quieras, arruina mi negocio, ¡me da igual! No vas a seguir jodiéndome la vida.

Gorka se apoya en la barandilla, como si estuviera aburrido.

—Vale —responde sin más.

—Y tengo otra noticia para ti, una que te hará aún menos gracia —prosigue Alicia—. ¡Le he contado todo a Naia y no va a dejar que te salgas con la tuya!

Esta vez Gorka da un salto en el sitio.

—¡¿Cómo?! —ruge.

Alicia sonríe triunfal.

—Que pases un buen día —se despide dando media vuelta y echa a andar con la barbilla erguida.

—¡Eres una hija de puta! —grita Gorka—. ¡Teníamos un trato!

La chica le hace un corte de mangas y pronto deja atrás el caserío. Se siente más poderosa que nunca. Si no se fuera a mudar de ciudad esa misma noche tendría un poco de miedo.

Le quedan unas horas para poder ayudar a Kaos y a Naia, tal y como les prometió. Se apresura en regresar a la tienda para volver a sumergirse en los libros, a ver si esta vez descubre la manera de deshacer un hechizo que se realizó antes del propio nacimiento de la persona. Al menos ya ha descubierto qué clase de brujería utilizó Gorka para forzar el parto de Triana, así será más fácil saber cómo revocarlo.

Levanta la persiana del local y se cuela por una rendija de medio metro. Todos los productos están empaquetados y guardados en cajas.

Se llena el sujetador de turmalinas como protección extra, por si acaso. Saca el cuarzo irisado de su bolsillo y lo acaricia, jugando a tocar la punta sin llegar a pincharse. Esa piedra también la protege. Se la regaló su hermano (el único familiar con el que se lleva bien) el día que empezó con la quimioterapia.

Cierra los ojos y respira hondo, su mente vuela a Madrid. Antes era lo único que conseguía ilusionarla. Imaginarse paseando por Cibeles, almorzando un bocadillo de calamares en la Puerta del Sol y firmando su futuro libro. Sin embargo, ya no tiene tantas ganas de marcharse. Sus pensamientos se desvían todo el rato hacia la misma persona.

—Ya te has pillado, tonta —maldice y se da una palmada en la frente.

Encoge los dedos, pensando qué debería hacer. Sacárselo de la cabeza y marcharse sin más… o ir a verlo otra vez.

Seguro que eso último es mucho más doloroso, pero siente el impulso de hacerlo. Suele ignorar a su corazón, pero está aprendiendo a ser menos rígida; así que se pone la chaqueta, abre la persiana para salir… y se encuentra con Fabio. La chica abre la boca, sorprendida.

—¿Cuánto llevas ahí fuera? —es lo primero que se le ocurre decir.

—Acabo de llegar —responde él mientras se rasca la cabeza.

Se miran como bobos sin saber qué hacer. No se han vuelto a ver desde que ella lo besó en el cementerio.

—Pasa —carraspea Alicia por fin y Fabio entra en la tienda. Lleva la guitarra colgada a la espalda—. ¿Sabes? Me has leído la mente, iba a ir a verte ahora mismo.

—Porque te vas hoy, ¿no?

Alicia agacha la mirada y asiente. Se sientan entre las cajas, uno al lado del otro.

—Y, visto como has recogido todo, supongo que no puedo hacerte cambiar de opinión —suspira.

—No, Fabio. Me tengo que ir.

—A más de trescientos kilómetros de aquí.

—Sí.

Ahora es el turno de Fabio de bajar la cabeza y asentir. Tras un momento de silencio, vuelve a hablar:

—Naia y Kaos me han contado que viniste a casa ayer.

Alicia siente una punzada de pánico.

—¿Y qué te dijeron?

—Todo. Básicamente que podrías haber evitado que entrasen al akelarre y no lo hiciste para ahorrarte problemas.

Alicia cierra los ojos. No quería que Fabio conociese su peor parte. Seguro que está enfadado con ella.

Aun así, quiere ser transparente con él.

—Pe-pero, Fabio, no lo sabes todo —tartamudea—. Es aún peor de lo que piensas.

—A ver, cuéntame.

Alicia se alisa los pantalones, se ha puesto nerviosa.

—Descubrí lo de los sacrificios de forma accidental, escuché a Gorka y a Edurne hablando. Les dije que lo que hacían me parecía una salvajada, y entonces me propusieron un trato —confiesa—. Yo no hacía nada para pararles los pies y a cambio ellos conseguirían que yo me quedase con esta tienda.

Fabio la escucha con el ceño fruncido.

—¿Cómo?

—Eso lo descubrí después, cuando eligieron a Nagore Arratia como la siguiente víctima. Era la anterior propietaria —a Alicia se le atragantan las palabras—. Cuando me enteré de que la habían matado no encontré el valor para sustituirla como nueva propietaria, pero… al final me ganó la avaricia y acepté, Fabio. Quiero irme del pueblo para salvar el pellejo, pero también porque esta tienda me corroe la conciencia. Seguro que aún ronda por aquí el fantasma de Nagore cagándose en mis muertos.

Se pasa las manos por los rizos intentando calmarse.

—¿Por eso dejaste el akelarre? —pregunta Fabio.

—No. Lo dejé al año siguiente cuando se cargaron a Alda, la madre de Aitor. Preferí ser una traidora y vivir amenazada por ellos, a seguir siendo cómplice de aquello. Pero, aun así, todavía tienen mi mechón y me obligan a hacerles favores —responde. Tras una pausa decide lanzar al aire la pregunta—: ¿Piensas que soy una egoísta?

Cuando Alicia se atreve a mirarlo no encuentra un gesto de repulsa, tal y como esperaba.

—Depende —suspira Fabio—. ¿Tú sigues pensando que soy un vago sin ambiciones?

A Alicia se le escapa una sonrisa.

—No —responde—. Eres más que eso.

—Pues tú también eres más que un error —dice Fabio.

Tira de su brazo para acercarla a él y la besa. Alicia abre los ojos con sorpresa y luego lo estrecha entre sus brazos, devolviéndole el beso. Cuando se separan, tiene que recordar como respirar.

—Espera… ¿esto significa que no me odias? —acierta a pronunciar.

Fabio sacude la cabeza.

—¿Como voy a odiarte, ovejita?

—¿Ovejita? —repite riendo.

—Sí, por tu pelo —aclara Fabio y le revuelve los rizos castaños con cariño—. No me importa tu pasado, solo la persona que eres ahora, ¿vale?

Alicia sonríe emocionada. Luego su atención se desvía a la guitarra.

—¿Quieres tocar algo? Nunca he visto qué tal lo haces.

Fabio se descuelga el instrumento del hombro.

—Qué presión, tienes pinta de ser una crítica despiadada.

—Lo soy —contesta Alicia.

Fabio cruza las piernas a lo indio y se acomoda. Lleva los dedos a las cuerdas y comienza a tocar una canción de Loquillo que Alicia reconoce enseguida.

—«Has tenido suerte de llegarme a conocer» —canta con voz suave—. «Creo que a nadie le gusta el nacer para perder. Abrirás una revista y me encontrarás a mí. Debo ser algo payaso, pero eso me hace feliz». —Alicia alza las cejas, lo hace mejor de lo que esperaba. Y ha de reconocer que está muy guapo con esa cara de concentración y el tupé despeinado—. «Uju, uju, uju, uju, nena, ¡voy a ser una *rock and roll star*!».

La chica se muerde el labio dándole vueltas a una idea. Las palabras salen a su boca antes de que las pueda meditar.

—Oye, Fabio —lo interrumpe. Él para de tocar y la mira—. Que estoy pensando que en Madrid me vendrá bien contratar a alguien simpático para que me lleve la campaña de promoción del libro. Porque, para ser sincera, tenías razón: la gente se me da fatal.

Se frota los brazos, sorprendida de su propio atrevimiento. Fabio abre la boca.

—¿Estás insinuando que…?

—¡Igual es un poco precipitado! —exclama Alicia—. A mí me encantaría, pero sin presiones. Entiendo que tú tienes tu vida aquí y…

—Ey —la corta—. Que yo me voy contigo a Madrid, a la luna o a dónde sea.

Alicia es incapaz de ocultar su alegría.

—¿De verdad? —farfulla con una sonrisa de oreja a oreja.

—¿Me ves pinta de estar bromeando? Además, seguro que te conviertes en una escritora de éxito, lo poco que leí antes de que me quitases la caja era genial. Te voy a encontrar lectores hasta en la luna.

—¿De verdad crees que triunfaré? ¿No piensas que soy… poco realista?

—¡No! ¿Por qué iba a pensarlo? —se extraña Fabio.

Alicia se manosea los rizos nerviosa.

—Eres la primera persona que confía en mis proyectos.

—Porque la gente no se atreve a soñar, y cuando ven a alguien que no solo se atreve, sino que sueña a lo grande, intentan tirarlo abajo —medita—. ¡Tenemos una sociedad de conformistas!

La sonrisa de Alicia se ensancha.

—¿Sabes? Cuando entraste por primera vez en mi tienda jamás pensé que podríamos hacer tan buen equipo.

—¡Ya te digo! Tú una escritora de éxito y yo el gran sucesor de Loquillo, estrella del *rock*.

—¿No ibas a estudiar filosofía? —se extraña Alicia.

—¡También! —exclama Fabio—. Puedo hacer ambas cosas.

—Pero tenemos que irnos al amanecer como muy tarde —le advierte ella—. Es importante.

—Vale —asiente él.

Aparta la guitarra y vuelve a unir los labios con los suyos, estrechándola contra él. Alicia le devuelve el beso con pasión. Comienza a faltarle el aire y a sobrarle la ropa.

Se sienta a horcajadas sobre Fabio y le quita la chupa de cuero. Él se deja hacer y le saca a Alicia el suéter. Cuando le desabrocha el sujetador, una cascada de turmalinas cae al suelo.

Fabio mira las piedras desconcertado.

—No hagas preguntas —jadea Alicia y vuelve a besarlo.

A partir de ese momento solo hay gemidos, caricias y respiraciones aceleradas. Se devoran mutuamente con una mezcla de ternura y deseo como si fuesen novios.

Al acabar, la chica se acurruca en su pecho y él, exhausto, le acaricia el cabello. Se queda mirándola con ojos brillantes, como si fuera una diosa caída del Valhalla.

—¿Alguna vez has querido llegar al orgasmo al mismo tiempo que tu pareja? —le pregunta al cabo de un rato.

Alicia se encoge de hombros.

—Se supone que es el colmo del romanticismo, ¿no?

—Creemos que es romanticismo, pero en realidad es un instinto de supervivencia. Llegando juntos al orgasmo se duplican las posibilidades de embarazo.

Alicia suelta una carcajada.

—Están los que después de hacerlo se ponen románticos, los que huyen, los que se duermen… Y luego estás tú, que sueltas datos curiosos.

—¡Es interesante! —se defiende Fabio haciéndole cosquillas.

Están a punto de caerse de las cajas. Alicia se levanta y, todavía desnuda, comienza a recoger las turmalinas.

—Te recuerdo que ya es casi de noche y nos vamos de madrugada —le dice al chico—. ¿No deberías ir a hacer maletas o algo?

—Cierto —responde Fabio y comienza a vestirse—. Debería avisar a mi madre también.

—Ni se te ocurra retrasarte.

—No lo haré.

—Eso espero —puntualiza estricta.

Se despiden con un beso y Alicia se queda sola de nuevo en la tienda.

—¡Sí! —chilla ilusionada.

Da varios saltos y un giro, hacía mucho que no estaba tan contenta. Enciende su reproductor de casete y pone a todo volumen la canción que estaba tocando Fabio antes.

—Uju, uju, uju, uju, nena, ¡voy a ser una *rock and roll star*! —canta.

☽

Fabio llega a Zarautz poco antes de la hora de cenar. Aparca la furgoneta en su barrio y traga saliva. Ojalá supiera cómo se lo va a tomar su madre. Espera que no haya gritos, como las últimas veces que la vio. Aún resuenan los reproches en su cabeza: «Tienes veintiséis años y sigo manteniéndote mientras haces el vago, sin estudiar y sin trabajar». «¿Qué has hecho desde que esas monjas te despidieron? ¡Fumar porros, tocar la guitarra y despertarte a la hora de comer!».

Fabio traga saliva y se arma de valor para bajarse del vehículo. La última vez que volvió fue la semana anterior para intentar hacer las paces con ella. Todo resultó en otra discusión.

Supone que esta vez será distinto, porque viene para despedirse. Camina por la calle en la que se crio, un barrio obrero de humildes casitas.

Cuando pasa por al lado del que fue el hogar de Kaos, reprime un escalofrío. Años después sigue abandonado, con las paredes tan negras como un lápiz de ojos.

Recuerda cuando Kaos era su vecina. Al principio no le caía bien, era una niña rara y mandona. Siempre estaba construyendo naves espaciales en su jardín, y amenazaba a todo aquel que se acercase. Para colmo tenía una voz gritona y solía andar montando unas rabietas que asustaban un poco a un niño tranquilo como Fabio.

No sabe en qué momento empezaron a ser amigos, pero sí se acuerda del incendio. Era una noche de agosto, poco después del octavo cumpleaños de Kaos. Los despertaron las sirenas, los gritos y el humo que se colaba por las ventanas abiertas. Fabio y sus padres salieron corriendo a la calle y lo primero que vieron fue a la niña inconsciente en una camilla. Llevaba una máscara de oxígeno, el cabello rubio chamuscado y todo el brazo lleno de quemaduras. Al día siguiente supieron que había sido la única superviviente. La hermana mayor de Kaos y su padre murieron en el acto y su madre de camino al hospital.

Fabio respira hondo, no le gusta revivirlo. Se fuerza a pensar en el presente, en lo que va a decirle a su *ama*. Ya ha llegado al portal, y sus piernas parecen haberse convertido en un flan.

Cuenta hasta tres y llama al timbre.

La mujer abre la puerta. Lleva la cabeza llena de rulos y un delantal. Mira a Fabio con tristeza.

—Hola, *ama* —la saluda el muchacho con un hilo de voz—. ¿Puedo quedarme a cenar?

Silencio.

—Pasa —suspira finalmente su madre.

Algo más tranquilo, entra en casa. Huele la comida desde la cocina y su estómago ruge de hambre. No hay nada como los platos de su madre.

Se encarga de poner la mesa como un buen chico, y la mujer sirve dos raciones de bacalao al pilpil. Aunque no lo dice, también asa adrede unos pinchos de chistorra para su hijo, sabe que son sus favoritos.

—*Ama*, he venido a decirte adiós —confiesa Fabio al cabo de un rato—. Mañana me voy a Madrid.

—Ay, hijo, por favor, no me des más disgustos —gruñe la madre dejando caer el tenedor en el plato.

—De disgusto nada, *ama*, escúchame bien. Que he conocido a una chica, y me voy con ella —confiesa Fabio poniéndose tímido de repente.

Su madre lo mira con desconfianza.

—¿No será como tu ex?

—¡No, nada que ver con la Vane! —se apresura a exclamar—. Esta es diferente, y responsable. Va a ser una gran escritora, y además lleva su propio negocio.

La señora alza la cabeza con interés.

—¿Cómo se llama?

—Alicia Velasco —declara con orgullo y se mete un pincho en la boca—. La conozco desde hace menos de un mes, pero te juro que no me había ilusionado así en la vida. Me estoy enamorando de verdad.

—¿Y por cuánto tiempo os vais?

—Igual es para siempre, pero vendré a verte. Y a Kaos y a Naia también —responde Fabio.

—A ver si es verdad.

—¡Ah! Y que sepas que voy a estudiar.

Su madre casi se atraganta con la comida.

—¿Qué me dices?

—Voy a ir a la universidad, a la Complutense. Lo compaginaré con el trabajo, tendré que ayudar a Alicia. Y también dejaré los porros —añade.

—Ay, Fabio… —murmura la mujer llevándose una mano al pecho—. Que no me lo creo.

El chico se levanta de la mesa y le da un abrazo.

—Pues créetelo, *ama*. —Los ojos de su madre se vuelven vidriosos mientras lo estrecha con fuerza—. Voy a hacer que estés orgullosa de mí.

—Y el *aita* también lo estará, desde el cielo —dice ella. La mujer se separa de su hijo y le acaricia la mejilla suspirando—. Fabio, que sepas que nunca me he avergonzado de ti. Era tan estricta porque necesitaba que reaccionases.

—Lo sé, *ama*. Hiciste bien —resopla el chico—. No iba por el buen camino.

Madre e hijo continúan hablando durante horas, hasta que ya es noche cerrada. Fabio decide quedarse a dormir y programa el despertador de madrugada. Tendrá que ir pronto a Getaria para despedirse de Kaos y de Naia, y hacer rápido las maletas. Alicia ha recalcado que es muy importante salir pronto, como si le diese miedo retrasarse.

Antes de disponerse a dormir, Fabio sale de casa para fumar, por costumbre. Comienza a liar la marihuana en un canuto, pero se detiene.

—El último y lo dejo —susurra buscando el mechero.

Sin embargo, no se decide a prenderle fuego.

Se debate durante varios minutos y, al final, se arma de fuerza de voluntad para coger toda la marihuana que tiene e ir a tirarla al contenedor.

Aparta la mirada mientras lo hace, para no arrepentirse. Sin embargo, luego se siente liberado. Va a empezar una nueva vida, y esta vez de verdad, no como tantos otros proyectos que ha abandonado a medias. Respira hondo, el aire crea nubecillas a su alrededor. Hace mucho frío.

En ese momento siente unos pasos a sus espaldas. Nota un estirón del pelo y escucha unas tijeras.

—¡Eh! —grita dándose la vuelta. Ve a una figura femenina corriendo calle abajo—. ¿Qué narices haces?

La mujer se vuelve durante medio segundo, una farola le ilumina la cara. A Fabio le suena de haberla visto la noche que tocaron en el *pub*, era parte del akelarre. No recuerda bien su nombre, pero cree que empieza por eme. ¿Mireia? ¿Marta?

Sacude la cabeza confundido. ¿Por qué se ha llevado un mechón de su pelo? ¿Acaso pretende obligarle a él también a entrar al akelarre? No tiene sentido, nunca se han interesado por Fabio.

Piensa en llamar a Kaos y a Naia, o a Alicia, pero es tarde. Y, de todas maneras, irá a verlas en unas horas.

Ya tendrá tiempo de decírselo.

18

Kaos camina de un lado a otro de la habitación, como un león enjaulado.

—Hoy es 15 de noviembre, ¡hoy es 15 de noviembre! —exclama sin parar.

—Lo sé, cálmate —replica Naia todavía metida en la cama.

—¡¿Cómo quieres que me calme?! ¡Alguien la va a palmar en cualquier momento! —insiste. Se detiene frente al tocador y se peina el pelo—. Y, por cierto, se me han acabado las piruletas, ¿me reñirás si robo un par más?

Naia se incorpora bostezando.

—Debería llamar a Aitor.

—¿Para qué?

—Él y Alicia son las dos posibles víctimas —le recuerda—. Ella parece bastante aleccionada, pero Aitor no me tomó en serio cuando le conté lo de los asesinatos. Lo mejor sería advertirle una última vez.

Baja al salón y se sienta al lado del teléfono. Marca el número y se pega el auricular a la oreja.

—¿Sí? —responde el chico al otro lado de la línea.

Ella abre la boca, pero se queda pensativa. Frunce ligeramente el ceño.

—¿Quién es? —insiste Aitor.

Naia cuelga sin responder.

—Te deseo suerte —sisea rencorosa.

Se restriega la cara con las manos. Puede que si aparece muerto en la curva del río Oria se sienta culpable por el resto de su vida, pero no se le pasa por la cabeza volver a llamar.

Para forzarse a pensar en otras cosas, se levanta y comienza a abrir todas las ventanas para que entre el aire. Aun así no le parece suficiente y sale de casa, siente que se ahoga. Kaos va tras ella.

El otoño comienza a dar paso al invierno. Los árboles ya están casi desnudos y las hojas secas se arremolinan por el suelo, tiñéndolo de naranja.

Naia se frota las manos para entrar en calor.

—A todo esto —comenta Kaos—. ¿Dónde andará Fabio? No ha dormido aquí.

—Estará con Alicia, seguro. Pasándoselo mejor que nosotras.

—Pues ya es casi la hora de comer, debería al menos llamarnos —responde la rubia mientras limpia las gafas en el borde de la sudadera de *Star Wars*.

En ese momento ven una silueta acercándose entre la niebla del camino. Es Alicia, parece bastante apurada.

—¿Y Fabio? —les pregunta con urgencia.

Naia y Kaos se miran, sin entender.

—Creíamos que había pasado la noche contigo.

—¡No! —exclama ella—. ¿No le habéis visto desde ayer?

—No.

—¿Ni ha hecho las maletas, ni nada?

—¿Maletas? —repite Kaos.

—Sus cosas están arriba —dice Naia—. ¿Por qué tendría que hacer el equipaje?

Alicia comienza a intuir que algo no va bien.

—Nos vamos a Madrid.

—¡¿A Madrid?! —exclaman Kaos y Naia al unísono.

—Sí, y deberíamos haber salido hace mucho. Anoche fue a Zarautz, a despedirse de su madre.

Se quedan las tres en silencio, tensas, intentando no alarmarse más de la cuenta. Y no lo harían si fuese un día cualquiera y no un 15 de noviembre.

—Voy a llamar a su casa —anuncia Kaos—. Seguro que se ha dormido, nunca se levanta antes de las doce.

—Sí, tiene que ser eso —responde Naia soltando una risita nerviosa.

Alicia se mete la mano en el bolsillo y comienza a acariciar el cuarzo irisado, como si eso fuera a traerles suerte.

Escucha a Kaos conversar con la madre de Fabio, ansía ver algún gesto de alivio en el cuerpo de la chica. Sin embargo, cuando cuelga y se gira hacia ellas, tiene el rostro descompuesto.

—¿Qué? —se impacienta Naia.

Alicia no se atreve a preguntar, siente la boca rígida.

—Su madre dice que Fabio estaba muy extraño esta mañana. No le hablaba y ponía cara de sufrimiento —explica Kaos—. Ha cogido las llaves de la furgo y se ha ido de casa sin dejar que su madre le dé un abrazo de despedida.

Naia comienza a marearse. Su mente vuelve años atrás, a 1985. El ultimo día que vio a su madre con vida.

Ella estaba en la cocina, mirando la conjunción de Júpiter y Saturno por el telescopio mientras esperaba a que su madre se levantara. Cuando apareció iba en pijama, despeinada y tenía los ojos desorbitados de terror.

«¿Estás bien, mamá?» le preguntó, y ella rompió a llorar.

Nunca respondió.

—Vamos al río —decide Naia sin dejar que el pánico le nuble la razón.

—¿Crees que…? —pregunta Kaos angustiada.

—¡Que nos vayamos ya! —zanja saliendo por la puerta. Frena en seco y se gira hacia la tendera—. ¡Alicia, tu coche!

Ella no reacciona, parece en *shock*. Kaos le da una bofetada para que despierte. Casi es peor porque comienza a jadear. Le está dando una crisis.

—¡Ahora no, hostia! —exclama Kaos cogiéndola de los hombros.

—Ni se te ocurra presionarla —dice Naia al recordar los protocolos contra ataques de ansiedad.

Alicia se aparta de las dos y saca de su bolso un bote de diazepam. Se mete dos pastillas bajo la lengua.

—Tranquilas —farfulla—. Soy una veterana en esto.

Respira hondo e intenta concentrarse en sacar las llaves del coche.

Alicia tiene un todoterreno de los setenta que parece que va a caerse a piezas en cualquier momento. Para colmo hace ruidos raros al arrancar y la conductora es incapaz de sujetar el volante sin que le tiemblen las manos. Parece a punto de ponerse a gritar, pero pisa con fuerza el acelerador e inician la marcha.

—¿Llegaremos a tiempo? —se agobia Naia.

Kaos se inclina desde los asientos traseros y les pone una mano en el hombro.

—Eh, Fabio no va a morir, ¿vale? —les dice con determinación.

No tardan en abandonar el pueblo y meterse por carreteras de montaña. Apenas es medio día, pero está casi oscuro. Unos nubarrones negros han tapado el sol y los árboles se entrelazan sobre el camino en forma de cúpula.

Alicia sigue las señales que dirigen al río Oria, espantando con el limpiaparabrisas las primeras gotas de lluvia que dan contra el cristal.

Al cabo de un rato comienza a oírse el rumor del agua. El río aparece a un lado de la carretera y Naia evita mirarlo. No se ha atrevido a ir allí desde que murió su madre, ya no le parece un simple paraje natural. Es la escena de muchos crímenes, y las aguas verdosas un callado testigo.

Siguen el camino, aproximándose a la curva, pero se encuentran con un atasco.

—Por aquí apenas pasan coches, no entiendo qué es esto —objeta Naia.

Un vehículo se detiene a su lado y Alicia baja la ventanilla.

—¡Hola! —grita llamando la atención del otro conductor—. ¿Sabes a cuento de qué viene esta aglomeración?

—Debe de ser un accidente, hay muchos por este tramo —responde el hombre—. Y ya sabes lo morbosa que es la gente, se paran a mirar.

Naia se restriega la cara.

—No hemos llegado.

—Puede ser Aitor —sugiere Kaos aferrándose a un clavo ardiendo. El temblor de su voz la delata.

Alicia abre la puerta y sale del coche, dejando el motor encendido. Las chicas y el conductor de al lado la observan sin dar crédito.

—¡Cuidad del coche! —les ordena a Kaos y a Naia, y luego echa a correr.

Sortea los vehículos a toda velocidad en una carrera desesperada hacia la curva. Allí se encuentra a un grupo de personas y coches que obstaculizan el tráfico. Detrás de ellos, la furgoneta azul estampada contra un árbol. El capó se ha enrollado como un acordeón y la ventanilla está rota y manchada de sangre.

—¡¡No!! —chilla Alicia apartando a la gente a empujones.

Alguien la intenta retener agarrándola de la muñeca.

—Hemos hecho cuanto hemos podido. Ya están la policía y la ambulancia en camino.

Alicia se suelta de un estirón y no se detiene hasta llegar al lugar del siniestro. Un grito le araña la garganta, rompe a llorar como una histérica. Han extendido el cuerpo de Fabio en el asfalto, y cae de rodillas a su lado.

—No… —repite ahogándose con sus propias lágrimas—. Fabio, tú no.

Se abraza a él, todavía está caliente. Alicia siente que algo en su pecho se va a romper; en cualquier momento despertará en su cama con ansiedad y será una pesadilla más de las que la atormentan cada noche. No puede ser de otra manera, no es real que Fabio esté muerto, no lo es.

Cierra los ojos con fuerza, nota pinchazos en el pecho. No puede respirar.

Mil cosas pasan por su mente. Madrid, el piso que iban a compartir, las maletas en la puerta, los besos del día anterior… Y, sobre todo, remordimientos. Remordimientos porque ni a Kaos, ni a Naia, ni a ella se les pasó por la cabeza que Fabio pudiera ser la víctima. Si le hubieran explicado el peligro que corrían, si hubiesen dedicado cinco minutos a contarle los planes de Gorka, la manera en la que realiza los sacrificios, la importancia de que alguien tenga un mechón de tu pelo…

—Lo siento, lo siento mucho… —le susurra apartándole el cabello castaño de la frente. Las lágrimas caen sobre el rostro inerte del chico—. Te quiero, joder.

Su llanto se duplica al desear que esté vivo para que pueda oírla. Se percata entonces del hilo de sangre que mana de su boca y entreabre sus labios para comprobar lo que ya sabe: le han quitado una muela.

Alicia vuelve a gritar, esta vez de rabia. Luego aparecen los sanitarios y se la llevan de allí en volandas.

Va cargada con un hacha y camina por el bosque como una psicópata, cualquiera que la viera se apartaría de su camino.

Las plataformas de sus zapatos se hunden en la tierra, así que se los quita. No le importa mancharse los calcetines de barro, ni que la lluvia le empape el pelo. Un solo pensamiento gira en bucle en su mente: matar a Gorka. Matar a Gorka. Matar a Gorka.

Kaos le da un tirón al lazo para devolverlo al sitio cuando nota que le chorrea por el hombro. Aprieta con fuerza el mango del hacha, hasta que sus nudillos se vuelven blancos. La lluvia ha emborronado un poco la pintura rosa del filo, pero tanto el corazón como la «K» se mantienen intactos.

Recuerda el sarcasmo de Alicia días atrás: «¿Qué plan tienes, aparte de sacrificarte por Naia? ¿Ir y matar a Gorka a puñaladas?».

Igual sí que era un buen plan. Si lo hubieran hecho entonces, Fabio estaría vivo. Ahora no dudará en cargárselo. No ha sido capaz de meditarlo, hay una especie de pelota rebotando en su cabeza que le impide pensar.

Cuando llega frente al caserío, el sol comienza a ocultarse y a estirar las sombras. Gorka no verá un nuevo amanecer.

—¡¡Hijo de puta!! —grita Kaos mientras examina las ventanas en busca de algún movimiento que le confirme que el hombre está dentro—. ¡¡No sirve de nada que te escondas!!

Las persianas están bajadas.

Kaos le pega una patada a la puerta del *pub* y se clava una astilla en el pie. No siente el dolor.

Ve el coche de Gorka aparcado a unos metros y decide entretenerse con él mientras espera a que su dueño vuelva. Reparte hachazos a diestro y siniestro hasta destrozar las ruedas, reventar las ventanillas y arrancar los retrovisores. Descubre un pequeño charco de gasolina en el suelo y no duda en encender el mechero y acercarlo.

Se aleja corriendo, momentos después llega la explosión.

Kaos se estampa contra la tierra, pringándose la falda. Se frota los oídos ensordecidos. Mira las llamas y una parte de su ser racional despierta, teme que se incendie el bosque. Por suerte no será así, el coche se encuentra en medio de un claro.

La chica escucha un balido a sus espaldas y ve a la cabra saltando en su cerco. Le asusta el fuego.

Apretando los puños, Kaos se dirige al corral y abre la puerta, sin soltar el hacha. Akerbeltz vuelve a balar.

—¡Corre, vete! —le grita—. Ya eres libre, seguro que este loco te maltrata. —El animal no se mueve del sitio y ella se desespera. Le agarra de los cuernos y tira de él—. ¡Que te vayas, hostia!

Por fin, la cabra obedece y sale del corral.

Kaos se derrumba. Su ira cae al suelo, y ella también. Se hace un ovillo entre el heno y se deshace entre lágrimas. Llora, chilla, patalea y se tira del pelo.

Se sobresalta al sentir una respiración en el hombro. Ve al macho cabrío junto a ella. Akerbeltz le topa suavemente con la cabeza, zarandeándola. Luego se tumba a su lado y apoya la cabeza en sus piernas.

Kaos se abraza a él y le moja el pelaje negro de lágrimas.

—Ay, cabrita —solloza—. No sé qué voy a hacer ahora.

PARTE 3

CUESTA ABAJO Y SIN FRENOS

19

—¿Dónde estabas? Empezaba a preocuparme —le recrimina Naia a Kaos al verla entrar en casa.

—Había ido a matar a Gorka.

—¡¿Qué?!

—No lo he hecho, me he rajado —aclara—. Pero le he destrozado el coche, y he soltado a su cabra.

—¿Estás loca?

Kaos agacha la cabeza. Deja caer el hacha en el suelo y su barbilla comienza a temblar.

—No me juzgues, Naia, por favor —susurra—. Necesitaba hacer… algo.

Apenas termina de hablar, Naia la abraza.

Kaos llora durante horas tumbada en la cama. Naia le hace compañía en silencio, con los ojos secos y la mirada fija en la pared. No puede dejar de pensar en cómo podrían haberlo evitado.

Han cerrado la habitación de Triana, donde dormía Fabio. Ninguna de las dos tiene estómago para entrar. Parece que en cualquier momento el chico va a asomar por el pasillo, como si nada hubiese sucedido. Casi creen escuchar su voz o los acordes de la guitarra.

—¿Cómo estará su madre? —murmura Naia—. ¿Y Alicia?

Kaos se sorbe los mocos.

—Fatal, pero ya bastante tenemos nosotras.

La ambulancia destinada a Fabio que llegó a la curva terminó siendo para la tendera. Le dio una crisis de ansiedad tan grande que se la llevaron al hospital, seguramente sedada. Ya no la han vuelto a ver.

—¿Cómo puedes no llorar? —le reprocha Kaos.

Naia se encoge sobre sí misma, sintiéndose culpable por no ser tan expresiva como su compañera.

—No me sale —musita.

Comienza a recordar el día en que Kaos le presentó a Fabio. Ella tenía quince años y él dieciocho, había comenzado a trabajar de repartidor en el orfanato hacía un par de meses.

Al principio Naia se sentía cohibida entre los dos. Kaos y Fabio eran extrovertidos, bromistas y vulgares. Ella era la científica alternativa que se comportaba con una educación aprendida en colegios de pago. Día a día se fue acostumbrando a ellos, incluso se contagió de sus formas. Fabio era el mejor aliado que tenían: traía cómics de ciencia ficción para Kaos y revistas de astronomía para Naia, sin esperar nada a cambio.

Los jueves las sacaba del orfanato. Se iban juntos a los recreativos y ellas podían, por un día, sentirse como adolescentes normales y no como pobres huérfanas.

Ambas tienen mucho que agradecer a aquel chico. Por haberles hecho, durante años, la vida más amena. Los tres habían formado una pequeña familia que ahora se ha roto. Naia esconde el rostro entre los manos, negando con la cabeza, y las lágrimas afloran por fin.

—Kaos, no pudimos proteger a Fabio —solloza—. Pero te juro que Gorka pagará por esto. No se saldrá con la suya.

Su amiga no responde, está demasiado agotada. Sin embargo, la coge con fuerza de la mano.

Se duermen así. Sin cenar, sin pensar en ducharse, sin ponerse el pijama.

Cuando Naia despierta al día siguiente, casi se arrepiente de haberlo hecho. Seguramente, los funerales son la cosa que más odia en el mundo. No le gusta compartir su duelo con los demás, no quiere oír sus lloros, ni mucho menos intentar consolarlos.

Se frota la sien, le duele la cabeza.

—Los funerales son para los vivos, no para los muertos —se queja—. Es como una patética competición de tristeza para ver quién quería más al difunto.

Kaos se levanta de mala gana. Tiene los párpados hinchados y unas terribles ojeras.

—Yo creo que son necesarios para asimilar que han marchado —suspira—. Pero, la verdad, no me apetece debatirlo.

Ambas se dirigen al cementerio de Zarautz, donde será el entierro. Está lleno de gente, Fabio tenía muchos amigos y allegados. Todos abrazan a su madre y le dan el pésame.

La mujer apenas se tiene en pie. No llora, seguramente ya ha agotado todas las lágrimas. Tiene la mirada vacía, como si una parte de su ser se hubiera ido con su hijo.

Al reconocer a Kaos, su rostro se llena de melancolía.

—¡Nekane! Ay, Nekane —exclama abrazándola—. La última vez que te vi eras una niña... Ya estás hecha toda una mujer.

Kaos la estrecha con cariño.

—Siento muchísimo lo de Fabio, Arantxa.

La madre empieza a sollozar, desahogándose con la chica.

—No lo entiendo, no tiene sentido —suspira—. Según la policía pudo tratarse de un suicidio, pero yo nunca había visto a Fabio tan feliz. Hay algo que no me cuadra.

Naia aprieta los puños, ella se sentía exactamente igual cuando perdió a su madre. Kaos también parece incómoda, advierte cómo le tiemblan los hombros de rabia.

—Pues sí, Arantxa. Hay algo raro.

Naia le agarra de la muñeca para que se calle. No es buena idea decirle que a su hijo lo ha asesinado un akelarre usando brujería. Nunca las creería.

A duras penas, Kaos consigue morderse la lengua. Después da comienzo el entierro. Un cura recita la última oración junto al ataúd, y entonces Edurne aparece. Se sienta sobre la caja de madera, sonriendo en actitud burlesca. Los músculos de Naia se tensan. La fulmina con la mirada y el espíritu finge oler los ramos de flores de Fabio tumbándose como si estuviera en el prado. A la chica se le revuelve el estómago. La odia, la odia tanto... Ni siquiera en un día como este es capaz de mostrar respeto. Continúa hurgando en la llaga, regodeándose en el sufrimiento ajeno.

«Me alegro de que esos policías te cosieran a balazos», piensa furiosa.

—Ahora vuelvo —dice Kaos ajena a lo que ocurre.

Va junto al cura, que acaba de terminar el discurso. Se queda callada unos instantes, frente a todos, mordiéndose los labios.

—No sé muy bien qué decir, no tengo nada preparado —carraspea finalmente—. Pero Fabio era mi amigo, y no puedo quedarme mirando cómo le echan tierra sin más.

Se gira hacia el ataúd sobre el que merodea Edurne, frotándose los brazos. Van a enterrar a Fabio en la tumba de su padre. Los ojos castaños de Kaos se cristalizan, casi parece olvidar que tiene un corro de personas alrededor esperando a que hable.

—Lo raro es que estoy tranquila, porque no me lo creo —prosigue—. ¿Cómo puede haberse ido? Si ayer mismo estaba conmigo. Es Fabio, hostia, le conozco desde que nací, ¿cómo puede haber marchado de mi vida para siempre?

Se le quiebra la voz y rompe a llorar, el cura le pasa un brazo por los hombros para tranquilizarla. Kaos se quita las gafas doradas y se seca las lágrimas buscando las fuerzas para continuar.

—La gente no le tomaba en serio, ¿sabéis? A ojos de los demás era un simple porreta, un holgazán con la cabeza en las nubes... Pero os aseguro que es la mejor persona que he conocido nunca —suspira—. Fue el único amigo que me quedó cuando lo perdí todo, el único que se acordó de mí y venía a verme al orfanato, aunque fuera para tocar la guitarra y cantar con una niñata.

En ese momento alguien llega corriendo al cementerio. Es Alicia.

Está irreconocible, como si se hubiera consumido en tan solo un día. Naia siempre la ha visto como una chica dura e imponente, pero ahora parece un frágil insecto. Lleva entre sus manos la guitarra de Fabio.

—Se la dejó en mi tienda —musita.

Le da un beso al instrumento y lo deposita sobre el ataúd. Se escucha a la madre de Fabio llorar.

Alicia se encoge un poco, como si ya hubiese cumplido su misión, y se aparta a un rincón. Naia observa su rostro inexpresivo y su actitud absorta. Va hasta el culo de medicación, le asusta pensar que haya venido conduciendo.

Kaos se mantiene en pie junto al cura, sin apartar la vista de la guitarra que nunca volverá a sonar. Parece que no le queda nada más que añadir, pero entonces pronuncia unas últimas palabras:

—Hay personas que son muy buenas pero abandonan la vida sin hacer ruido, y luego hay otras que cuando se van dejan un agujero enorme. Me temo que Fab será de las segundas.

Dicho esto, le da una palmada cariñosa al ataúd y regresa con su amiga para dejar que finalice el entierro. Naia, por su parte, mantiene la atención fija en Alicia. Le preocupa.

Está sentada entre las lápidas dándole vueltas al cuarzo de un modo obsesivo.

—Voy a hablar con ella —le dice a Kaos.

Se sienta junto a Alicia, ella ni se inmuta.

—¿Ya no te vas a Madrid? —pregunta Naia buscando la mejor manera de empezar la conversación.

—Claro que me iré, pero aún no. Lo he aplazado —responde sin mirarla. Está aún más fría de lo normal.

—¿Por qué? Igual cambiar de aires es lo que necesitas para pasar página.

Ella niega con la cabeza y aprieta la punta de cuarzo en un puño.

—Primero, Gorka debe pagar.

Naia traga saliva, no sabe qué responder a eso. Tampoco tiene oportunidad de hacerlo: en ese momento aparece Arantxa, la madre.

Se acuclilla frente a la tendera, cogiéndole la mano.

—¿Tú eres Alicia? —le pregunta y ella asiente con la cabeza—. Fabio me llegó a hablar un poco de ti.

—¿Y qué dijo? —murmura.

La mujer esboza una triste sonrisa.

—Que se estaba enamorando —responde. Dos gruesas lágrimas caen de los ojos de Alicia, silenciosas—. Y tengo la sensación de que tú influiste bastante en el cambio que dio.

—Ambos mejoramos juntos —suspira Alicia—. Él también me enseñó muchas cosas.

Naia está desconcertada. Sabía que Alicia y Fabio estaban liados, pero no imaginaba que tuviesen una unión tan profunda.

Arantxa parece perdida en sus cavilaciones. Se pone en pie y ayuda a Alicia a levantarse.

—¿Quieres venir a cenar a casa? —le propone y la joven asiente.

Se van juntas del cementerio y Naia se siente aliviada, ambas necesitan la compañía.

Kaos y ella regresan a Getaria en bus poco después. Al entrar al chalet, lo primero que ven es la luz roja del teléfono, tienen mensajes. Naia le da al botón de reproducir, intuye lo que se van a encontrar.

En efecto, suena la voz de Gorka:

«Estamos a 16 de noviembre. Teníamos una cita hoy, Naia, pero me he quedado esperándote —dice—. Ven inmediatamente después de escuchar este mensaje».

Las chicas intercambian miradas. Lo que les faltaba. Naia marca el número de Gorka y este descuelga apenas ha sonado un timbrazo.

—Por fin das señales de vida.

—No voy a ir —le informa Naia—. Deberías ir buscándote a otro médium.

Kaos le quita el teléfono de las manos y decide encargarse ella.

—Que nos dejes en paz, capullo, a ver si te enteras —le grita al auricular—. Y, por cierto, ¡disfruta de tu coche, te lo he pintado de negro! Ese verde que llevabas era muy feo.

Naia abre los ojos y le hace un gesto con la mano para que corte el discurso, pero Kaos le da la espalda y continúa:

—¡¿Qué nos vas a hacer, eh?! ¿Nos vas a embrujar a nosotras también? —se mofa temblando de rabia—. ¡Sin Edurne no eres nadie, papanatas! Me extraña que hayas tenido los huevos de matar a Fabio.

—Kaos... No es buena idea —murmura Naia, pero la rubia vuelve a ignorarla.

—Deja de acosarnos, no vas a ver a Naia ni en pintura.

Cuelga de golpe dando un mamporrazo que casi rompe el auricular.

—¿¡Se te ha ido la pinza!? —exclama Naia—. Acabas de enfadar a un tarado que puede hacernos lo que quiera.

—¿Qué opciones tenemos? ¿Achantarnos? ¿Vivir con miedo durante años como ha hecho Alicia?

Naia se viene abajo.

—No lo sé, Kaos. Esto va a acabar muy mal.

Nada más decirlo, la temperatura desciende en picado, y Naia localiza a Edurne en una esquina. Esta vez la rodea un extraño humo negro, ya no sonríe con burla.

A la médium se le ponen los pelos de punta: el espíritu parece furioso y no le quita el ojo de encima a Kaos.

20

Cuando suena el timbre, Naia se sobresalta como si hubiese explotado una bomba. Va a abrir con un palo de escoba en la mano, está neurótica desde que ayer por la tarde su amiga enfadó a Gorka y a Edurne.

No obstante, quien está al otro lado es Kaos. No parece la de siempre, con el pelo recogido en una coleta mal hecha. Lleva una caja de tampones en la mano.

—La regla, lo que me faltaba —resopla entrando en la casa.

Al ver que tiene al espíritu de Edurne pegado a la espalda, Naia empalidece. Parece ir ganando poder, como si se alimentase de Kaos, y la niebla negra, cada vez más densa, va enroscándose en el cuerpo de la chica.

Naia comienza a marearse. Se apoya en la mesa, pensando en cómo debería reaccionar ante el cambio de actitud del fantasma. No piensa decirle nada a Kaos, eso seguro. La conoce, sabe lo asustadiza que es, encima ahora está más baja de ánimos que nunca. Contarle que un espíritu se está cebando con ella terminaría de rematarla.

Decide ir a hacerle compañía para vigilar de cerca a Edurne. Kaos está tirada en el sofá viendo una telenovela latina. Es lo primero que ha salido en la programación, no se ha visto con fuerzas para cambiar de canal. Comienza a chupar una piruleta, debe de haberla robado cuando ha ido a por los tampones.

«—Tristán, nuestro amor es imposible, estoy casada con Adolfo.

—Pero esperas un hijo mío, Amalia, y ese hombre no te hace feliz. Fuguémonos de México y seamos una familia».

Naia tiene la impresión de que si apagase la tele Kaos no se daría cuenta. Parece estar pensando en cualquier cosa menos en el beso apasionado que acaba de darle Amalia a Tristán.

El fantasma de Edurne merodea en torno al televisor y la imagen de la pantalla se vuelve loca. Primero parpadea y luego solo hay puntitos negros bailando sobre un fondo gris.

«El campo eléctrico de Edurne está interfiriendo con las ondas que recibe el televisor», piensa Naia.

—Ya se ha estropeado —se queja Kaos levantándose del sofá.

Da un par de golpes en la parte superior del aparato, junto a la antena. El culebrón regresa durante unos segundos, pero enseguida vuelve el zumbido de la estática. Kaos pierde la paciencia y apaga la tele, se lleva la palma de la mano a la mejilla. Edurne la abraza desde detrás.

—Naia, creo que me estoy volviendo loca —dice Kaos.

—¿Qué te hace pensar eso?

—Me siento observada. Como si tuviera a alguien detrás todo el rato.

Edurne esboza una sonrisa macabra, pegada a la nuca de Kaos. Naia respira hondo.

—No estás loca, te lo juro.

—¿De verdad?

—Sí.

Naia coge a Kaos de la mano para traerla de vuelta al sofá, pero ella parece ponerse nerviosa con el roce. Suspira y se aparta, como si doliese. Reposa los brazos en el vientre cabizbaja.

A Naia se le ocurre una idea. Sube al dormitorio y baja con un juego.

—¿Una partida al *Simón dice*? —propone.

Kaos no parece demasiado entusiasmada, aunque termina aceptando. Le cambian las pilas al juego, se encienden las luces de colores y empieza la partida, pero la médium es incapaz de concentrarse. Su atención se desvía continuamente hacia Edurne, que se ha puesto a acariciar el pelo de Kaos como si fuera una muñeca. O peor aún, su hija.

Rojo, amarillo, rojo, azul y verde. Naia se equivoca en el último y pierde la ronda.

—¿Te estás dejando ganar? —refunfuña Kaos pulsando su secuencia de luces sin dificultad.

—No, es que estoy distraída —resopla con la vista clavada en los colores.

Amarillo, azul, rojo, amarillo. Esta vez lo hace bien y el juego la felicita con una alegre musiquita.

Llega el turno de Kaos. Las teclas se iluminan, creando una nueva secuencia. La chica alza un dedo para pulsarlas, pero Edurne se le adelanta. Kaos hace un aspaviento al ver cómo las luces se pulsan solas.

—¡¿Pero qué…?! —exclama abriendo los ojos de par en par—. Las teclas… ¿Lo has visto? ¡Yo no las he pulsado!

Naia no responde. Vuelve a mirar a Edurne y se le pone la piel de gallina. Si ha tenido fuerza para pulsar las teclas, eso significa que…

Edurne se relame los labios, como si acabara de confirmar lo que pensaba. Las huesudas manos del fantasma bajan por la cabeza de Kaos, llegan a su cuello y la arañan con fuerza.

Kaos suelta un alarido de dolor.

—¡¡Mi cuello!!

Naia abre y cierra la boca, paralizada. Han aparecido tres cortes en la pálida piel de Kaos. Una gota de sangre resbala hasta el borde de la camiseta.

—¡Naia, haz algo! —balbucea sacudiendo las manos—. ¡Hay alguien aquí!

Al decirlo, el espíritu se esfuma.

—Es Edurne —confiesa Naia incapaz de seguir ocultándoselo—. Tenemos que quitárnosla de encima, tiene una energía muy fuerte y se ha vuelto peligrosa.

Kaos empieza a hiperventilar.

—¡Gorka la ha mandado para hacernos daño!

—Aunque le confiera ese poder, los espíritus siguen siendo energía. Y la energía se puede manipular.

—Me importa un carajo si los fantasmas están hechos de energía o de chocolate, solo quiero tenerlos lejos de mí —gime Kaos.

—Tengo una idea, la estudié hace mucho —dice Naia. Kaos, desesperada, se pasa las manos por la cabeza—. Podemos intentar anular su campo eléctrico, quizá si…

—¡Naia, ya sé que eres fan de *La maldición de Hill House*, pero deja de jugar a ser el doctor Montague! —exclama Kaos histérica—. Estoy muerta de miedo, vamos a buscar algo que haga que se vaya rápido.

Recurren a buscar en el libro de brujería de la madre de Triana y terminan poniendo sal en las puertas e incienso de ruda. Los vascos cuelgan *eguzkilores* en la entrada de las casas para ahuyentar a los malos espíritus, pero les será imposible hacerse con uno a estas horas.

Ya es noche cerrada. Se acuestan en la cama sintiéndose un poco más tranquilas, pues Edurne lleva un buen rato sin aparecer. Aun así, Kaos parece agotada: tiene las ojeras aún más marcadas y la cara blanquecina, sin color en las mejillas.

—Lo siento, he sido una borde antes —murmura con la mirada perdida.

—No pasa nada. Además, el doctor Montague tiene su encanto —bromea Naia para restarle hierro al asunto.

Kaos hace el ademán de reírse, pero apenas consigue esbozar una mueca. No tarda en rendirse al sueño.

Naia la observa y distingue un pequeño rasguño en la espalda, justo en el espacio de carne que queda al descubierto entre la camiseta y el pantalón. Un escalofrío le recorre la columna. Con cuidado de no despertarla, levanta su camiseta poco a poco. Se tapa la boca para reprimir una exclamación, tiene la espalda llena de arañazos.

Se levanta de la cama y baja corriendo al salón. Aferra el teléfono como si fuese un salvavidas y marca el número de Alicia.

—¿Qué pasa a estas horas? —gruñe la tendera.

—Lo siento, es importante —tartamudea Naia—. Edurne la ha tomado con Kaos.

—¿Y qué? La mayoría de espíritus son inofensivos.

—A no ser que alguien los envíe para hacerte daño. En ese caso su energía aumenta, y… —replica atropellándose con las palabras—. Y esto lo está haciendo Gorka. Ayúdanos, Alicia, por favor.

Ella tarda en responder.

—Veré qué puedo hacer —dice antes de colgar.

Naia regresa al dormitorio y comprueba que Edurne siga sin aparecer. Por un momento tiene la esperanza de que la ruda y la sal hayan sido suficiente para ahuyentarla. Se tumba al lado de su amiga y la arropa con cariño.

—No voy a dejar que te hagan nada —susurra antes de dormirse ella también.

A las tres de la mañana, Naia comienza a escuchar un molesto chirrido en sueños, como si alguien estuviese rascando algo con un objeto de metal.

Frunce el ceño y se da la vuelta, esperando acallar los ruidos, pero estos se hacen cada vez más persistentes. La modorra comienza a abandonarla, su mente despierta. Se da cuenta de que el otro lado de la cama está frío y frunce el ceño.

Vuelve a girarse hacia el lugar donde proceden los sonidos. En la penumbra, distingue a Kaos arañando la pared con algo.

—¿Qué haces? —le pregunta con voz de dormida. Ella parece no escucharla—. ¡Kaos!

La chica no se detiene hasta terminar lo que está haciendo. Deja caer el brazo en su regazo y se gira hacia Naia; se acerca hasta chocar contra la cama y se queda mirándola durante varios minutos, envuelta en la oscuridad del dormitorio.

—Para de hacer cosas raras, no tiene gracia —farfulla Naia—. Me estás asustando.

Silencio. Naia intenta cogerle la muñeca, pero da un respingo al notar su carne tan fría como el agua del río. Busca con torpeza el interruptor y la tira de luces navideñas se enciende. Luego comienza a gritar.

Los ojos de Kaos están completamente blancos y un humo negro se alza a su alrededor. Lleva en la mano unas tijeras de costura con las que ha estado grabando en la pared: «Akelarrekoa zara»[11].

—Kaos… Ay, Dios… —farfulla Naia.

Su corazón va tan rápido que comienza a dolerle el pecho. La boca de Kaos se retuerce hasta formar una escalofriante sonrisa.

—Nekane duerme —dice con la voz de Edurne.

Alza las tijeras y se las clava en su propio hombro. Naia vuelve a gritar.

—¡Para! ¡Sal de ella!

---

[11] *Akelarrekoa zara* significa 'Pertenecéis al akelarre' en euskera.

Pero Kaos se clava de nuevo las tijeras en el brazo. La sangre comienza a chorrear, manchando el suelo. Naia se levanta e intenta detenerla, pero ella se escabulle con facilidad y sale del dormitorio.

Naia jadea, sin saber qué hacer. Es consciente de que es una trampa, y aunque necesita ir tras ella, sabe que no debe hacerlo.

«Piensa, piensa…», se dice dándose con el puño en la frente.

Se le escapa una exclamación de pánico, pero se obliga a respirar hondo.

—Tú no tienes miedo. Hace mucho que dejaste de tener miedo —recuerda—. Sabías que si entraba un monstruo en casa estarías lista para ganarle.

Abre un baúl y saca a zarpazos su primera libreta de teorías. Pasa las páginas con tanta urgencia que cerca está de arrancarlas, busca las hipótesis sobre fenómenos paranormales. En momentos así maldice que esté todo tan desordenado.

Cuando por fin lo encuentra, sus ojos vuelan sobre el papel y su mente procesa la información a la velocidad de la luz. No tarda en saber exactamente cómo doblegar a Edurne.

—Lo tendríamos que haber hecho así desde el principio —gruñe apartando de un manotazo el incienso de ruda.

Sale al pasillo y mira a ambos lados. La casa está tan oscura como un callejón.

—¿Ya tienes más ganas de ir a la cita con Gorka? —escucha la voz de Edurne. Está en el cuarto de Triana.

Naia no responde. Baja corriendo las escaleras y no se detiene hasta llegar al salón. Enciende la tele para enterarse si Edurne se acerca, y luego entra a la cocina. Arranca el microondas de la pared y lo lleva a la mesa del salón, donde vuelve a enchufarlo a la corriente más cercana. Pulsa un par de teclas y lo pone en marcha, generando un campo eléctrico. Luego coge el teléfono inalámbrico y llama a su piso vacío de San Sebastián. Lo deja sonando frente al microondas, a dos metros de distancia más o menos. Acaba de activar otro campo.

Se sienta en una silla con las piernas a lo indio detrás de los aparatos. Tiene los nervios a flor de piel, casi puede imaginar las ondas propagándose. Falta reunir una tercera fuente electromagnética: Edurne.

Existe un punto exacto entre los campos llamado el punto de energía cero. Cualquier carga que se coloque sobre ese punto también vale cero. No sabe qué pasará cuando Edurne entre ahí, pero seguramente saltará por los aires y perderá el control sobre Kaos. Lo siguiente será mantener a su amiga en el punto cero hasta que... Bueno, hasta que se le ocurra la solución definitiva.

El teléfono deja de dar señal, así que vuelve a llamar. Toma aire por la nariz y lo suelta lentamente por la boca, con los ojos cerrados. Escucha de fondo el programa nocturno del televisor, una mujer leyendo el horóscopo: «Sagitario, los astros no están cooperando a tu favor. Te va fatal en el amor. P...ro pron... mej...rará...».

Naia abre los ojos al escuchar las interferencias. La tele se vuelve loca otra vez y, efectivamente, ahí está la silueta de Kaos entrando al salón. Sus ojos blancos relucen en la penumbra.

Durante varios segundos se analizan mutuamente con la mirada. Edurne es lista, sabe que Naia está tramando algo. Sin embargo, no tiene ni idea de física, así que nunca lo adivinará. Naia esboza una sonrisa maliciosa y el brillo azulado del microondas se refleja en su rostro.

—Ven —le dice a Edurne.

Alcanza unos lapiceros y los aprovecha para recogerse la mitad del pelo en dos moños. El resto de la melena le cae suelta hasta la cadera.

La boca de Kaos deja escapar un resoplido.

—Es ridículo que actúes como si tuvieses el control.

Naia arquea una ceja.

—Sé que el control es tuyo, has poseído a Kaos. Ven conmigo y llévame junto a Gorka.

Edurne sabe que intenta jugársela, sin embargo, subestima tanto las capacidades de Naia que decide avanzar sin miedo hacia ella. La chica contiene la respiración, observando los pies de Kaos dar un paso tras otro. Entra en el espacio que separa al teléfono del microondas, y sus pulsaciones se disparan. Solo un golpe de suerte… Un mísero golpe de suerte…

«Tauro sí que será afortunado esta semana», dice la tele al librarse de las interferencias ahora que la chica poseída está lejos.

Y entonces, un chasquido metálico. Edurne chilla, y Naia ve cómo su espíritu se despega por partes del cuerpo de Kaos. Una mano por aquí, la cabeza, las piernas. Se pone en pie de un salto, ¡funciona!

Corre hacia ella y agarra a Kaos de los brazos, intentando mantenerla dentro del punto cero ahora que Edurne se debilita. Sin embargo, la mujer está demasiado rabiosa como para ponerle las cosas fáciles. Se revuelve con violencia, aferrándose al cuerpo de Kaos con uñas y dientes.

—¡Ríndete! —le ordena Naia y ella responde con un grito amargo.

Consigue recuperar el control del brazo de Kaos y le asesta un brutal codazo a Naia en la sien. Al caer al suelo, la médium se golpea la cabeza contra el pico de la mesa. Edurne sale del punto cero y Naia pierde el conocimiento.

Despierta solo unos minutos después, pero el espíritu ya ha tenido tiempo de sacarle ventaja. Ahora sí que está todo a oscuras. Naia se levanta a tientas del suelo, siente una humedad en la frente que solo puede ser sangre. Palpa la pared en busca del interruptor, pero cuando lo pulsa no ocurre nada.

—Mierda —maldice—. Ha cortado el suministro eléctrico.

Localiza el primer cajón del armario de la entrada y rebusca a ciegas hasta encontrar la forma metálica de una linterna.

—¿También vas a hacer un invento con eso? —escucha la voz burlona de Edurne en su nuca, pero no pierde el tiempo en girarse.

Abre la puerta de la casa y echa a correr, improvisando un nuevo plan. Avanza por el bosque iluminando el camino y sube por el monte de San Antón sin sentir el frío ni el cansancio.

El suelo está mojado por la lluvia del día anterior, Naia resbala en el barro y se tuerce el pie. La linterna se apaga y la luna se queda como única iluminación.

La chica intenta no caer presa del pánico, pero le tiembla todo el cuerpo.

«Mente fría, mente fría… Si te asustas la dejas ganar», repite en su cabeza.

Se pone a cuatro patas y busca la linterna palpando el suelo.

—Caliente caliente —escucha a unos metros de distancia.

Encuentra la linterna, pero esta parpadea y se apaga. Naia se pone en pie para seguir su camino a oscuras, cojeando, hasta que Kaos aparece frente a ella y le corta el paso.

—¿Estás jugando al escondite? —le pregunta—. ¿Por qué no jugamos a ir a visitar a Gorka?

Naia echa a correr de nuevo con la certeza de que la va a seguir. Continúa ascendiendo por las rocas, sorteando árboles, hasta ver aparecer el faro. Escucha el bravo rugido del mar y siente la brisa cargada de salitre. Está en la cima del monte. Se dirige hacia el borde del acantilado.

Sus pies descalzos dan contra las piedras y Naia se atreve a asomarse al abismo. El mar Cantábrico parece una masa negra de agua que embiste furiosa el peñón.

Kaos aparece tras ella, tal y como esperaba.

—Aquí echaste las cenizas de Triana, aún me acuerdo —dice, y Naia se da la vuelta—. Quise darte el pésame, pero ya me despedí de ella cuando le saqué una muela a su cadáver. Así que me limité a mirar desde la distancia.

La chica intuye que dice la verdad y le hierve la sangre.

—¿Qué relación tenías con mi madre, Edurne?

Kaos se acerca a ella varios pasos.

—Fuimos amigas durante un tiempo. Discutíamos mucho, eso sí. Éramos como dos gallos en el mismo corral, a las dos nos gustaba cortar el bacalao. Terminé deseando que hubiese marchado del pueblo con Saray.

—¿Mi tía? —se extraña Naia.

—Sí, aunque esa no daba tanto por culo.

—Odiabas a mi madre, deseabas que fuera uno de los objetivos de Gorka.

—No, tanto no —resopla Edurne sacudiendo la mano de Kaos en el aire—. Nos teníamos tirria, pero en el fondo éramos iguales. Y los polos iguales se repelen. Triana tenía todo lo que tú no tienes, si te viera se avergonzaría de ti.

A Naia se le revuelve el estómago.

—Cállate.

—Era una borracha y un poco zorra, pero tenía los ovarios bien puestos. El tipo de mala hostia que te permite llegar lejos —prosigue Edurne sin hacerle caso—. ¿No te contó cómo terminó aquí?

—Nunca hablaba de su pasado —balbucea Naia.

—Se rebeló contra su familia para poder ir a la universidad, intentaron casarla y ella se negó. Amenazaron con repudiarla y, en vez de achantarse, escapó con lo puesto y con su hermana Saray —le explica y Naia se queda boquiabierta—. Conseguía todo lo que se proponía, trabajaba sin descanso para construir su propio futuro y no dejaba que nadie le dijera cómo tenía que ser. Una mujer arrolladora. Nada que ver contigo, mírate: una chiquilla desastrosa y sin carácter, invisible y patética, siempre mendigando el cariño de los demás, ¿aún sigues babeando detrás de Aitor?

Naia frunce el ceño. Le arden las mejillas, no sabe qué responder. Edurne se echa a reír y Naia piensa que sería menos doloroso si no se lo estuviera diciendo desde la boca de Kaos.

—Me lo tomaré como un sí —suspira ante el silencio de Naia—. Ahora, si quieres, apártate del acantilado y vamos juntas al caserío.

Naia niega con la cabeza.

—No, Edurne. Voy a saltar.

El cuerpo de Kaos se vuelve rígido durante unos instantes.

—No te atreves.

—¿Crees que me da miedo?

Naia da un paso más hacia el abismo. Sus talones se curvan hacia abajo, está al límite.

Una sombra de pánico cruza por los ojos vacíos de Kaos. Gorka necesita a Naia viva para completar el conjuro.

—Sal del cuerpo de mi amiga y no lo haré —negocia.

Ambas se mantienen en tablas, como leonas antes de atacar.

Finalmente, Kaos corre hacia el borde del precipicio y se pone a su lado, dejando perpleja a Naia.

—Entonces me tiraré yo primero, no tengo nada que perder —dice.

—¡No! —jadea Naia aterrorizada.

Después, el cuerpo de Kaos salta al vacío.

THE
SHINING

21

—¡¡¡Kaos!!! —grita Naia abalanzándose hacia ella.

La agarra de los brazos, ambas están a punto de caer por el precipicio. Las olas parecen estar esperándolas abajo como cocodrilos voraces.

Naia rechina los dientes, apenas puede sostener el cuerpo de su amiga. Es una suerte que la chica pese poco. Haciendo un esfuerzo sobrehumano, tira de ella. Una gota de sudor cae por la frente de Naia, pero centímetro a centímetro consigue ir subiéndola. Un último tirón y Kaos está en tierra.

Continúa poseída por Edurne, su cuerpo comienza a convulsionar. Naia se coloca sobre Kaos para inmovilizarla y ella se sacude con violencia mientras la mira con los ojos blancos.

—Kaos, por favor... Sé que estás ahí dentro, lucha contra Edurne, no te rindas —le suplica consumida por el cansancio. Se le llenan los ojos de lágrimas—. Sé que nunca te lo digo porque soy una inútil para estos temas..., pero te quiero, eres mi familia.

Apoya su frente contra la de Kaos, siente que se va a desmayar en cualquier momento.

—Tú no tienes familia —responde la voz de Edurne.

En ese momento, Naia comienza a notar la presencia de otro espíritu. Una ráfaga de aire helado le remueve el pelo y aparece junto a ella un chico castaño. Fabio.

Parece furioso. Se arrodilla junto a Kaos y Naia consigue apartarse a duras penas. Él agarra a la chica por los hombros, como si la quisiese sacudir. Naia observa cómo, poco a poco, va arrancando al fantasma de Edurne del cuerpo de Kaos.

Una vez fuera, Fabio le planta cara a la mujer y Kaos se desploma inconsciente. Al final, Edurne se desvanece. Fabio se gira hacia Naia y esboza una triste sonrisa.

—Dios mío… Gracias, Fabio —murmura Naia emocionada.

El chico inclina la cabeza en señal de amistad y desaparece también.

Todavía en *shock*, Naia corre junto a la chica.

—¡Kaos! ¡Kaos, despierta! —exclama y le aparta el pelo de la cara.

Tras unos segundos, su amiga abre los ojos tomando una bocanada de aire. Vuelve a tener los iris marrones.

Naia chilla de alivio y la abraza llorando.

—¿Cómo hemos llegado hasta aquí, Naia? —farfulla Kaos desorientada.

Ella tarda en responder, el corazón le va a mil por hora. Ha estado tan cerca de perderla…

La agarra de los mofletes, aún sin creerse que esté a salvo. El cuerpo de Kaos vuelve a estar caliente, nota su respiración tibia en el rostro. Por un momento siente el impulso de besarla, pero se contiene. «Se me está yendo la cabeza», piensa confundida. Solo entonces se da cuenta de que está encima de Kaos. Se aleja un poco para dejarle su espacio, con las mejillas rojas.

—¿Naia? Estás rara —insiste Kaos arrugando las cejas—. ¿Qué pasa?

—No lo sé —responde sin pensar. Cierra los ojos, el aire fresco le ayuda a despejar la mente—. Digo, sí lo sé. Hemos estado a punto de morir, Edurne te ha poseído.

—¡¿Qué?! —grita Kaos mirando hacia todas partes.

—Tranquila, ya se ha ido. Vamos a casa y te lo cuento.

Cuando amanece, las chicas apenas han conseguido dormir un par de horas. Para colmo, llaman a la puerta temprano y las despiertan.

Naia va a abrir con el palo de escoba en la mano, de nuevo teme que sea Gorka. Es Alicia.

Esta se queda mirando el palo con una ceja arqueada.

—¿Qué haces?

Naia lo lanza a un rincón con disimulo.

—Nada.

Alicia entra en la casa sin esperar a ser invitada, como de costumbre. Kaos baja por las escaleras frotándose la sien. La falta de sueño le da dolor de cabeza.

—¿Y a ti qué te ha pasado que pareces el Cristo de la Semana Santa? —comenta Alicia al ver sus heridas.

—Siéntate, hay movidas —responde Kaos.

Le explican todos los detalles de la posesión de Edurne, las apariciones en casa y el rescate de Fabio. También le enseñan el grabado que realizó Kaos en la pared del dormitorio mientras estaba poseída.

Akelarrekoa zara.

—Ya sé cómo revertir la magia negra que le hizo Gorka a Triana para que naciese Naia —suspira Alicia.

—Dime —pide ella inclinándose hacia la tendera.

—No creo que lo quieras hacer… Es muy peligroso.

—Venga, suéltalo —se impacienta Kaos.

—Necesitas realizar una proyección astral. Conoces lo que es, ¿no?

A Naia se le eriza el vello solo de pensarlo.

—Separar el alma de mi cuerpo y entrar al plano astral.

Alicia asiente con la cabeza. Kaos, sin embargo, parece horrorizada.

—Naia, ni se te ocurra hacer eso. Mucha gente es incapaz de regresar y muere.

—¿No hay otra manera? —le pregunta la médium a Alicia tragando saliva.

—Claro que sí, maja. Ya que os las dais de científicas… ¿sabéis algo de ingeniería? Podemos fabricar una máquina del tiempo entre las tres —responde con sarcasmo—. Pues claro que no hay otra manera.

—Pero…

—Ni peros ni peras, estamos hablando de un conjuro que se realizó hace veintitrés años —replica Alicia—. Ya no se puede deshacer en el plano terrenal, solo en el astral. Y para viajar hasta allí debe ir tu espíritu.

Kaos mira a Naia con preocupación, le ruega con los ojos que no lo haga, pero ella ya ha tomado una decisión.

—Está bien, lo haré.

—Lo haremos —corrige Alicia—. Aunque solo vayas a ir tú, necesitamos ser cuatro personas.

Naia se recuesta en el sofá sopesando las posibilidades.

—¿Si vuelvo a nacer cambiará mi pasado? —pregunta.

—No —responde Alicia—. Es como si tu pareja te hace un amarre y te tiras tres años viviendo con él sin enterarte. Luego podrás deshacer el conjuro y vivir como si nunca te hubiesen embrujado, pero esos tres años seguirán ahí.

—Todo lo que ha sucedido hasta el momento se mantendrá igual en el espacio-tiempo, el cambio se dará en el presente —dice Kaos.

—Así es —asiente la tendera.

—¿Podemos hacerlo ya? —pregunta Naia levantándose del sofá.

—Primero necesitamos varios objetos del día en que naciste.

Apenas termina de decirlo, Naia sube corriendo al piso de arriba. Abre la cómoda de su madre y saca la partida de nacimiento, una muñeca y la pinza del cordón umbilical, regresa al salón y deja todo sobre la mesa.

—¿Algo más?

—Como he dicho antes, necesitamos ser cuatro. Nos falta una persona.

—Hay que reunir la energía de los cuatro elementos —deduce Naia.

—Exacto. Tú podrías ser el agua, Kaos el fuego y yo la tierra —responde Alicia—. Necesitamos a alguien que represente el aire.

El entrecejo de Naia se arruga ligeramente.

—Aitor —murmura—. Tiene que ayudarnos, quiera o no.

Se dirige al teléfono y marca el número de la casa del chico. La mano le tiembla un poco al sostener el auricular.

Suenan tres timbrazos y, cuando piensa que no lo va a coger, un hombre descuelga.

—¿Quién es?

—¿Aitor?

—Soy su padre —responden al otro lado de mala gana—. ¿Qué quieres?

Naia frunce los labios, lo ve como a un monstruo.

—Quiero hablar con tu hijo.

—Pues no va a poder ser. Adiós.

—¡Espera! —pide con un punto de pánico en la voz—. Es muy importante.

—He dicho que no va a poder ser —contesta con acritud.

Los ojos azules de Naia se entornan en dos rendijas.

—¿Y eso por qué? ¿Has vuelto a echarle de casa por negarse a pasar tu droga?

—¿¡Eso te ha dicho!? —exclama el hombre—. ¿Que le obligo a pasar droga y si no lo hace le tiro de casa?

—Sí —dice Naia sin comprender su tono de indignación.

—Esto es lo último que me faltaba por oír —farfulla y ella se desconcierta aún más al percibir su desolación—. Chica, no sé quién eres, pero deberías saber que mi hijo es un mentiroso patológico.

Un escalofrío recorre la piel de Naia, poniéndole los pelos de punta.

—¿Cómo?

—Yo no soy el malo, lo único que quiero es que deje de ser un delincuente. Que busque un trabajo honrado o que estudie. Es por eso que, cuando reúno valor, le echo de casa unos días para que recapacite. Pero es incapaz de entrar en razón —se lamenta dejando a Naia helada.

—¿Dónde está ahora? —balbucea.

—En su habitación, follándose a una de sus yonquis. No me quedan fuerzas para enfrentarme a él, a veces le tengo miedo.

El auricular cruje y Naia se da cuenta de que lo está estrujando en el puño. Cuelga sin despedirse, como si le aterrorizase descubrir más cosas.

Cierra los ojos con fuerza, su respiración es errática. Siente tanta ira que destrozaría el teléfono. Ojalá nunca le hubiese conocido, ojalá nunca le hubiese besado, ojalá no hubiese perdido la virginidad con él.

—Tía, ¿va todo bien? —se preocupa Kaos, pero la chica escucha su voz como en un eco lejano.

Respira hondo y se da la vuelta para regresar con ellas.

—Aitor no puede ayudarnos —anuncia y se obliga a apartar sus sentimientos—. Así que intentaremos hacerlo las tres.

—¿Eso se puede? —pregunta Kaos mirando a Alicia.

Ella medita la respuesta.

—A no ser que una esté dispuesta a cargar con dos elementos…

—Yo —dice Kaos sin pensarlo—. Cargaré con el aire también.

Alicia asiente, pero Naia parece haberse quedado absorta, perdida en algún punto de la llamada con el padre de Aitor. Tiene ganas de pegarse un puñetazo por ser tan idiota, por no haberlo visto venir.

La tendera carraspea para recuperar su atención y procede a explicar el resto de instrucciones. Después, comienzan a prepararlo todo.

Apartan la mesa y Naia se extiende en la alfombra, con los brazos y las piernas separados. Alicia y Kaos colocan sobre ella los objetos del día de su nacimiento, y a su lado, un cuenco de agua. Luego se sientan cada una a un costado. Alicia coge entre las manos un puñado de tierra y Kaos sostiene una vela y un palito de incienso encendido.

—Tienes que relajarte, Naia —le dice Alicia, y ella asiente cerrando los ojos.

Sin embargo, su corazón continúa acelerado y su mente regresa una y otra vez a Aitor. Arde de rabia, de impotencia.

Aprieta los párpados intentando controlar su respiración. Inhalar, exhalar, inhalar, exhalar…

Los segundos se convierten en minutos, y los minutos en horas. Finalmente, Naia empieza a estar calmada. Logra dejar la mente en blanco y entra en una especie de trance.

Siente que cada molécula del entorno que la rodea se acelera, como si estuviera cayendo por un tobogán. Oye un chasquido y empieza a levitar.

Abre los ojos asustada. Al mirar abajo ve su propio cuerpo tumbado en el suelo y grita, pero nadie la escucha. Kaos está medio dormida, con la espalda recostada en el sofá. Su vela se ha consumido hasta más de la mitad y ya ha encendido cuatro palitos de incienso. Alicia, por su parte, continúa tan erguida y concentrada como al principio.

Naia sigue subiendo como un globo extraviado hasta dar contra la esquina de la pared. Siente un pánico horrible a ser incapaz de volver a su cuerpo, y en ese momento nota un fuerte tirón hacia abajo.

De su boca sale un corto chillido y vuelve a abrir los ojos. Está otra vez tumbada en el suelo, es corpórea. Kaos se ha despertado de un sobresalto.

—¿Qué pasa? —pregunta.

Naia toma aire restregándose la cara.

—Lo había conseguido, no sé por qué he vuelto —farfulla.

—Porque has deseado regresar a tu cuerpo, ¿verdad? —adivina Alicia.

—Por un momento sí, me he asustado.

—Pues ahí lo tienes. Regresarás en el instante en el que desees hacerlo —gruñe Alicia volviendo a ponerse en la posición inicial. Recoge el puñado de tierra—. Venga, vuelta a empezar.

—Se nos va a hacer de noche, me aburro —se queja Kaos, pero nadie responde.

Naia se acomoda en la alfombra. Esta vez le resulta más fácil relajarse, pronto siente de nuevo el acelerón y el chasquido. Ya no se asusta al empezar a levitar y mantiene la calma incluso cuando atraviesa el techo de su casa y sale al exterior.

Ve el pueblo desde las alturas, el mar y el monte de San Antón. ¿Se supone que ya debería haberse proyectado? ¿Por qué continúa elevándose?

La preocupación se apodera de Naia, así que se obliga a pensar que lo tiene todo bajo control. Piensa en el 1 de noviembre de 1969, lo visualiza gracias a las fotos de su nacimiento que ha visto por casa, y desea viajar hasta ese día.

Cierra los ojos, y cuando los vuelve a abrir está en un mundo distinto, lleno de colores y formas abstractas. Naia sonríe, es el plano astral. Su destino.

Mientras, en el salón, la vela de Kaos da una llamarada. El cuenco de agua vibra, la tierra comienza a calentarse en las manos de Alicia y el incienso se consume a más velocidad, llenándolo todo de humo.

—¿Alicia? —murmura Kaos.

—Es el momento —responde—. Nos toca a nosotras.

Kaos asiente, nerviosa, y decide empezar ella.

—Por el poder destructor del fuego, que se rompa la magia negra.

—Por el poder sanador de la tierra, que se regenere lo que fue maldito —prosigue Alicia.

—Por el poder transformador del aire, que todo lo malintencionado cambie —dice Kaos alzando el incienso.

—Y por el poder mutable del agua, que todo fluya por el buen cauce —añade Alicia para dar por finalizado el ritual.

En el plano astral, las formas abstractas van creando siluetas más reconocibles ante los ojos de Naia. Cree distinguir a su madre, con una enorme barriga de embarazada, sentada a una mesa. Y la sombra de un hombre con boina. ¿Gorka? Le ofrece algo que parece un pastel a la mujer, y ella lo acepta. Luego la visión se rompe, deshaciéndose en mil añicos. De entre las grietas emerge una poderosa luz que se expande hasta alcanzar el espíritu de Naia.

Ella ahoga una exclamación de alivio, es como si se hubiese deshecho de un pesado equipaje. Abre los brazos para seguir empapándose en la luz, como santa Teresa en su éxtasis. Colores, alegría, bienestar... Naia se siente tan feliz que los recuerdos de su vida terrenal se van difuminando. Ya no desea regresar a su cuerpo, quiere quedarse flotando para siempre.

—¿Naia no debería haber vuelto ya? —le pregunta Kaos a Alicia con un nudo en el estómago.

La otra, ceñuda, se arrodilla junto al cuerpo de Naia. Lleva dos dedos al cuello de la chica y su rostro empalidece.

—¡Oh, no! —exclama Alicia y Kaos se sobresalta—. No le late el corazón.

22

—¡Naia! ¡Por favor, vuelve! —chilla Kaos llorando a lágrima viva.

Alicia la aparta de un empujón.

—¡Deja de ponerte histérica y ve a llamar a una ambulancia!

Kaos se levanta del suelo trastabillando y obedece.

Mientras, Naia continúa inmersa en la luz, ajena a todo lo que ocurre en el plano terrenal. Entreabre los párpados y ve a una persona en frente que abre los brazos para recibirla. Triana.

—¡Mamá! —exclama corriendo hacia a ella.

Madre e hija se abrazan con ternura.

—Venga, venga… —murmura Alicia al tiempo que le da golpes rítmicos en el pecho a Naia.

Junta su boca con la suya y le pasa aire mientras Kaos habla por teléfono.

—Mi niña valiente —suspira Triana acariciándole el pelo.

Naia estrecha más fuerte a su madre, deseando no volver a perderla nunca más.

—Yo sabía que no fue un accidente. Lo sabía, mamá —le dice.

—Y no has parado hasta llegar al final. Acabas de vencer a Gorka, pequeña.

Naia sonríe emocionada.

—La ambulancia ya está en camino. ¿Funciona? —solloza Kaos al regresar junto a Alicia.

Ella continúa presionando el pecho de la chica, su expresión facial no denota optimismo. Vuelve a pasarle aire, pero Naia no reacciona.

Kaos se rompe y comienza a hiperventilar, desoyendo la orden de Alicia de no ponerse histérica.

—Intenté hablarte con la ouija. *Intenté contactarte de mil maneras —le dice Naia a Triana—, pero no respondiste.*

—Creo que Gorka me obligó a marchar aquí nada más morir. Seguramente para que no pudiéramos comunicarnos y nunca descubrieras lo que me hizo. Lo que nos hizo a las dos.

Naia frunce el ceño, pero no tarda en volver a sentir paz.

—Ahora ya ha acabado —suspira—. Y aquí se está muy bien.

Triana se aparta de su hija y la toma de los hombros.

—No, Naia. Tienes que regresar. Sé que en este lugar olvidas lo que has dejado atrás, pero tu vida aún no puede terminar.

Al escuchar la palabra «vida», Naia parpadea y consigue salir del letargo. Piensa en Kaos, en sus tirabuzones rubios y en su bonita sonrisa.

—¿Eso significa que nos tenemos que despedir ya? —gime aferrándose a las manos de su madre.

—Te esperan cosas maravillosas, mi niña. Vete y no olvides que te quiero. Algún día nos volveremos a encontrar.

Alicia se aparta del cuerpo de Naia dando por perdidos los esfuerzos por reanimarla. Mira a Kaos con tristeza.

—Lo siento mucho…

Kaos suelta un grito desgarrado y se estruja el cráneo con las manos. Mil imágenes colapsan en su mente, una de ellas es el ataúd de Fabio. ¿Y ahora también…?

—No… —murmura sacudiendo la cabeza—. No, no… Naia.

Le da la espalda a su amiga, incapaz de verla muerta. Naia, su Naia… Esto no está pasando.

—No es real, no es real —farfulla temblorosa—. ¡No es real!

La mano de Alicia se posa sobre su hombro, pero Kaos la aparta con rabia y vuelve a gritar. Su voz se rompe en sollozos, arranca a llorar como si se hubiese acabado el mundo. Aunque, de hecho, se siente aún peor.

No puede perderla, se niega a concebirlo pese a estar viéndolo con sus propios ojos. Se abraza a las rodillas desolada, su cerebro va a colapsar en cualquier momento.

Y entonces la escucha respirar. Se gira hacia ella de un brinco.

—Espero que no estés llorando por mí —farfulla Naia parpadeando para acostumbrarse a la luz.

—¡Naia! —exclama Kaos y la abraza por el cuello—. ¡¿Estás viva?!

—No voy a irme justo cuando las cosas se ponen interesantes —resopla.

Lágrimas de alegría caen por el rostro de Kaos, y Alicia observa la escena perpleja. No sabe si sus maniobras improvisadas de reanimación han funcionado o si ella misma ha sabido volver por su propio pie.

—¡Te prohíbo que vuelvas a morirte! —exclama Kaos secándose las mejillas.

En ese momento tocan a la puerta los sanitarios.

Le realizan a Naia toda serie de pruebas, pero no encuentran nada que les preocupe. Es como si ese par de minutos con el corazón parado nunca hubieran sucedido.

—Necesito tomar aire —farfulla Naia cuando se van, abrumada por tanta intensidad.

Kaos la acompaña fuera, y Alicia se queda mirando la partida de nacimiento de Naia para asegurarse de que ha funcionado. Es la única a la que se le ocurre comprobarlo. En efecto, su fecha de nacimiento ha cambiado. Ahora es el 4 de diciembre.

—¿¡Eres consciente de que todo ha terminado!? —exclama Kaos con los ojos brillantes—. ¡Hemos ganado!

Da un par de saltos, incapaz de reprimir la adrenalina. Naia esboza una enorme sonrisa.

—Ya no soy médium —suspira.

—¡Estoy tan feliz que incluso me metería al agua! —ríe Kaos señalando el mar—. ¡¿Nos metemos al agua para celebrarlo?!

—¡Estás loca, hace frío!

—Eso es lo que lo vuelve especial, un baño en noviembre es como el mundo al revés.

Coge a Naia de la mano y echan a correr hacia la playa, soltando carcajadas.

—¡Pero solo los pies! —le advierte Naia quitándose las botas.

Kaos se quita la sudadera, la falda y las zapatillas de plataforma, y se mete entre las olas sin pensárselo dos veces. Naia se detiene un momento a observar el cielo, las estrellas parecen relucir más que nunca esta noche. Incluso la luna parece contenta.

Unas gotas saladas la sacan de sus pensamientos.

—¡Venga! —exclama Kaos chapoteando.

Naia mete los tobillos en la orilla estremeciéndose.

—¡Está helada!

—Eres una cagona y no te atreves a entrar más —la provoca Kaos sacándole la lengua.

Naia le da una patada al agua y la salpica a modo de respuesta. Kaos chilla, muerta de frío, y le lanza un chorro de agua con la boca. Naia la agarra del brazo y tira de ella hasta estamparla contra una ola, soltando una fuerte carcajada. Su amiga jadea al salir, como si no esperase esa osadía por su parte, y empuja a Naia hasta que pierde el equilibrio también. Se enzarzan en una guerra, muertas de risa, mientras Alicia las observa desde la distancia. Parecen niñas pequeñas, no entiende cómo pueden divertirse de un modo tan infantil.

«Van a coger una pulmonía», piensa cruzándose de brazos.

Naia llena las manos de agua para lanzársela a Kaos, pero en ese momento siente una presión en la cabeza. Se lleva una mano a la sien y esboza una mueca de dolor.

—¿Estás bien? —se preocupa Kaos.

—Me he mareado un poco.

Kaos la sostiene de los hombros para que no se caiga. Naia se aferra a su cintura y gira el rostro hacia ella, encontrándose con sus iris marrones. Sus narices se rozan, el corazón de Naia se acelera un poco. Kaos se aleja de inmediato, estar tan cerca de ella le resulta doloroso.

—Venga, vamos a casa —farfulla y rompe el contacto visual—. Aún no te has recuperado de la proyección.

—Claro —murmura Naia sintiendo una inexplicable desilusión.

Alicia les ha preparado toallas al llegar y Naia sube a darse un baño caliente.

—¿Os gustáis? —le pregunta la tendera a Kaos sin rodeos una vez se quedan solas en el salón.

Kaos se atraganta con el aire, pero intenta disimular el nerviosismo mientras se seca el pelo.

—¡¿Qué?! ¡No! ¿Por qué crees eso?

—Os estabais comiendo con la mirada.

Kaos frunce el ceño, ¡menuda entrometida!

—No veas cosas donde no las hay, solo somos amigas —gruñe.

—Vale. Me voy a casa.

Alicia recoge su chaqueta del perchero, lista para irse. Sin embargo, su atención recae en el brazo de Kaos.

—Tiene mala pinta —comenta mirando los cortes.

—Ya, es que me clavé unas tijeras. Bueno, Edurne lo hizo —explica.

—¿Y lo otro?

—Son viejas quemaduras, cuando era pequeña se incendió mi casa.

Alicia vuelve a colgar la chaqueta.

—Trae, anda —dice y pone una mano sobre las heridas de Kaos.

Ella la mira sin entender, pero enseguida comienza a notar un cosquilleo en la piel. Un calor agradable. Cuando Alicia retira la mano, los cortes han pasado a ser simples rasguños y las quemaduras se han difuminado un poco.

Kaos observa su brazo sin dar crédito.

—Ala, nunca había conocido a nadie con un don de sanación.

—Suelo cobrar miles de pesetas por esto, pero va, te lo doy gratis —suspira.

Kaos alza los ojos hacia Alicia, siente remordimientos.

—Gracias —le dice—. Y no solo por curarme. Sé que tú y yo no nos caemos muy bien, pero aun así nos has ayudado mucho.

—Lo sé. Sin mí, Naia y tu aún iríais como pollos sin cabeza buscando la manera de libraros del akelarre.

Kaos frunce el ceño, esa le ha picado en el orgullo. Sobre todo porque sabe que es verdad. Le gustaría replicar algún comentario soberbio, pero entonces se da cuenta de lo apagada que está la mirada de la chica. Por primera vez tiene la certeza de que está rota por dentro.

Desde luego no se nota, quizá es de ese tipo de personas que esconden sus sentimientos tras una coraza, pero seguro que desde que murió Fabio no ha parado de llorar.

—Si necesitas que te ayudemos a ti también, dínoslo —le propone.

Los labios de Alicia se estiran en una línea.

—Siempre he sido de apañármelas sola —responde sin más—. Y ahora sí, me voy a casa.

—¿Vives con tu familia? —le pregunta Kaos por mera curiosidad.

—No. Ellos nunca han estado ahí.

—¿Están muertos?

Se da cuenta de lo bruta que ha sonado y enseguida se arrepiente. Sobre todo sabiendo que Alicia odia las preguntas personales. Sin embargo, hoy parece dispuesta a abrirse un poco. Compartir situaciones desesperadas une a la gente.

—No, pero la mayor parte de mi vida he sentido como si lo estuvieran. Cuando mi hermano y yo éramos pequeños, mis padres estaban todo el día trabajando, nos tocó criarnos a nosotros mismos. Las pocas veces que estaban en casa, lo único que hacían era gritarnos y exigirnos ser mejores. Mejores notas, mejores resultados… Nunca éramos lo suficiente.

Kaos suspira apenada.

—Lo siento…

—No lo sientas, no es tu culpa —responde Alicia tajante. Fuerza una sonrisa, como si lo que acaba de contarle fuese una nimiedad—. No me veas como a una víctima, que no es para tanto. Así aprendí a ser autosuficiente, igual incluso debería dar las gracias.

Kaos abre y cierra la boca, sin saber bien qué responder.

—No sé yo si es la mejor manera de hacerse independiente.

Alicia abre la puerta y se abrocha la chaqueta hasta el cuello.

—Adiós, Kaos.

—Hace días que quería enseñártelo —le dice Kaos a Naia enseñándole su dibujo del motor de curvatura.

Aún no se disponen a dormir, tantas emociones les han quitado el sueño. Han subido al tejado a disfrutar de la noche.

—Es un motor de curvatura —adivina Naia.

—Con esto podríamos viajar a la velocidad de la luz. Puede que más deprisa.

—Nada puede ir más rápido que la luz.

—¡Eso no lo sabemos! —replica Kaos—. ¿Y si sí que se puede? Que no se haya descubierto no significa que no sea posible.

Naia se recuesta en las tejas. Sus profesores estarían completamente en desacuerdo con su amiga, pero ella siempre le da una oportunidad a todas las teorías.

—Yo creo que todo es posible —suspira. Mira a Kaos y le guiña un ojo con picardía—. Y si no es posible, lo inventaremos.

Kaos sonríe y se tumba a su lado. Contemplan las estrellas imaginando universos y galaxias. Mundos enteros donde solo se ven puntitos de luz.

—Tú y yo vamos a descubrir algo importante allá arriba, de verdad —le dice Kaos—. Elaboraremos alguna gran teoría o desvelaremos algún misterio. —Gira el rostro hacia su amiga—. Juntas.

Naia también se vuelve hacia ella.

—Juntas —repite mirándola a los ojos. Siente un cosquilleo, le gusta mucho la idea.

Acerca su mano a la de Kaos hasta que sus meñiques se rozan, pero no se atreve a cogerle la mano. La luna ilumina los tirabuzones rubios de su amiga y su rostro pálido, lleno de pecas. Está despeinada y tiene unas enormes ojeras, pero aun así…

—Eres muy guapa —se le escapa a Naia sin darse cuenta.

El rostro de Kaos enrojece.

—¿Qué? —farfulla—. Oh, ¡gracias!

Naia se apresura a clavar la vista en el firmamento, con las mejillas calientes.

—¡Mira! ¿Esa es la Osa Mayor? —se apresura a exclamar para desviar la atención.

Funciona, Kaos también decide hacer como si nada. Vuelven a centrarse en el cosmos; hablan de civilizaciones alienígenas, universos paralelos, agujeros negros que lo engullen todo e hipotéticos agujeros blancos que lo escupen. Cuando se quieren dar cuenta, ya empieza a hacerse de día.

Gorka lleva varias noches sin dormir, no coge el sueño ni con las infusiones de valeriana. Necesita que todo salga bien, lleva demasiado tiempo esperando este momento. El momento de volver a tener a su hijita entre sus brazos.

Camina de un lado a otro de la casa, impaciente. Hace un día entero que envió al espíritu de Edurne a poseer a Kaos, no entiende por qué aún no ha ido Naia a llamar a su puerta.

Todo es culpa de Alicia, por haberle contado a la médium que pretendía matarla. Ellos dos tenían un trato, la tienda a cambio del silencio, pero esa chica no es de fiar. Debería haberse dado cuenta desde que entró al akelarre, siempre hizo lo que le vino en gana. No sabe lo que es la lealtad, lo único que la mueve son sus intereses personales.

Se sirve una copa de vino, a ver si así se relaja. Y, por fin, llaman al timbre.

Gorka sonríe aliviado. Va a abrir, esperando encontrar a Naia, pero se lleva una desilusión: quien está al otro lado es la chiquilla rubia de gafas. No la soporta, le parece estridente. Odia sus aires de marquesa.

Además, ¿¿no debería estar poseída??

—Hola, Gorki. Veo que te he dejado sin palabras —se burla—. Nada, que pasaba por aquí y venía a ver si te gustó el tuneo del coche, no me diste tu opinión.

Gorka aprieta los puños. Fue a dar parte de su vandalismo a comisaría, pero terminó retirando la denuncia. Él sabe que Fabio era su amigo, o igual su novio. Se merece que le destrocen el coche, es el castigo más leve que se le ocurre teniendo en cuenta sus propias acciones.

Aun así, todavía se siente en deuda con ella, por lo que deja que le humille un poco más.

—Nah, es broma, sé que te encanta —prosigue Kaos—. ¿A la cabra también le gusta?

Al mencionar a Akerbeltz, Gorka nota un nudo en la garganta. Ese animal era su mayor apoyo, lo consideraba parte de su familia. Crio y ordeñó a su madre, a su abuela y a su bisabuela, lo vio crecer desde que era un cabrito. Aún no puede creer que la chica fuera tan cruel de abrirle el corral para que escapase.

—¿A qué has venido, Nekane? —le pregunta sin energía.

Por primera vez, ella se pone seria.

—A avisarte de las novedades —responde lanzándole unos papeles a la cara. Gorka los mira sin entender—. La nueva partida de nacimiento de Naia.

El hombre no comprende a qué se refiere hasta que ve la fecha. 4 de diciembre de 1969.

No, no… No puede ser.

—Es falsa —farfulla, pero su corazón retumba como un tambor.

—Por desgracia para ti, no. Hemos deshecho el embrujo que hiciste hace veintitrés años. —Una gota de sudor frío resbala por la frente de Gorka—. Ya no es médium.

—¡¡No!! —exclama él desesperado.

—Puedes seguir enviando a tu perrito faldero a que me posea, amenazarnos o hacer lo que quieras, dará igual. Ya no puedes usar a Naia como una pieza de tus planes —le escupe.

Gorka se aferra al marco de la puerta hasta clavar sus uñas en la madera. Su cuerpo tiembla tanto que teme caerse.

—Lo siento, has perdido —se despide Kaos haciendo el gesto de la L.

Se marcha del caserío y Gorka se encierra en su dormitorio, incapaz de decir nada. La vista se le emborrona. Se deja caer en el suelo, haciéndose una bola, y rompe a llorar como un bebé.

—¡Maldita sea! —solloza.

Había hecho mil valoraciones de todas las cosas que podrían salir mal, pero nunca imaginó que Naia fuera capaz de revertir su propio nacimiento.

Perdedor, así es como se siente, Kaos no ha podido definirlo mejor. Se abraza al peluche de gatito de su hija y lo empapa de lágrimas.

—Lo siento, Nerea. Perdona a papá.

Se disculpa porque no va a poder devolverla a la vida, pero, al pensar en todas las atrocidades que ha cometido para llevar a cabo ese fin, se da cuenta de que tiene mucho más por lo que disculparse.

Agradece que Nerea sea un espíritu de cuatro años que no entiende el trasfondo de las cosas, ¿qué pensaría si supiese que ha matado a doce personas, incluida su querida tía Triana? Que planeaba sacrificar también a su prima Naia para que se alojase en su cuerpo. ¿Le odiaría aun sabiendo que todo lo había hecho por ella?

Saray le odia, así se lo hizo saber su hija cuando contactó con ella en la sesión de espiritismo.

—Me lo merezco —gime Gorka—. Merezco que mi mujer me desprecie.

Abre el tercer cajón de la mesita de noche y saca su posesión más valiosa: una cajita de terciopelo rojo. La última vez que la abrió fue cuando se marchó a Pamplona a dar el pésame por la muerte de Edurne a su familia de Navarra.

Está llena de fotos viejas, la mayoría de ellas en blanco y negro. Va reviviendo su pasado mientras llora, intentando descubrir el momento en el que se convirtió en un monstruo.

La más antigua de todas es una en la que aparece él con un año junto a su hermano mellizo. Están en el prado con su madre y su padre vestido de soldado. Fue el día que lo llamaron al frente, acababa de estallar la guerra civil. Los franquistas no tardarían en coserle a tiros.

En las siguientes fotos, su hermano y él ya son más mayores. No salían mucho de casa porque su madre se volvió gruñona y estricta desde que enviudó, así que solían entretenerse en el corral, con las cabras. La foto de graduación de su hermano Iñaki al terminar de cursar Medicina, y otra de Gorka cuando se compró la batería. Un verano con Edurne reformando el caserío. Y luego aparecen ellas: Triana y su querida Saray.

Sí, igual esas dos hermanas fueron el punto de inflexión. Si no hubieran aparecido en el *pub* aquel día de la inauguración, Gorka nunca hubiera tenido que comenzar con los sacrificios.

Lo suyo con Saray fue amor a primera vista. Su hermano también se quedó prendado de Triana, pero ella fue más dura de roer. De no ser porque Saray insistió en quedarse, se habría marchado de Getaria.

Las siguientes fotos son de boda. Ah, qué felicidad, su Saray vestida de blanco y él esperándola en el altar. Frunce el ceño al recordar que Triana no acudió a la ceremonia. Ella nunca aprobó la relación que tenía su hermana con él. Le comía constantemente la cabeza hablándole de libertad, diciendo tonterías como que Gorka la manipulaba o que la estaba absorbiendo.

Nueve meses después nació la pequeña Nerea, y Saray le pidió el divorcio. Gorka nunca pudo superarlo. Se pasó los siguientes cuatro años llamándola por teléfono y enviándole cartas. La última no la llegó a mandar, fue a verla directamente a su casa.

—¿Qué haces aquí, Gorka? —le preguntó Saray de malos modos.

Triana la influenciaba tanto que incluso se le estaba pegando su mal carácter.

—Saray, por favor, somos una familia. Vuelve al caserío —le suplicaba él—. Todo volverá a ser como al principio, seremos felices.

—Ya no sé cómo decírtelo, tú y yo no vamos a volver a estar juntos.

—Dame una última oportunidad, prometo dejarte espacio. Piensa en nuestra hija, lo mejor para ella es que sus padres se quieran.

Solía utilizar a Nerea para ablandar su corazón, pero ni así lo lograba.

—Hablando de nuestra hija, me voy con ella de excursión al río Oria, así que ya te puedes marchar.

Gorka rogó que le dejase ir con ellas, pero Saray se negó. Cogió las llaves del coche, una cesta de pícnic y a la niña, y se fueron. Horas después le llamaron del hospital para anunciarle sus muertes.

Así empezó la etapa más oscura de su vida. Se hundió en una depresión, engordó diez quilos y se encerró en el caserío, perdido en los recuerdos que nunca volverían. Edurne se convirtió en su único apoyo. Ya no le quedaba nada, así que su nueva distracción fue pasar el tiempo con su prima, escuchándola hablar de nacionalismos y luchas ideológicas. Empezó a radicalizarse y a dar por normales cosas que antes le horrorizaban, como los asesinatos de ETA.

Hasta que, un día, Edurne apareció con un viejo libro.

—Sé cómo puedes traer de vuelta a tu hija —le dijo.

Gorka leyó el conjuro de resurrección en voz alta, sin poder evitar esbozar muecas de disgusto.

—Esto es una salvajada, prima. No pienso provocar la muerte a doce inocentes, ¿cómo puedes siquiera proponérmelo? —replicó.

Entonces Edurne dijo una frase que le hizo mella en la conciencia:

—Si ya has comprendido que matar por Euskal Herria es legítimo, ¿cómo puedes dudar matar por tu propia familia?

Edurne logró convencerle de que el fin justifica los medios. En realidad, Edurne lograba convencerle de cualquier cosa.

—Quizá fue ahí cuando se torció mi vida en realidad —murmura Gorka como si acabase de abrir los ojos—. La culpa no fue ni de Triana ni de Saray. Edurne lo retorció todo, y yo fui tan débil que me dejé guiar por ella. Mi prima tampoco tiene la culpa, solo yo.

Se encoge sobre sí mismo, todavía abrazado al peluche. Acaba de comprender muchas cosas.

Aún tiene los doce dientes de los asesinados; le bastaría con encontrar otro médium para completar el conjuro de resurrección, pero ya no está dispuesto a cometer más sacrificios. No volverá a ensuciarse las manos.

Debe hacer lo que pudo haber hecho desde el principio: dejar el pasado atrás. Dejar de aferrarse a fantasmas. Se levanta a trompicones del suelo y abandona el caserío. Llega al prado y cava un pequeño agujero donde entierra el peluche del gatito. Después regresa.

Entra a la habitación de la brujería y abre un armario secreto, oculto tras el papel pintado de la pared. Allí guarda los frascos con las muestras de cabello de los miembros del akelarre. Los lanza todos al fuego de la estufa, pero no son lo único que había en el armario. Saca del fondo una foto de su hija, enrollada y amarrada con una cuerda. Es lo que ha estado usando todo este tiempo para mantener su alma atada al plano terrenal.

Gorka rompe en llanto al deshacer el lazo y liberarla.

—Nerea, voy a cumplir la promesa que te hice —susurra—. Pronto volveremos a estar juntos, pero no será aquí. Yo me reuniré contigo en el más allá.

Acaricia el cuchillo de plata que reposa en la mesa, lo estaba guardando para realizar la parte final del conjuro con Naia. Lo aferra y se pregunta qué será mejor, cortarse las venas o saltar desde los acantilados del monte de San Antón.

Sin embargo, decide que no puede hacerlo todavía. Quiere abandonar el mundo sintiendo un poco de paz. Y para conseguirlo debe pedir perdón.

Su mirada se desvía hacia el teléfono. Debe reunir en el caserío a las tres personas a las que más daño ha causado: Alicia, Naia y Aitor.

TÚ Y YO VA
A DESCUBRIR
ALGO IMPORTAN
ALLÁ ARRIBA

NASA
Nightmare
ON ELM STREET

23

Con el paso de los minutos, la confusión se vuelve más intensa aunque, al menos, el dolor de cabeza empieza a remitir gracias a la aspirina. Naia está recluida en su dormitorio con las persianas bajadas, esperando a que se le pase la horrible sensación que la acompaña desde la noche de la proyección.

En ese momento, Kaos aparece por la puerta. Naia intuye que ha ido a visitar a Gorka, y no sabe si esta vez le habrá quemado el caserío o pisoteado los geranios. Tampoco piensa preguntarle.

—¿Por qué está todo tan oscuro?

—Me molesta la luz —responde Naia de mal humor—. Volver a nacer es un asco.

Kaos se sienta en la cama de golpe y Naia rebota.

—¿Cómo te sientes?

—No lo sé. Rara. —Clava la vista en uno de los pósteres de la pared. Es una foto de los Pilares de la Creación, la parte más bonita de la nebulosa del Águila. Ya no existen, fueron destruidos por una explosión, pero están a tantos años luz que seguirán siendo visibles desde la Tierra hasta el milenio que viene. Naia decide que se siente exactamente así—. Es como si estuviese a años luz de aquí.

—Y me parece completamente normal —responde Kaos poniéndole una mano en el hombro—. Ayer pasaron demasiadas cosas.

—Ya, pero… ¿Y si no se me pasa nunca esta sensación? ¿Y si me quedo a años luz para siempre?

—Pues en ese caso construiría un cohete e iría a buscarte, ¡no me subestimes! —bufa Kaos haciéndole cosquillas.

Naia ríe, despreocupándose un poco. Adora la capacidad que tiene su amiga para tranquilizarla con un par de palabras.

Kaos bosteza, se acurruca contra ella y no tarda en quedarse dormida. Naia suspira y le recoge un tirabuzón tras la oreja. Observa su rostro en la penumbra y piensa otra vez en lo bonita que es. Si fuera alta se la rifarían en las agencias de modelos. Tiene los rasgos dulces, la nariz pequeña y pestañas largas. Lo pensó el día en que la conoció y lo sigue manteniendo: parece una princesa.

Tiene ganas de besarla, pero se lo quita de la cabeza. No es normal tener ese tipo de pensamientos con una amiga. Se aparta de Kaos y se obliga a clavar la vista en el techo. No se atreve a hacerse preguntas, cierra los ojos y se duerme ella también.

Naia no sabe cómo ha llegado al salón, pero está con Kaos viendo una película en el televisor. Es una de miedo: *Poltergeist*.

—La próxima vez me toca elegirla a mí —protesta Kaos.

—Vale, pondremos otra vez *Star Wars* —se resigna Naia apoyando la mejilla en su hombro.

Kaos le acaricia el pelo, provocándole un cosquilleo agradable. Sus dedos se enredan en el cabello gris de Naia y se deslizan por el brazo hasta rozar su cadera.

Naia gira el rostro hacia ella. No quiere apartarla, pero el contacto la hace sentir… confusa.

—¿Qué haces? —pregunta Naia.

Kaos la toma de las mejillas y la manda callar pegando los labios a los suyos. Naia cierra los ojos devolviéndole el beso. Coge a Kaos de la cintura, llena de deseo, y su amiga se sube encima de ella.

—¿Quieres seguir? —murmura Kaos cuando se separan para tomar aire.

—Sí —jadea Naia volviendo a besarla.

Se arrancan la ropa como salvajes, pierden el reparo y la vergüenza. Las manos de Kaos se detienen en el cierre del sujetador de Naia y ella asiente con la cabeza, pidiéndole que se lo quite. La boca de Kaos busca sus pezones, y ella deja caer la cabeza hacia atrás, gimiendo. No imaginaba que eso se sintiera tan bien…

—¡Despierta, bella durmiente!

Naia abre los ojos con un sobresalto, se le va a salir el corazón del pecho.

—¿Kaos? —farfulla deslumbrada por el sol de la mañana.

Su amiga está sentada en el tocador maquillándose.

—No, el coco —se burla. Luego la mira con preocupación—. ¿Tienes fiebre? Estás sudando.

Naia alcanza una libreta de la mesita de noche y se abanica con disimulo. También debe de estar roja como una gamba.

—Creo que he pasado calor esta noche, igual aún no es época para el pijama de lana —balbucea.

—He soñado que suspendíamos el cuatrimestre y eso me ha hecho recordar que somos universitarias —le dice Kaos, y ella apenas la escucha—. Ahora que ya está todo solucionado, deberíamos volver a nuestro piso de estudiantes. Hay que ir a San Sebastián a hablar con los profes para avisar de que volvemos.

A Naia le cuesta mirarla a los ojos, le da demasiada vergüenza después del sueño que acaba de tener. Tiene que recordarse a sí misma que Kaos no lo sabe y consigue responder con naturalidad:

—Vale, pues vamos a la ciudad.

—De eso nada, voy yo —replica pintándose los labios—. Tú aún estás débil, debes recuperarte.

—Vale.

—Te pasa algo —adivina Kaos.

—No, ¿por?

Kaos arquea una ceja mientras se adorna el pelo con pequeñas pinzas de colores que parecen mariposas. Conoce demasiado bien a su amiga, sabe que hay más. Decide no seguir indagando para no agobiarla. Se calza sus plataformas, se cuelga la mochila en la espalda y se despide.

Naia se queda sola en casa, con la cabeza echa un lío. Sus tripas también parecen haberse enredado, porque tiene un nudo en el estómago. Soñar que se enrolla con Kaos es lo más raro que le ha pasado en mucho tiempo. Y lo peor de todo es que le ha gustado.

Su cara comienza a arder al recordar los detalles del sueño, y se levanta para echarse agua fría. Cuando regresa a la cama, decide que no quiere volver a salir en todo el día. Respira hondo, intentando acallar el nerviosismo interno, pero su corazón continúa acelerado sin motivo.

¿Así se siente tener ansiedad? Y si no es ansiedad, ¿qué narices es?

No tiene ni idea de cómo analizar sentimientos, así que va a por una cerveza para olvidarlos. Sin embargo, pronto se da cuenta de que hoy va a necesitar algo más fuerte para el desayuno.

Abre una por una todas las alacenas hasta encontrar la munición de *whisky* que guardaba su madre. Quita el tapón con la boca y le da un par de tragos al licor. Se masajea el pecho, quema tanto que casi duele. Se lleva la botella a su cuarto para seguir bebiendo en la oscuridad y en media hora ya está mareada. Recuesta la espalda en el colchón y juega a repasar con el dedo el tatuaje de Urano. Continúa resiguiendo las líneas del cinturón de asteroides y del átomo de hidrógeno, hasta que su dedo se encuentra con el tatuaje de la ecuación de la relatividad.

De repente, la temperatura de la habitación desciende en picado. Una corriente de aire frío roza el hombro de Naia y comienza a notar una presencia. Frunce el ceño y gira la cabeza esperando ver a Edurne, pero no hay nadie. Mira hacia todas partes y nada.

—No puedo verla —recuerda Naia—. Ya no soy médium.

Sonríe, aliviada, pero entonces se da cuenta de que parece una perdedora deprimida: con los pelos despeinados, emborrachándose sola en la cama. Edurne está mirándola y seguro que se burla de ella con esa sonrisa socarrona que tiene siempre.

—¡Eh, caraculo! —le grita a la nada—. ¡Que sepas que no es lo que parece, yo estoy genial!

Se da cuenta de la poca convicción de sus palabras, casi puede escuchar la carcajada de Edurne en respuesta. Frunce el ceño, ardiendo de rabia, y decide levantarse de la cama.

El mundo da una voltereta, necesita agarrarse a la pared para no caerse. No obstante, se siente poderosa. Capaz, por primera vez, de cerrarle la boca a la gilipollas de Edurne. Necesita fingir que todo está mejor que nunca, demostrarle que ha ganado.

Levanta las persianas para que pase la luz mientras rememora las últimas palabras que le dijo el espíritu:

«Triana tenía todo lo que tú no tienes, si te viera se avergonzaría de ti», «Siempre mendigando el cariño de los demás, ¿aún sigues babeando detrás de Aitor?», «Mírate: una chiquilla desastrosa y sin carácter, invisible y patética».

—¿Quién es la invisible ahora, eh? —exclama tan determinada que se sorprende a sí misma—. Creo que eres tú, porque no te veo.

Se ríe de su chiste imitando con retintín las carcajadas burlonas de Edurne. Otra ráfaga de aire helado la rodea, espera estar enfadándola mucho.

Agarra la botella y le da varios tragos más. Se dirige a la habitación de Triana para seguir enseñándole a Edurne lo feliz que está. Enciende el tocadiscos y mete un vinilo de Abba. Su madre siempre decía que no hay ningún problema que no pueda solucionarse escuchando *Dancing Queen.*

La canta con un perfecto inglés aprendido en la escuela bilingüe, y se enrosca en el cuello una boa de plumas. Levanta el dedo del medio y apunta hacia todas las direcciones, deseando saber el punto exacto en el que está la mujer.

—¡Jódete! —grita—. *You are the dancing queen, young and sweet, only seventeen...*

Se sube a la cama y comienza a saltar, las plumas le hacen cosquillas en la cara. Termina cayéndose de culo al colchón mientras se ríe. En ese momento se percata de dos cosas: l frío ha desaparecido y ya no está fingiendo estar feliz. Lo está de verdad.

Es una liberación, como cuando terminan los exámenes finales y piensa: «Se acabó lo peor».

—¡Gracias por tanto! —le dice a la botella de *whisky.*

Va a darse un baño para terminar de despejarse. Se sumerge en el agua caliente y echa un chorro de jabón para que salga espuma. Todavía suena Abba de fondo.

—Yo nunca he sido la reina del baile —piensa en voz alta prestando atención a la canción—. Nunca he sido la reina de nada...

Igual Edurne tenía algo de razón en las cosas que le dijo. Tiene veintitrés años y ha vivido más tiempo en su cabeza que en el mundo real. Puede que lo de estar a años luz no es nuevo y siempre ha estado perdida en algún punto de la galaxia.

Siente una punzada de pánico al pensar que, si muriese mañana, lo único relevante que la gente podría recordar de su vida son las matrículas de honor que saca en la universidad.

Se estruja los dedos nerviosa. Necesita hacer algo, pero no sabe qué, así que prefiere seguir como si nada. Sale de la bañera, se pone un pijama limpio y observa con agobio el desorden de cuarto que tienen. Piensa en recogerlo, pero le da tanta pereza que prefiere lanzar la ropa sucia a la montaña de la esquina.

Justo en ese momento, Kaos vuelve a casa.

—Buenas noticias, no nos han entrado ocupas al piso —bromea—. Volvemos a la uni el lunes.

—¿Por qué no mañana? —pregunta Naia.

—Porque es sábado, ¡despierta! —exclama—. Sin embargo, hoy hacen un evento en el campus que no me pienso perder.

—¿Qué evento?

—¡Un torneo de debate! —responde Kaos dejándola a cuadros—. Me he apuntado, parece guay.

—Pero si nunca has hecho debate —farfulla Naia.

—¡Por algo se empieza! —Kaos hace un aspaviento con la mano sin darle importancia—. En realidad, me ha convencido María. Necesitaba una compañera para la ronda en parejas.

La espalda de Naia se tensa.

—¿María? ¿Qué María? —quiere saber—. ¿Tu ex?

—¡Sí, ella! —exclama Kaos de buen humor.

Naia frunce un poco el ceño, por algún motivo no le hace nada de gracia.

—Te acompaño —decide.

—¿De verdad quieres venir? —se sorprende Kaos.

—Sí, es que… —balbucea Naia—. Me he aburrido de estar en casa.

—Pero después iremos a la discoteca de San Sebastián con los del club de debate —la informa Kaos—. A ti no te gustan las fiestas.

«Igual me he precipitado», piensa Naia nerviosa. Desde luego, ir de fiesta se sale por completo de su zona de confort. Aun así, no parece dispuesta a cambiar de opinión.

—Me parece el día perfecto para ir a mi primera fiesta.

Se les ocurre visitar a Alicia antes de coger el bus a San Sebastián para proponerle que vaya con ellas. Le vendría bien despejarse un poco. Cuando les abre la puerta, parece más un zombi que una persona.

—Tía, ¿estás bien? —le pregunta Kaos.

—Llevo tantos analgésicos encima que no siento los dedos —farfulla con la mirada perdida.

De repente a Naia le parece absurdo preguntar, pero aun así lo hace:

—Nos vamos a San Sebastián, ¿quieres venir?

Alicia deja escapar una carcajada sarcástica.

—No, gracias. Ahora mismo solo me apetece hacer una cosa, y no es esa.

Cierra la puerta sin despedirse y deja a las chicas con la duda. Alicia se apoya contra la pared y su espalda resbala hasta el suelo. Lleva el cuarzo en la mano, últimamente no puede dejar de tocarlo. Está dudando entre tomarse otra pastilla o no. Solo así dejará de pensar en Gorka.

Siempre ha sido propensa a las obsesiones. De pequeña se obsesionó con los minerales y se compró una colección entera. Se pasaba todo el día mirándolos, contando una y otra vez las aristas de los cuarzos. Luego se obsesionó con la ropa de color amarillo. Y, más tarde, con el dinero. Era capaz de contar los billetes de la caja fuerte hasta veinte veces en unas horas. La peor obsesión fueron las enfermedades. Hasta hace unos días se revisaba la espalda a cada momento buscando hematomas.

Ahora se ha obsesionado con Gorka. Piensa en él todo el tiempo, en todo lo que le ha quitado y en el mal que puede seguir haciéndole en el futuro. Imagina mil escenarios alternativos donde podría atacarla e intenta trazar estrategias para salir airosa en todos ellos. Cree que aunque se vaya a Madrid, él la perseguirá. Porque quiere vengarse, seguro. No va a poder resucitar a su hija por su culpa, porque incumplió el trato que tenían y le contó a Naia los secretos del akelarre. No va a dejar que Alicia escape. Y ella le odia, le odia tanto que lo único que tiene ganas de hacer es matarlo.

En ese momento suena el teléfono, y al ver que quien llama es él, Alicia empalidece. Respira hondo, no puede perder su autoridad aunque vaya drogada.

—Hola, Gorka —dice con suficiencia.

—Buenas noches, Alicia —responde el hombre y a ella le sorprende escuchar su voz quebrada—. ¿Te pillo en mal momento?

—Qué va, estoy espléndida.

—Me gustaría pedirte que vengas al caserío esta noche, por favor. Quiero hablar contigo.

Las pulsaciones de Alicia se disparan. Ya está, algo malo planea. ¿Igual quiere sacrificarla? ¿Amenazarla?

Las opciones son tan infinitas que su mente colapsa, ya no quiere pensar más. Podría irse del pueblo de inmediato; no ha deshecho su equipaje, nada le impide marcharse. Sin embargo, está tan harta de huir como de pensar. Ha llegado el momento de actuar y poner el punto y final.

—Vale, Gorka —contesta apretando el cuarzo—. Allí estaré.

24

Naia está sentada en primera fila bajo el estrado siguiendo el debate con atención. No para de darse palmadas en la frente, a Kaos le está saliendo fatal. El último gran argumento que ha dado es que «los pobres niños de África están tristes».

También le ha gritado al juez cuando le ha restado puntos, y se le han escapado palabrotas en otra intervención.

—Qué desastre —murmura Naia para sí misma.

Su mirada se desvía hacia la oradora que acaba de ocupar la tarima: María, la exnovia de Kaos. Los ojos de Naia se entornan, le cae fatal. Hasta su voz la irrita. Sin embargo, ha de admitir que habla muy bien.

—Por supuesto que Europa debería responsabilizarse de la hambruna en África, fueron las potencias europeas quienes desequilibraron sus economías explotando todos sus recursos en la época colonial —comienza a argumentar.

A Naia se le ocurren un montón de argumentos más. Le ha pasado lo mismo con los otros temas que han discutido en el resto de rondas. Si no le diera pánico hablar en público, le encantaría salir al estrado.

«¿Sería capaz de ganar?», se pregunta comiéndose las uñas.

Las rondas de debate individual llegan a su fin, después del descanso empezará la ronda por parejas, y Kaos y María se sentarán en la misma bancada. Juntas. Una al lado de la otra. Cerca. Tan cerca que quizá hasta se rocen sus rodillas.

Naia pone los ojos en blanco, sin entender por qué eso la irrita tanto.

Un chico se sienta a su lado y le derrama un poco de café en la pierna, devolviéndola a la tierra.

—¡Perdón! —exclama y Naia se levanta y corre al baño a limpiarse.

La mancha de café se elimina después de frotar unos minutos. Cuando está a punto de salir del baño, María entra.

—Hola, Naia —la saluda—. Ya te he visto entre el público, ¿has venido a acompañar a tu amiga?

Naia fuerza una sonrisa.

—Así es. De hecho, soy su pareja en la siguiente ronda —suelta sin pensar.

Traga saliva de inmediato. Se está metiendo en un berenjenal.

—Pero si su pareja soy yo —se sorprende María.

A Naia se le escapa una risa nerviosa.

—Pues ya no, va conmigo. ¡Lo siento!

Sale del baño pitando y corre a buscar a Kaos antes de que María pueda responder. Está sentada en una de las mesas de debajo del estrado preparando la ronda.

—Kaos —la saluda, su voz suena aguda por el estrés—. Es que… soy tu nueva pareja.

Los ojos de Kaos se redondean.

—¿Y eso?

Naia se frota los brazos. Hablar en público. Va a tener que hablar en público.

—Es que… no sé qué me pasa —farfulla—. Bueno, que me apetece debatir contigo, sin más —le quita importancia.

Los ojos de Kaos se iluminan un poco.

—¿Vas a sustituir a María?

—¡Perdón! —exclama Naia—. Igual prefieres ir con ella. O sea, es tu compañera original y…

Kaos la agarra del brazo y tira de ella hasta sentarla en la silla de al lado.

—¡Los vamos a destrozar! —ruge aceptando de buen gusto a Naia como nueva compañera. La chica sonríe, una emoción cálida la inunda por dentro—. En la siguiente ronda nos toca argumentar a favor de construir un mundo sin dinero, ¡ya he formulado el primer argumento!

Le tiende un folio a Naia, esta lo lee en voz alta:

—«Si no existiera el dinero nadie me podría obligar a pagar las piruletas. Las robaría mucho más tranquila, y me sentiría feliz».

Naia deja caer los párpados.

—Kaos, no puedes dar argumentos tan emocionales y subjetivos.

Ella le arrebata el folio y frunce el ceño.

—¿Cómo que no?

—Si decimos esto vamos a perder.

El moderador del debate anuncia que el tiempo de preparación ha terminado. A Naia le tiemblan las piernas mientras sube al pequeño escenario, al ver a tanta gente mirándola siente que se marea. Les toca el turno enseguida, tan rápido que aún no le ha dado tiempo a idear los argumentos.

Despierta del letargo cuando ve a Kaos dar un paso al frente: se coloca al lado de su amiga y la toma de la muñeca para indicarle que deje que hable ella.

—Una sociedad sin dinero podría funcionar mejor por varias razones —carraspea Naia, improvisando. Su voz tiembla un poco, necesita respirar hondo—. En primer lugar, al eliminar la necesidad de acumular riqueza, se podría fomentar la colaboración y la solidaridad en lugar de la competencia. —Mira de reojo a la jueza, esta asiente ligeramente con la cabeza, y Naia gana confianza—. Además, sin dinero también se eliminarían los incentivos para la corrupción y para la mayoría de robos.

La bancada contraria interviene, los turnos se van sucediendo y, al rato, Naia termina viniéndose arriba y se olvida del púbico. Apoya una mano en la tarima sujetando el micro.

—Una sociedad sin dinero es una sociedad más limpia, más justa, menos corrupta y sin delincuencia —sentencia agitando el dedo. Kaos entreabre los labios, es la primera vez que la ve tan segura de sí misma—. La oposición nos acusa de idealistas —dice señalando al equipo contrario desde donde María y su nuevo compañero la observan de brazos cruzados—, pero lo único que veo son sus miras cortas. Sí, nuestro planteamiento presenta desafíos logísticos, pero no es irreal si se trabaja en generar un cambio cultural.

A pesar de que a Kaos y a Naia les ha tocado la posición más difícil de defender, terminan dejando sin salida a los contrincantes y la jueza las proclama vencedoras del debate.

Kaos se lanza a los brazos de su amiga.

—¡Naia, Naia, Naia! —exclama saltando de alegría—. ¡Los has hundido! ¿Cómo has hecho eso?

Naia se rasca la nuca mientas sonríe con timidez.

—La verdad es que no lo sé.

El revuelo se ha apoderado de la sala, pues el torneo ha llegado a su fin. Los miembros del club de debate comienzan a formar grupitos para organizarse a la hora de ir a la discoteca.

Naia y Kaos deciden ir al piso de estudiantes para prepararse, pues está a cinco minutos andando de la universidad.

En los armarios de Naia encuentran bastante ropa olvidada de Triana, tenía muchos vestidos de fiesta. Pasados de moda pero bonitos.

Naia escoge un vestido de terciopelo azul oscuro con estrellas plateadas bordadas. Es de tirantes y tiene un corte por encima del ombligo que deja al descubierto el tatuaje de Saturno. Kaos, por su parte, elige un vestido dorado que hace juego con su pelo.

Naia alza las cejas al verla, está resplandeciente. Como la diosa Afrodita, o alguien parecido.

—¡Mira qué bien! —exclama Kaos al encontrar una botella de ginebra en un armario—. Con esto nos da para toda la noche.

Naia apoya la espalda en la puerta y se cruza de brazos. La victoria en el torneo de debate y el subidón de haber hablado en público la han llenado de energía. Se siente poderosa, lo suficiente como para tomar una decisión:

—Kaos, antes de ir a la discoteca, me gustaría que hagamos una visita.

☽

—¿Dónde nos hemos metido, Naia? —pregunta Kaos, asustada, al ver el barrio en el que están—. Hostia, que aquí alguien nos saca una navaja y nos atraca.

—Tranquila, ya he venido un par de veces —responde Naia dándole un trago a la ginebra.

Un grupito de heroinómanos las miran con lascivia al pasar. Kaos tira de Naia para obligarla a acelerar el paso. Los tacones repiquetean contra la acera.

—¿Y por qué parece que la mitad de las casas son laboratorios de metanfetamina?

—Porque seguramente lo sean.

—Qué bien —responde Kaos sin entusiasmo—. Pues acaba rápido lo que hayas venido a hacer aquí y vámonos pitando a la discoteca, que a partir de la una hay que pagar.

Naia tuerce una esquina y se detienen frente a una destartalada finca que está a punto de caerse a trozos.

☽

Aitor está cenando *sushi* casero mientras ve *Los caballeros del zodiaco*. Le encanta ese anime, si le sobra pasta se tatuará a Camus de Acuario en el brazo.

Empapa el último rollito en salsa de soja y se lo zampa cuando Seiya lanza sus meteoros de Pegaso. El enemigo cae al suelo derrotado. El chico, perezoso, aparta el plato y se recuesta en el sofá. Vaya aburrimiento de noche. Quería ir a la *rave* que han montado en la playa, pero sus colegas lo han dejado tirado.

Alarga el brazo para coger la revista de conspiraciones que compró, y que nunca leyó, para enterarse mejor de cómo será el fin del mundo. Al parecer, en el año 2000 todos los ordenadores colapsarán provocando un cataclismo que acabará con la humanidad.

Aitor se siente tranquilo al respecto. Cree que, en el fondo, la vida es mejor si sabes que vas a morir joven. Menos preocupaciones, menos presión y menos ansiedad de pensar en el futuro. Lo único que va a hacer hasta que todos mueran es disfrutar cada día. Drogarse, quedar con chicas, ir a *raves* y atiborrarse de comida asiática.

Alguien llama al timbre, cosa extraña. ¿Quién viene de visita a las doce de la noche? Seguro que algún drogadicto con mono suplicando una dosis.

Pero cuando abre la puerta, quienes están al otro lado son Naia y su amiga. La mandíbula de Aitor se desploma. Las dos están muy guapas, pero no es eso lo que más le llama la atención. El aura de Naia ya no es negra, ahora es roja. Como las brasas incandescentes de una hoguera. Hace juego con el aura naranja de Kaos.

—¿Buenas noches? —farfulla Aitor.

—Buenas noches, mentiroso —responde Naia dejándolo sin palabras.

¿Desde cuándo ella habla así?

—¿Naia?

—Eres un gilipollas —prosigue sorprendiéndolo cada vez más. Sus palabras son como veneno—. ¿Creías que podías tomarme el pelo?

Aitor retrocede medio paso. Seguro que su padre ha hablado con ella. Ese maldito viejo…

—Un puto subnormal, yo lo sabía desde el principio —añade Kaos orgullosa.

—Me hablabas de amor como un cursi idiota, pero solo me querías para un polvo. ¿Sabes qué? Yo a ti también, porque incluso hablar contigo me aburría —confiesa—. Nunca me pareciste interesante.

—Y encima folla mal —añade Kaos.

—Fatal. Compadezco a todas las yonquis con las que te acuestas.

—¡La tendrá pequeña y todo!

—Un cacahuete —confirma Naia.

Aitor, ofendido, frunce el ceño. Abre la boca para replicar, pero ella habla antes.

—Hasta nunca. Me voy a la discoteca a ligar con tíos mejores que tú. ¡Que te den!

Kaos levanta una mano y choca los cinco con Naia. Se van corriendo por las escaleras soltando risillas. Aitor se asoma e intenta conservar un poco de dignidad.

—¡Deja de creértelo, no eres para tanto! —exclama, pero la única respuesta que escucha es el portón del portal.

Le da un puñetazo a la pared, incapaz de creer que le hayan humillado así.

Aunque lo cierto es que, después de esto, Naia ha suscitado algún tipo de interés en él. Ha dejado de mirar al suelo, no baja la voz ni encoge los hombros. Es como si ya no quisiera hacerse pequeña. ¿De dónde han salido esas agallas para plantarse en su casa y gritarle todo eso? Sacando pecho, ocupando espacio, imponiéndose. No sabe a qué se debe este cambio tan raro, pero le ha gustado.

Antes veía a Naia como un cachorro abandonado, ahora parece una hiena buscando a su presa. Siente una punzada de celos al recordar lo último que ha dicho: «Me voy a la discoteca a ligar con tíos mejores que tú». ¿Pero quién se ha creído que es?

Se acaba de convertir en su nuevo capricho. Antes solo le daba morbo llevarse a la cama a una niña buena, ahora la quiere para él. No piensa compartirla con nadie más. Tiene que reconquistarla como sea, no debe ser tan difícil. Seguro que, aunque se le hayan subido los humos, sigue siendo una arrastrada.

Es la primera vez que se pone celoso por ella. Simplemente la veía incapaz de ligarse a nadie más, parecía postrada a sus pies. Ahora ha escapado de su control, algo que Aitor odia.

Encima estaba tan *sexy* con ese vestido escotado... Todos se la van a querer tirar. Y su amiga... Ella también está tremenda, no sabría decir cuál de las dos le pone más.

Se sienta en el sofá, excitándose un poco. Imagina cómo sería haberlas seducido a ambas, le habría encantado meterlas en su habitación y hacer un trío. Va a buscar papel y se baja los pantalones para masturbarse, pero el teléfono lo interrumpe. Intenta ignorarlo y seguir imaginando a las dos amigas desnudas, liándose entre ellas y también con él, pero el timbre no para de distraerle.

Cuando llaman por segunda vez, decide levantarse del sofá e ir a cogerlo, gruñendo maldiciones.

—¿Quién es? Ya puede ser importante —dice de mal humor.

—Siento molestar, Aitor, seguro que ya estabas durmiendo.

—¿Gorka? —se extraña el chico.

—Necesito que vengas al caserío —le ruega y Aitor se asusta al escucharle casi llorando.

—¿Algo va mal?

—Te lo contaré todo, te lo prometo. Aunque dudo que puedas perdonarme.

—Ey, tú eres un padre para mí, ¿vale? —le dice—. No te preocupes, sea lo que sea lo que ha pasado, lo entenderé.

Gorka tarda en contestar, su respiración es errática.

—También vendrá Alicia. He intentado contactar con Naia, pero no coge el teléfono.

—Ya, es que no está en casa. Se ha ido a zorrear a la discoteca —le explica con rabia.

—Ve a buscarla, por favor. Tráela a Getaria contigo, necesito reuniros a los tres.

☽

—¡Has estado genial! —exclama Kaos quitándole a Naia la botella de las manos para beber.

—¿Tú crees que ha quedado bien? ¡Ay, Dios, seguro que me he dejado cosas en el tintero! —se agobia ella.

—Deja de rayarte, lo has tirado por los suelos.

Ya han llegado a la cola para entrar a la discoteca y deben beberse todo lo que queda de la ginebra de golpe. Después tiran la botella vacía en la papelera de al lado de la puerta.

No tienen ni idea de si la gente del club de debate está ya dentro, pero ambas parecen haberse olvidado de ellos. Quizá de forma intencional, a Naia le apetece estar a solas con Kaos esta noche.

Los seguratas las miran de arriba abajo, intentando adivinar si son mayores de edad, y les dejan pasar sin pedirles el DNI.

Una vez dentro, Kaos se mueve como pez en el agua. Suena *A quién le importa*, de Alaska, y comienza a cantarla a gritos.

Naia mira a su alrededor algo acobardada. Es la primera vez que entra en un lugar así. Hay gente por todas partes, luces de colores y música reventándole los oídos. Para colmo, el alcohol le hace mella a cada minuto que pasa, empieza a ver un poco borroso.

Kaos adivina enseguida que está incómoda.

—¿Todo bien? —le pregunta.

Naia irgue la espalda.

—Sí, claro que sí.

Kaos la coge de la mano y se la lleva a dar una vuelta por el local. Naia localiza la barra y va a pedirse otra copa para no tener que bailar.

Kaos hace un puchero al verla sentada en el taburete.

—¿Te vas a quedar ahí toda la noche? —le pregunta—. ¡Venga, vamos a la pista!

Naia se retoca el escote del vestido y se pasa los dedos por el pelo. Siente que no encaja con el resto y le afecta mucho más de lo que habría esperado.

—La verdad, estoy nerviosa —confiesa y se acaba la copa de un trago—. Es la primera vez que salgo de fiesta y siento que en cualquier momento voy a hacer el ridículo.

Kaos deja escapar una carcajada. Le da un golpecito en el hombro.

—Tía, mira a tu alrededor —dice y Naia obedece. Ve a todo el mundo pasándoselo bien. Un chico en una esquina está vomitando y varias parejas se meten mano—. ¡La gente va a su bola! ¿Cómo vas a hacer el ridículo si nadie te está prestando atención?

Naia ladea la cabeza considerándolo.

—Visto así…

—¡Fíjate! —exclama Kaos y se pone a imitar a un robot. También recrea el *moonwalk* de Michael Jackson haciendo gestos muy exagerados. Incluso se pone bizca—. ¿Te das cuenta? Ni aun haciendo tonterías te miran.

Naia parece algo más convencida. En ese momento comienzan a sonar, de Hombres G, *El ataque de las chicas cocodrilo* y Kaos se pone a dar brincos.

—Me encaaanta esta canción —dice—. ¡Tenemos que bailarla!

—Vale, pero… —titubea Naia.

Kaos se balancea al ritmo de la música.

—«¡Has sido tú! ¿Te crees que no te he visto?» —canta señalándola. Naia ríe—. «¡Has sido tú, chica cocodrilo!».

Tira de ella para levantarla del taburete. Naia se deja llevar y sin darse cuenta acaban en el centro de la discoteca, sobre las baldosas de colores que se iluminan.

Para su sorpresa, no le resulta tan difícil desinhibirse. Da vueltas con Kaos por la pista bailando. Conforme pasa el tiempo, se olvida de los demás y se vuelve más atrevida. Parece otra persona, se está divirtiendo como nunca en su vida.

—Tenemos que hacer esto más veces —le dice a Kaos.

—¿Salir de fiesta o bailar?

—¡Todo!

Gira sobre sí misma, pero pierde el equilibrio. Kaos la sostiene de la cintura para que no se caiga, y los brazos de Naia terminan rodeándole el cuello.

—Vaya, qué torpe —farfulla sin apartarse.

Kaos intenta ocultar que se ha puesto nerviosa soltando una respuesta tonta:

—Es por los tacones, no estás acostumbrada.

El corazón de Naia se alborota. Está tan cerca de ella…

Los ojos de Kaos brillan bajo los focos, de repente le parecen más bonitos que nunca. Baja la mirada a sus labios, pintados con *gloss* de fresa. Vuelve a sentir unas ganas locas de besarla, y esta vez no se detiene. Cierra los ojos y une su boca con la suya.

Kaos da un respingo de sorpresa y Naia se aparta abochornada.

—¡Lo siento! —exclama con las mejillas rojas—. ¡No sé qué me ha pasado, perdón!

Se gira para no verla, tapándose el rostro con las manos. ¿En qué diablos estaba pensando? Este será, sin duda, el momento más incómodo de su vida.

Kaos le aparta las manos de la cara con delicadeza.

—Naia, tranquila. Es solo que no me lo esperaba, pero… Pero está todo bien, enserio. Yo… Es que… —tartamudea atropellándose con las palabras.

Sacude la cabeza, como si se le hubiese olvidado lo que iba a decir. Sus miradas se encuentran, y Kaos no se lo piensa mucho más: coge a Naia de la barbilla y la vuelve a besar.

Naia sabe que es una situación extraña, y que al día siguiente tendrá que hacerse demasiadas preguntas, pero, ahora mismo, solo desea que el beso dure para siempre.

Los labios de Kaos son como subir al cielo. Entierra los dedos en su pelo y decide que podría estar besándola hasta que se acabe el mundo.

A partir de ese momento, la noche comienza a torcerse.

25

Kaos no sabría decir cuántos minutos llevan besándose, ha perdido la noción del tiempo. Se le pasa por la cabeza que todo está siendo un sueño, algo tan perfecto no puede ser real.

Finalmente se separan. Ambas tienen la respiración acelerada y no se les ocurre nada que decir. En el caso de Kaos, su pecho está a punto de estallar, no podría hablar ni aunque quisiera. Necesita huir.

—¡Un momento, enseguida vuelvo! —acierta a farfullar.

Sale corriendo al baño de chicas, tan rápido como sus plataformas le permiten. Se apoya contra la puerta y se tapa la boca con las manos. Naia la ha besado. Naia… la ha… besado.

Un chillido eufórico le sale de la garganta. Siente que se le llenan los ojos de lágrimas y parpadea para retenerlas.

—No llores, idiota, que se te corre el rímel —se regaña a sí misma.

Se apoya en el lavamanos con una sonrisa de oreja a oreja. Un torrente de alegría fluye por su cuerpo haciéndola flotar. ¿De verdad ha pasado? ¿De verdad se ha hecho realidad?

Da un par de saltos bailando como una loca. El alcohol no la ayuda a tomárselo con calma. Una desconocida bastante ebria entra al baño y siente la necesidad de compartir su felicidad con ella.

—¡Me ha besado! —exclama—. ¡Me ha besado, no me lo puedo creer!

La otra se alegra como si fuese su amiga de toda la vida.

—¡Felicidades, tía! —le dice abrazándola.

Luego Kaos se despide de ella, ya se siente preparada para regresar. Solo necesitaba asimilarlo. Sale del baño más nerviosa que una colegiala enamorada y va a pedir una copa. Así tiene una excusa para haber escapado.

Le deja una propina al camarero y va corriendo a buscar a su amiga. Sin embargo, al que primero ve es a Aitor. Está besándose con Naia.

La copa de tequila cae al suelo y se rompe en mil pedazos, igual que el corazón de Kaos. La mirada se le emborrona y las rodillas comienzan a temblarle. Frunce tanto el ceño que lo ve todo negro, no sabe si está decepcionada, furiosa o una mezcla de ambas.

—¡¿Que significa esto?! —grita tan alto que, aún con la música, la gente a su alrededor se gira a mirarla.

Naia aparta a Aitor de un empujón. Mira al rubio y luego a Kaos con el rostro lleno de angustia.

—¡Kaos, no es lo que parece!

—Pues yo no le veo mucha explicación —replica.

Naia intenta cogerla del brazo, pero ella se aparta.

—¡Déjame! —exclama, y su voz se rompe.

Las primeras lágrimas caen por sus mejillas. Se da la vuelta por orgullo, para que no la vean llorar, y se escabulle entre el gentío.

Para mayor recochineo está sonando la *Macarena*, como si fuera una absurda banda sonora. Kaos sale de la discoteca y ni siquiera escucha al segurata preguntándole si quiere un sello para volver a entrar.

La calle está oscura como un pozo, pero eso no la detiene. Se aleja del bullicio del club, comprueba que tiene las llaves del piso en el bolso y emprende el camino sola. Hasta ese momento no se da cuenta de lo borracha que va, se le escapan un par de eses al andar.

Se encoge sobre sí misma, muerta de frío y de pena. Ya no puede seguir reteniendo las lágrimas. Rompe a llorar sin darse cuenta de que un par de chicos han empezado a seguirla.

—¿Qué te pasa, rubia? —dice uno de ellos. Kaos se gira durante un segundo y acelera el paso asustada—. ¿Quieres que te animemos?

—No te hagas la difícil, lo estás deseando —añade el otro entre risas.

Las mejillas de Kaos arden de rabia. Desea gritarles, insultarles. Sin embargo, el miedo la paraliza y lo único que se atreve a hacer es andar más deprisa.

—¿Por qué corres, nena? ¡Venga, si no vamos a hacerte nada que no te guste!

Kaos no puede soportarlo más. Se para en seco y reúne el valor de girarse hacia ellos.

—¡Dejadme en paz! —exclama.

Ambos chicos sueltan una carcajada.

—¡Dejadme en paz! —se burla uno imitando el tono agudo de Kaos—. Pero si tienes voz de niña.

—¿Cuántos años tienes?

Avanzan hacia ella y Kaos retrocede tiritando.

—¡Ya vale! —grita una voz masculina a sus espaldas—. Venga, tíos, ¿qué hacéis?

Esta vez los dos chicos reculan agachando la cabeza.

—Lo siento, chaval. Ya nos vamos.

Desaparecen calle abajo y Kaos se da la vuelta. Quien ha salido en su defensa es Carlos, *el Crestas*, un compañero de clase de cuando aún estaba en Bellas Artes. Reconocería ese pelo azul en cualquier parte.

—¿Estás bien? —le pregunta.

Ella apenas es capaz de asentir. Itziar, su novia, aparece por detrás.

—¡Kaos, cuánto tiempo! Y qué ropa más chula —comenta con alegría. Corre a darle dos besos, pero ella no reacciona.

Un grupito de chicas llega tras la pareja y Kaos las reconoce a todas: son sus amigas de la facultad de artes. La mayoría llevan el pelo teñido de colores extraños e incluso rastas.

—¡Kaos! —exclaman al unísono al verla.

Comienzan a acribillarla a preguntas.

—¿Cómo te va en la nueva carrera?

—¿Qué estabas haciendo ahora? ¿Era programación? Algo de ordenadores y videojuegos, ¿no?

—Menos mal que te fuiste, si vieras las entregas que nos están mandando hacer este curso en pintura…

—El último ha sido un retablo al temple —añade otra—. ¡Un puto retablo al temple!

Kaos se aparta de ellas esbozando una mueca de cansancio. Lo último que necesita ahora es revivir el agobio de la universidad.

—Lo siento, chicas, ya hablamos otro día. Quiero irme a casa —musita.

—¿¿Ya?? —se extraña Itziar—. ¡Pero si son solo las tres!

—Da igual —insiste Kaos, pero nadie le hace caso.

—Venimos de una *rave* en la playa, pero nos hemos pirado porque hace frío —explica Carlos—. Ahora nos vamos de juerga a casa de Rosa, la catalana. Se ha comprado una máquina y nos va a tatuar gratis, ¿te apuntas?

Kaos niega con la cabeza, exhausta, y se despide de ellos. Ninguno se preocupa por intentar averiguar qué le pasa o cómo se siente. Por suerte, no tarda en llegar al piso de estudiantes. Se deja caer en el sofá y se hace una bola. No puede sacarse de la cabeza la imagen de Aitor besando a Naia, ha sido tan horrible que ha olvidado lo feliz que se sentía hasta ese puñetero momento.

Alarga la mano hacia el teléfono para llamar a Fabio y contárselo todo, pero sus dedos se congelan en el auricular.

—Mierda —solloza, y los ojos se le vuelven a humedecer.

Él era un gran apoyo en momentos como ese. Necesita hablar con su amigo, que le dé uno de sus disparatados consejos. Que le interrumpa con mil preguntas mientras le cuenta la historia, tan curioso como siempre.

Kaos estampa los puños en un cojín, y lo golpea una y otra vez sin piedad. Las plumas saltan por el aire, pero no se detiene. Termina tumbada de costado, hecha un mar de lágrimas. Dicen que el verdadero duelo no comienza cuando una persona muere, sino al vivir una situación que solíais compartir y ya no está.

Le pasó lo mismo al perder a su familia. Cuando se lo contaron los psicólogos en el hospital se sintió muy triste, pero era como si aún no fuese consciente. Al llegar la noche, su padre ya no estaba ahí para contarle cuentos. Puso *Los Picapiedra* a todo volumen, pero su hermana no fue a quejarse. También dibujó un planeta que había inventado, pero no se lo pudo enseñar a su madre.

Kaos se abraza a sí misma, sintiéndose sola en el mundo. Decide hacer algo que no sabe si la hará sentir mejor o peor, pero cree que es el momento. Va a su cuarto y coge del armario una caja de zapatos repleta de cintas. Están llenas de polvo, no se ha atrevido a sacarlas desde que se las entregó la asistenta social. Curiosamente, son una de las pocas cosas que se salvaron del incendio.

Regresa al salón, enciende el reproductor de vídeo y mete una al azar. Fue grabada en el verano del 76.

En la tele aparecen imágenes de muy mala calidad. Quien graba sostiene la cámara en la mano y tiembla un poco. Su hermana mayor, que ahí tenía ocho años, aparece en primer plano.

«¡Conectamos con la semana de la moda de Milán! La primera modelo es la mejor del mundo, la más guapa y la más lista. ¡Que pase Nekane Ochoa!».

Y ahí sale ella, con sus pecas y sus tirabuzones rubios. A Kaos se le escapa una media sonrisa al verse. Lleva un vestido rosa, unos tacones de su madre y va poniendo morritos. Avanza por el pasillo caminando como una diva (o eso intenta) mientras su hermana sigue presentándola.

«Es ingeniera aeronáutica, actriz y presidenta. Una rompecorazones, todos se desmayan a sus pies. —Al hacer una pausa su hermana, la pequeña Kaos guiña un ojo y lanza un beso a la cámara—. Y, lo más importante, ¡es una princesa!».

«De princesa nada. ¡Estás hablando con la reina de España!», exclamó Kaos.

«Perdonen la confusión. ¡Es la reina Nekane I!».

Kaos se ríe de la ocurrencia de su hermana, y la grabación termina poco después. Siente un vacío en el corazón, no reconoce en ella a la cría de la cinta. A su antiguo yo, cuando era Nekane en vez de Kaos. Desde que entró al orfanato se empeñó en dejar atrás su pasado, en olvidarlo todo. Quizá para así sentir menos dolor.

Lo recuerda como una mancha oscura, es la etapa de su vida que siempre finge que no ha existido. Canalizaba la tristeza en enfado. Gritaba, se portaba mal, desobedecía y rompía cosas. Quería llamar la atención de los adultos, aunque solo fuera para que la regañaran, y ni siquiera sabía por qué.

Las monjas tampoco se esforzaron mucho por entenderla. La metieron en la lista negra y empezó a ser «Nekane la conflictiva», la que siempre sembraba el caos a su paso.

Formar una nueva identidad fue una manera fácil de sobrevivir. Nekane era una niña asustada, Kaos era valiente. Nekane estaba rota por haber perdido a su familia, Kaos ni siquiera los recordaba. Nekane era vulnerable, Kaos era fuerte.

La chica se frota los brazos, se siente una ingenua. Eso ya no le servirá ahora. Está más asustada, rota y vulnerable que nunca.

El sonido del teléfono la saca de sus pensamientos y se pregunta quién será a estas horas. Se pega el auricular a la oreja.

—Hola, Kaos. Intuía que estabas en nuestro piso —dice Naia al otro lado con voz temblorosa.

Kaos ahoga una exclamación de alivio.

—Naia… —gime y las lágrimas afloran a sus ojos por milésima vez en unas horas—. Naia, por favor, ven.

—Escúchame…

—Por favor —la interrumpe, porque le da pánico lo que sea que vaya a decir—. Me da igual lo que haya pasado entre nosotras esta noche, olvídalo. Te necesito. Necesito una amiga.

Entierra la cara entre las manos, le duele la cabeza de tanto llorar.

—No puedo ir, Kaos.

—¿Por qué? —se desespera.

—Estoy… —hace una pausa como si buscase las palabras—. Estoy en comisaría. Ha habido un asesinato y creen que he sido yo.

Kaos frunce el ceño sin creerla.

—Naia, hostia, que no es momento de bromear.

Un nuevo silencio. Luego, la sentencia final:

—Gorka está muerto.

26

2 horas antes del asesinato de Gorka

Naia no sabe a dónde narices ha ido Kaos, pero se pone nerviosa al pensar que no tardará en volver. ¿Qué van a decirse? ¿Cómo se van a comportar? ¿Volverán a besarse o fingirán que nunca ha pasado?

Se recoge el pelo tras la oreja, nerviosa. Lo cierto es que lo único que desea es besarla una y otra vez, y eso significa que ya no la ve como una simple amiga. ¿O sí?

—Ay, Dios… —farfulla restregándose los ojos.

Desearía no haber bebido tanto para poder pensar mejor.

Un grupito de chicas pasa por su lado y la empujan. Han puesto la *Macarena* y media discoteca está bailando la coreografía. Alguien le toca el hombro, y los ojos de Naia se abren como platos al ver a Aitor.

—¡¿Qué haces tú aquí?! —exclama perpleja.

—Buscarte. Quiero que hagamos las paces —responde él.

Con su camiseta de Nirvana, pantalones rotos y un gorro negro de lana, desentona con el entorno. Es como meter a Kurt Cobain en una gala.

—¡No, gracias! Vete.

Aitor ignora la orden. Se acerca más a ella, invadiendo su espacio personal. Naia intenta alejarse, pero va tan borracha que solo se tambalea.

—Déjame al menos pedirte perdón —insiste Aitor tomándola de las mejillas—. Sé que la he cagado, pero, por favor, Naia... quiero darte mi versión.

—No, no me apetece saber nada de ti —gruñe arrastrando las palabras—. Vas a mentirme otra vez.

Estampa los puños en su pecho, sin conseguir nada. Aitor se acerca más a ella, hasta que su respiración roza su rostro.

—Nunca más te mentiré, lo prometo.

Naia abre la boca para replicar, pero Aitor pega sus labios contra los de ella. La chica se queda paralizada, incapaz de apartarse.

Y entonces se escucha una copa romperse.

—¡¿Qué significa esto?! —grita Kaos tras ellos.

Naia le pega un fuerte empujón a Aitor y consigue quitárselo de encima. Le dirige a Kaos una mirada cargada de angustia. Quiere decirle muchas cosas, pero las palabras se enredan en su garganta antes de formularlas.

—¡No es lo que parece! —balbucea como una idiota.

—Pues yo no le veo mucha explicación.

Los ojos marrones de Kaos están vidriosos, Naia siente una opresión en el pecho. Intenta tomarla del brazo para explicarle lo que ha pasado, pero ella se aparta.

—¡Déjame! —solloza escabulléndose entre la multitud.

—¡Kaos, espera!

Ya la ha perdido de vista, hay mucha gente. Intenta buscarla, pero apenas da un par de pasos se resbala y cae al suelo. Las personas a su alrededor se ríen. Naia frunce el ceño e intenta levantarse. Ya intuía que esa noche iba a hacer el ridículo.

Aitor se para frente a ella, le tiende una mano y Naia la acepta, porque con lo mareada que está no va a poder levantarse sola. Una vez en pie, le cruza la cara de un bofetón.

—¡¿Por qué has hecho eso?! ¡¿Por qué me has besado?! —grita y Aitor se lleva una mano a la mejilla golpeada—. ¡Eres… Eres…!

A lo lejos, el camarero disfruta del espectáculo. Es mejor que una telenovela, ojalá tuviese palomitas. Primero, las dos chicas enrollándose; después, aparece un rubio aleatorio de por medio, la otra se va llorando, y ahora parece que se va a formar la tercera guerra mundial.

Naia le pega un empujón a Aitor, no conforme con haberle abofeteado. La gente ha formado un corrillo alrededor de ellos, mientras, la música sigue sonando ajena al conflicto.

Dale a tu cuerpo alegría, Macarena, que tu cuerpo
es pa darle alegría y cosa buena. Dale a tu cuerpo
alegría, Macarena. ¡Eeeey, Macarena!

—¡Me das asco, Aitor! —exclama Naia—. ¡No imaginas todo el asco que me das!

En ese momento aparece un segurata y los echa a los dos de la discoteca por estar formando un escándalo. Naia y Aitor se quedan solos en la calle.

—Mira lo que has hecho, nos han echado por tu culpa —dice Aitor—. Relájate, por favor, estás histérica.

Naia aprieta los puños, ya está tratándola de loca otra vez.

—¿Cómo no voy a estar histérica si me has perseguido como un acosador solo para robarme un beso?

—Eso ha sido porque me gustas mucho, pero he venido por otra razón —se defiende—. Me manda Gorka.

Las cejas de Naia se levantan hasta arrugar su frente.

—¿Qué?

—No hagas preguntas, yo tampoco tengo ni idea de lo que está pasando. Parece muy importante.

—¿Y me está buscando a mí?

—No solo a ti —responde Aitor—. Quiere que nos reunamos con él Alicia, tú y yo, así que sube al coche. Nos vamos al caserío.

Naia deja caer los párpados resoplando.

—Sigue soñando, yo me voy con Kaos.

—No sabes a dónde ha ido.

—Estará en nuestro piso de estudiantes, no tiene otro sitio al que ir. No salen buses hasta mañana.

La chica da media vuelta, pero Aitor la agarra de la muñeca.

—Naia, por lo que más quieras, necesito que vengas. Gorka ha insistido mucho, parece realmente afectado.

—¡Me importa una mierda, Aitor! Me alegro de que lo esté pasando mal —explota Naia—. ¡Ese hombre asesinó a Fabio, a mi madre y también a la tuya!

Aitor frunce el ceño.

—No digas idioteces.

Naia esboza una sonrisa sarcástica y vuelve a dar media vuelta.

—Adiós, Aitor.

—Alicia y yo iremos de todas formas.

Los pies de Naia frenan en seco.

—¿Alicia ha dicho que va a ir?

Aitor asiente con la cabeza, para sorpresa de Naia. ¿Está loca? ¿Como puede aceptar meterse en una ratonera con dos psicópatas de la talla de Gorka y Aitor?

Recuerda la última vez que la vio, esa misma noche. Tenía tan mala pinta con esas ojeras… Y ni hablar del abuso que está haciendo de los medicamentos.

Naia se muerde el labio, molesta, eso cambia las cosas. Alicia las ha ayudado mucho, si Kaos y Naia están vivas es gracias a ella. Sabe que no debería, pero si no va al caserío estará, de algún modo, dejándola sola ante el peligro. Y eso no sería justo.

Cierra los ojos, sabiendo que se va a arrepentir de esto.

—Vale, Aitor, voy contigo. La condición es que en cuanto acabemos me traerás al piso.

—Te doy mi palabra —asiente el chico.

Ella pone los ojos en blanco, no le queda otra que fiarse de él. Se suben juntos al Ford Fiesta rojo de Aitor y emprenden el camino hacia el pueblo, en silencio.

Hasta que él se decide a soltar la pregunta que le ronda desde hace un rato.

—¿Desde hace cuánto estáis liadas Kaos y tú?

Naia mira a Aitor con fastidio.

—Poquito, desde las dos y media, pero ya te has encargado tú de estropearlo.

Aitor arruga la nariz cada vez más extrañado.

—¿Eres lesbiana?

—No, para mi desgracia me gustan los chicos —dice Naia rascándose la nuca—. Los chicos… Y Kaos.

—Eso es ser bisexual.

Naia abre la ventanilla para ver si el aire le quita un poco la borrachera.

—¿Me ves con pinta de querer replantearme mi orientación sexual ahora mismo?

Se quedan callados el resto del trayecto. Justo cuando Naia se acaba de dormir contra el asiento, Aitor aparca el coche frente al caserío y Gorka, cabizbajo, los invita a pasar.

Naia entra en la casa dando tumbos, pero intenta disimular lo mal que va poniéndose muy seria. Tampoco le resulta difícil, teme por su vida.

—¿Y Alicia? —pregunta cuando entran al salón.

—Aún no ha venido —responde Gorka señalando el sofá—. Tomad asiento, por favor.

Naia se pone un poco paranoica, ¿y si Alicia ha llegado antes que ellos y ya se la ha cargado?

Aitor se ha sentado en el sofá, muy confiado. Naia le imita, alejándose de Gorka tanto como puede. Le resulta incómodo estar con él después de todo lo que ha pasado, y más sabiendo que probablemente sea su padre. Debió haberle preguntado a Triana la verdad cuando se encontraron en el plano astral.

—Me estás preocupando, Gorka —dice Aitor—. Dinos ya qué te ocurre.

El hombre se sienta en un sillón frente a ellos, bajo la mirada atenta de Naia. La barba pelirroja le cuelga del mentón, descuidada, y está aún más pálido de lo normal. Parece un muerto en vida. Se frota la cara con las manos, como si no se atreviese a hablar. Permanece así unos minutos, y después alza sus ojos azules hacia ellos.

—Os quería reunir para pediros perdón —anuncia por fin—, os he hecho mucho daño, no tengo justificación.

—Gorka, ¿por qué dices eso? —se extraña Aitor.

A Naia se le escapa una carcajada.

—¡No va enserio! —exclama arrastrando las palabras—. Matas a mi madre, luego a Fabio, intentas reencarnar a tu hija en mi cuerpo, mandas a Edurne a que ponga en peligro a mi amiga... ¿Y ahora te arrepientes y nos suplicas perdón?

Aitor frunce el ceño, le parece que comienza a oler a chamusquina. Igual Naia no estaba tan loca, al fin y al cabo.

—¿Por qué dices eso, Gorka? —le pregunta con miedo.

Él hunde los hombros, es incapaz de sostenerle la mirada.

—Porque es lo que hice —admite por fin—. Aitor...

—No... —farfulla el chico.

Su cuerpo comienza a temblar, abre y cierra las manos con movimientos erráticos. Gorka vuelve a esconder el rostro entre las palmas.

—Aitor... Yo maté a tu madre.

—Sorpresa —canturrea Naia.

Un silencio incómodo sigue a sus palabras. Aitor ha dejado de respirar, Naia percibe cómo se sacuden sus hombros. Parece una olla a presión, inmóvil por fuera pero a punto de estallar.

—¿Que tú hiciste qué? —le pregunta lentamente con un tono de voz que a la chica le pone la piel de gallina.

—Todo fue por mi hija —solloza Gorka mientras se desmorona—. Lo siento, Aitor, de…

—¡¿Que tú hiciste qué?! —repite el chico poniéndose en pie.

De un manotazo tira al suelo el periódico y las tazas que hay en la mesa, creando un gran alboroto. El hombre se encoge, asustado, y Naia recula en el sofá para alejarse de los cristales rotos.

—Por favor… —suplica Gorka.

Aitor le agarra del cuello y lo levanta del sofá.

—¡¿Cómo pudiste?! ¡Sabes que tú eras un héroe para mí! —grita con una mezcla de dolor y furia—. ¡Dame una sola razón para no acabar contigo!

El hombre no puede responder, tiene la cara morada. Intenta zafarse arañando el brazo de Aitor, pero este no se inmuta. Naia observa cómo le estrangula con los ojos muy abiertos.

—¡Mi madre estaba yendo a desintoxicación, iba a dejar las drogas! —continúa bramando como un poseso.

Se han vuelto las tornas: Naia ya no le tiene miedo a Gorka, sino a Aitor. Tiene la certeza de que lo matará ahí mismo, pero está tan impactada que no reacciona para impedirlo.

Entonces llaman al timbre.

El joven suelta a Gorka de un empujón, tirándolo al suelo. Entre toses y jadeos, el hombre va recuperando el aliento. Aitor le da la espalda, luchando por controlarse. El timbre vuelve a sonar con insistencia, y Naia decide levantarse e ir a abrir. Es Alicia, tiene los ojos rojos y la respiración acelerada. Pasa por su lado sin mirarla y se dirige al salón como un relámpago.

—Espera, yo no… —trata de advertirla Naia tras ella.

Se le olvida lo que iba a decir, deja la frase flotando en el aire. Su vista baja hacia la mano de Alicia, está apretando el cuarzo irisado como si fuera un cuchillo.

Gorka ha conseguido ponerse en pie y ahora está frente a ella. La mira con temor, no se atreve a decirle nada.

Todo lo demás sucede en un instante. Alicia deja escapar una exclamación de rabia y le clava la piedra en la mejilla; seguramente pretendía acertarle en un ojo. Gorka grita y ella se la vuelve a clavar en el brazo. Luego retrocede jadeando.

Naia corre a su lado para detenerla, pero Alicia no tiene intención de seguir atacando a Gorka.

—No voy a matarte —balbucea—, pero ojalá te mueras. Eres un hijo de puta.

Gorka se deja caer de rodillas al suelo, con el cuarzo todavía clavado en el hombro.

—Tienes razón, Alicia. No merezco vivir… —murmura.

Luego se arranca el cristal de la carne y hace algo que ninguno de los tres se espera.

Naia parpadea, incapaz de creer lo que ven sus ojos. Gorka se está apuñalando a sí mismo. Se clava el cristal una y otra vez en el cuerpo. En el vientre, en el pecho, en el abdomen.

Alicia chilla, Naia retrocede hasta chocar contra la pared y Aitor intenta detenerle.

Salta encima de él y le quita el cuarzo de las manos para evitar que se siga hiriendo. Lanza el arma a un rincón e intenta abrirle a la camisa para evaluar los daños, aunque son evidentes.

La mancha roja que se expande por el suelo lo dice todo.

—¡¿Por qué has hecho eso?! —le recrimina Aitor.

Gorka esboza una mueca amarga, se está desangrando.

—Es lo mejor para todos.

Aitor contrae el rostro, abrumado, como si un huracán de sentimientos estuviese arrasándolo.

—Ojalá nunca me hubieras contado la verdad. Preferiría poder recordarte como a un padre, y no como a un monstruo —le dice.

—No podía irme con esa carga, necesitaba al menos aspirar a tener tu perdón —responde con un hilo de voz.

Esta vez, el rostro de Aitor se vuelve frío como una lápida.

—Pues no lo vas a tener.

Una expresión de tristeza nubla los ojos azules de Gorka. Parece aceptarlo, como si supiera que es lo justo. Acto seguido, sus párpados se cierran.

Todas las alarmas se encienden en la cabeza de Naia. Pese a ir borracha, es la primera en ver la gravedad del asunto.

—¡Que se nos muere aquí mismo! —chilla corriendo hacia el moribundo.

Se arrodilla junto a él, empapándose las medias de sangre. Prueba a taponar las heridas con las manos, pero poco puede hacer.

Se gira hacia Alicia, que continúa paralizada del horror.

—¡Ven aquí! ¿No tienes un don de sanación? —la exhorta—. ¡Cura sus heridas!

Alicia sacude la cabeza, como si le costase reaccionar. Naia gruñe una maldición, va hasta las cejas de diazepam. Aun así, consigue unirse a Aitor y a Naia en la labor de rescate y trata de cicatrizar los cortes que peor pinta tienen.

Un aire frío los envuelve. Aunque no puedan verla, una niña acaba de aparecer en la habitación.

Gorka entreabre los ojos y mira hacia su izquierda. Esboza una enorme sonrisa, como si de repente fuera el hombre más feliz del mundo.

—¡Nerea! —exclama. Las lágrimas caen por sus mejillas y se diluyen con la sangre—. Mi pequeña…

—¿Está delirando? —farfulla Alicia.

Naia niega con la cabeza.

—Las personas cercanas a la muerte pueden ver fantasmas. Creo que es la primera vez que ve a su hija en… —hace un cálculo mental rápido— veinticuatro años.

Gorka emplea sus últimas fuerzas en moverse para abrazar al espíritu.

—Papá ha cumplido su promesa —murmura.

Luego, sus brazos caen sobre su pecho, inertes, y sus ojos pierden el brillo. Ahora parecen dos bolas de madera.

—Ha muerto —anuncia Aitor sombrío.

Los tres se miran entre ellos, están pensando lo mismo. Un muerto con ocho puñaladas y tres desconocidos dentro de su casa.

Naia pone voz al temor que todos tienen en mente:

—Nadie se va a creer que esto ha sido un suicidio.

27

El caos reina en el caserío. Alicia, Naia y Aitor hablan a la vez, atropellándose unos a otros.

—Movemos el cuerpo entre los tres y lo enterramos en el prado —propone el chico.

—¿Estás loco? —replica Alicia—. ¡Si se descubre no quedará duda de que ha sido un asesinato!

—Pero era un hombre solitario, no tenía amigos y a su familia de Pamplona la veía una vez al cabo de las mil. Nadie le va a echar de menos —insiste.

Naia se pasa las manos por la cabeza, tiñéndose el pelo de sangre. Intenta pensar, pero el alcohol se lo está poniendo difícil. Alicia, por su parte, parece haber despertado del letargo de los medicamentos.

—Tenemos que irnos lejos de aquí —farfulla—. Aitor, tu coche está aparcado fuera.

—¿Y a dónde vamos?

—¡Tengo un plan! ¿Vale? —dice Alicia—. Limpiamos nuestras huellas de la casa, cerramos la puerta y nos piramos a Francia. No sabemos qué pasará, pero mientras tanto estaremos a salvo en nuestro país vecino.

—Me parece bien —asiente el chico.

Naia niega con la cabeza una y otra vez.

—¡No, ni hablar! Hay que ir a comisaría y contarlo todo.

—¿Eres idiota? —bufa Aitor—. ¿Piensas que se van a tragar que el muerto se ha matado solo?

—Es lo que ha pasado y tiene que haber una manera de probarlo —insiste Naia—. Además, una verdad siempre va a ser más sólida que una mentira.

Alicia resopla.

—Siguiendo tu lógica nos veo de cabeza en el trullo. Decir la verdad sería lo correcto, pero, desde luego, no lo más inteligente.

—Jamás creí que lo diría, pero estoy de acuerdo contigo —dice Aitor y se pone en pie.

Alicia y él sacan un botellín de alcohol del baño y comienzan a limpiar los marcos y las empuñaduras de las puertas. Naia se sienta en el suelo junto al cadáver de su posible padre. Parece estar mirándola con ese par de ojos inertes. Decide cerrárselos, un escalofrío le recorre la columna.

Se abraza a sus rodillas y maldice el último cubata que se tomó. Le falta el aire, la cabeza le da vueltas como una espiral. La sangre comienza a enfriarse y Naia la nota coagulándose en sus medias, acartonando la tela del vestido.

Se pone en pie como puede. Ha decidido actuar por su cuenta mientras Aitor y Alicia continúan con su labor.

Camina hacia el teléfono tambaleándose en los tacones. Marca el 091 y se pega el auricular a la oreja. Suenan dos timbrazos.

—Policía, ¿cuál es su emergencia?

Naia abre la boca para responder, pero alguien le arranca el teléfono de un manotazo. Aitor. Cuelga con un golpe seco.

—¡¿Qué coño haces?! —le grita y ella alza el mentón.

—Llamar a la poli.

—¡Mierda, ahora saben que estamos aquí! —exclama Alicia.

Aitor mira a Naia con desdén y la agarra del brazo como si fuera una niña. La saca del caserío a empujones, obligándola a ir con ellos. La chica intenta resistirse, pero sabe que no tiene nada que hacer. Han decidido que van a huir a Francia y no pueden dejar que Naia los delate.

Una vez los tres en el coche, Naia asume que no hay marcha atrás. Adiós a su idea de decir la verdad, está a punto de fugarse sin dar parte a nadie de la muerte de Gorka. Ahora, la única esperanza que tiene de librarse del marrón más grande de su vida es confiar en que el escape saldrá bien.

Igual no es tan mala idea esperar unas semanas en otro país hasta ver qué sucede. Si la Policía no encuentra culpables y determina que es un suicidio, podrán volver a casa como si nada. Y si piensan que es un homicidio y les buscan… Bueno, no quiere pensar en qué harán entonces.

Aitor arranca motores y salen chirriando ruedas. Alicia le pasa un mapa de carreteras a Naia, que se abrocha el cinturón con aprensión.

—Yo no sé de carreteras —balbucea desde el asiento de atrás.

—No tienes que conducir, solo dar indicaciones —replica.

Naia traga saliva entrecerrando los ojos para ver mejor las rutas. La misión es cruzar la frontera, y para eso aún queda un rato.

—Sigue por aquí recto, no vayas a la derecha o nos meteremos en San Sebastián.

—Evitemos las civilizaciones —concuerda Alicia—. Sobre todo mientras vayamos llenos de sangre.

Saca de su bolso un paquete de pañuelos y se limpia las manos y la cara, aunque poco puede hacer con la ropa.

El Ford Fiesta quema las ruedas sobre el asfalto, circulando a una velocidad prohibida. Desde el asiento de atrás, Naia observa a sus compañeros discutir.

—¡Pon las largas, que nos vamos a estrellar! —le grita Alicia a Aitor.

—¿Y qué coño son «las largas»?

—¡Las luces, idiota! ¿De verdad tienes carnet?

—Ah, los faros fuertes —responde él pulsando un botón.

Se adentran por caminos de montaña cada vez más oscuros, gotitas de lluvia comienzan a golpear los cristales.

—Ya casi... ya casi... —se alienta Aitor mientras intenta que sus manos sudadas no resbalen en el volante. Rechina los dientes, pierde la paciencia—. ¡¿Cuánto queda, Naia?!

La chica intenta estar atenta a las señales. Resigue el mapa a cada curva, señalando izquierda y derecha con el dedo, pero por culpa de la borrachera no atina mucho.

—Pues... Deberíamos estar cruzando los Pirineos, pero no estoy segura.

—¡¿Qué?! ¿Tu deber es guiarnos a la frontera y no estás segura?

Naia se muerde los labios, a punto de llorar del estrés. Es la típica persona que si se encuentra una cartera en la calle la devuelve en vez de quedársela, ¿cómo ha terminado huyendo a Francia como una vulgar delincuente?

—Vale, Aitor, vamos a respirar hondo —dice Alicia, pero sin recibir mucha atención por su parte—. Y a bajar la velocidad un po...

—¡El cuarzo, Alicia! —La interrumpe él—. ¡¿Dónde está?!

Las chicas empalidecen al darse cuenta de su fatal error.

—Nos lo hemos dejado —murmura Alicia.

—¡¿Cómo hemos sido tan estúpidos?!

—¿Qué hacemos, volvemos? —propone Alicia.

Aitor aferra fuerte el volante.

—Ni hablar, eso es aún más peligroso.

Cuando Naia vuelve a prestar atención al mapa, ya es tarde.

—¡Salida derecha en el siguiente cruce! —exclama.

Aitor acaba ya había tirado a la izquierda, y pega un volantazo para seguir las instrucciones. No llega a tiempo. Se salen por el arcén, a duras penas logra volver a encaminar el vehículo. Se han desviado. Están entrando de cabeza a una población: Irún.

—Bueno, al menos sabemos que este pueblo es fronterizo, ¡vamos bien! —trata de animarse el chico.

Y, apenas termina de decirlo, un coche de policía se sitúa detrás de ellos con la sirena encendida. Naia no ha ido a la autoescuela, pero no lo necesita para saber lo que eso significa.

—¡Mierda, mierda, mierda! —maldice Alicia—. ¡Menudo mal fario!

—Frena el coche y nos entregamos —se rinde Naia al borde del colapso.

Aitor no responde, aprieta el acelerador a tope como si se tratara de una persecución de película. Pero la vida real no es Hollywood, y su patética resistencia a la autoridad termina unos kilómetros después, cuando dos vehículos policiales más les cortan el paso.

—Se acabó —resopla Aitor al verse obligado a detener el coche.

Tres agentes se dirigen hacia ellos, es cuestión de minutos que descubran que van cubiertos de sangre.

Aitor se gira hacia Naia.

—No sé de qué te sirve ver fantasmas si nunca te avisan de estas cosas.

—Ya no soy médium, ¡si no hubieses sido un capullo lo sabrías! —replica.

Alicia se ve obligada a poner orden, como siempre:

—¡Callad! Deberíamos idear una coartada antes de que nos interroguen, pero no hay tiempo. Lo mejor que podemos hacer es permanecer callados, no pueden encontrar incoherencias en nuestras versiones.

Los policías aparecen junto a la ventanilla. Enfocan al interior con una linterna y ahogan un grito. La intención inicial solo era multarlos por exceso de velocidad, pero al ver el panorama enseguida atan cabos.

Los obligan a salir del coche uno a uno, los cachean y los esposan.

Naia se tambalea al intentar caminar y da un traspié. Uno de los policías la sostiene para que no se caiga, con la mala suerte de que la chica vomita el alcohol de toda la noche en ese instante, sobre su uniforme.

—¡Lo siento! —exclama muy apurada— ¿Se lo limpio?

El agente esboza una mueca de asco y la mete al coche de un empujón.

La comisaría huele a humedad y es tan pequeña que apenas caben el escritorio y las sillas. Naia se ve reflejada en el espejo del costado y siente vergüenza por el maquillaje corrido, el vestido teñido de sangre y el pelo encrespado.

«Soy una imitación barata de Carrie», piensa, como si eso fuera lo más importante ahora mismo.

Lleva toda la noche allí, incluso le han dejado llamar a su amiga para avisarla del percal. Se frota los ojos, Kaos tampoco habrá pegado ojo esa noche. Ojalá le hubieran dejado solo dos minutos más para hablar con ella.

La espalda de Naia resbala por la silla. Es de plástico y comienza a dolerle el trasero. Para colmo, está sufriendo la peor resaca de su vida; tiene el estómago revuelto y la cabeza le va a explotar.

La inspectora se sienta frente a ella y le enseña dos fotos, le gusta ir al grano. En una aparece una chica de pelo castaño rizado y mirada altiva de ojos verdes: Alicia. En la otra, un chaval rubio de ojos oscuros: Aitor.

Al ver la foto de este último, los ojos de Naia se entornan en dos rendijas.

—¿De qué los conoces?

—De nada —responde.

—Alicia Velasco y Aitor Echenique, los que iban contigo en el coche hace unas horas. —Naia se encoge de hombros— No te hagas la tonta, venga. Ya sabemos que has frecuentado la tienda de Alicia, y que a Aitor y a ti os han echado de una discoteca esta misma noche por estar peleándoos.

Naia entreabre los labios ¿tan rápido investigan? ¿O acaso llevan siguiéndolos a todos desde que abatieron a Edurne, la presunta etarra?

Se inclina por lo segundo.

—Pero no tengo mucho trato con ellos.

La inspectora suspira sin creérselo. Se agacha y saca de un cajón un objeto que deja sobre la mesa. Nada más reconocerlo, Naia hierve de impotencia. Es el cuarzo irisado, metido en una bolsita de plástico. Ni siquiera le han limpiado la sangre.

No puede creer que sus compañeros hayan sido capaces de limpiar con cuidado todas las huellas, pero que se les haya olvidado llevarse el arma del crimen.

—¿Esta piedra sí la reconoces?

—Tampoco.

La interrogadora saca una tercera foto. Un hombre pelirrojo de ojos azules, de unos cincuenta años.

—¿Y a Gorka lo conocías? Recibió ocho puñaladas con esto.

—Pero yo no fui —responde Naia educada.

—¿Insinúas que el muerto se mató a sí mismo?

—Sí, eso es.

La oficial necesita respirar hondo para poder pasar por alto su impertinencia. De todos modos, logra que se le borre cualquier atisbo de chulería cuando saca la última foto.

Una chica pecosa de cabello dorado y ojos castaños.

—Kaos no pinta nada en esto —aclara Naia antes de que la inspectora pueda hablar—. Dejadla en paz.

—Nekane Ochoa. Anoche estaba con Aitor y contigo de fiesta, en la discoteca de San Sebastián.

—Sí, pero ella se fue a las tres —admite. Un pequeño atisbo de sonrisa asoma en los labios de Naia al recordar lo perfecta que había sido la noche antes de torcerse todo.

—Sin embargo, Nekane debía tener algún tipo de relación con el asesinado. El propio Gorka declaró en comisaría que esta chica le destrozó el coche con un hacha para luego prenderle fuego. No tardó en retirar la denuncia, lo que nos lleva a pensar que le estaban amenazando.

Naia se cruza de brazos y maldice en silencio la impulsividad de Kaos. No sabe qué argumentar contra eso ni cómo demostrar que era al revés, que Gorka las estaba amenazando a ellas.

Se siente como si estuviera jugando al cinquillo; a su oponente le queda una carta y a ella media baraja.

—¿Tiene algo para la resaca? —es lo único que se le ocurre responder.

La inspectora pierde la paciencia y da un golpe en la mesa.

—Mira, chica, esta es tu única opción: confesar. Si confiesas se tendrá en cuenta a tu favor en el juicio.

Naia se recuesta en la silla. Lo único que espera es que Aitor también haya obedecido a Alicia y haya permanecido callado.

—Qué pena que no tenga nada que confesar —suspira finalmente.

La inspectora se inclina un poco sobre ella. Casi puede imaginarla lanzando la última carta y ganando la partida.

—Qué pena que te vayas a pudrir en la cárcel.

Los ojos de Naia se abren como platos.

—¿La cárcel? Pero…

Ella le da unas palmadas de consuelo en el hombro.

—Prisión preventiva a la espera de juicio.

28

—A Madrid. Tenían que enviarnos a Madrid —resopla Alicia—. El destino se burla de mí.

Naia se sienta en la cama inferior de la litera.

—Por lo menos nos han puesto juntas en la misma cárcel. Y en la misma celda.

Alicia se deja caer ruidosamente en el colchón de arriba. Los muelles chirrían sobre la cabeza de Naia.

—Deja de hablar como si fuéramos compis de piso, por favor.

Naia frunce el ceño harta de su negatividad.

—¿Y qué hacemos, hundirnos en la mierda? —exclama.

—Por si aún no te has enterado… ¡Ya estamos en la mierda!

Naia sabe que tiene razón, han tocado fondo. Cierra los ojos con fuerza, deseando despertar en su cama y contarle a Kaos la horrible pesadilla que ha tenido.

Siente una punzada en el pecho al acordarse de su amiga. A saber cuándo volverá a verla.

—Alicia, esto será temporal, ¿no? —pregunta angustiada—. Pronto descubrirán que somos inocentes y nos enviarán a casa.

La escucha suspirar allá arriba.

—¿Por qué tienes tanta fe en el sistema judicial?

—Quiero confiar en que no se condena a inocentes por error.

—Pues te vas a decepcionar.

Naia se abraza a la libreta de teorías que le regaló Kaos, es una de las pocas pertenencias que se ha traído a Madrid. Su compañera solo ha conservado las piedras más pequeñas de su colección de minerales. No le han dejado entrar las otras por si las usa como arma.

—¿Para qué fuiste al caserío, Alicia?

—Quería matar a Gorka, pero, como pudiste ver, no tengo tantas agallas —dice con indiferencia—. ¿Para qué fuiste tú?

El dedo de Naia acaricia el relieve que forman las letras del título pintadas con témperas. «Libreta de teorías de Naia y Kaos».

—Para asegurarme de que no te hacían nada.

—¿En serio?

—Sí. Te lo debía.

—Pues a la próxima piensa solo en ti misma. Ser egoísta te habría salvado de esta pocilga —suspira, Naia le dirige una mirada de fastidio al colchón de arriba.

En ese momento, un funcionario toca a la puerta de la celda.

—Ducha —anuncia sin más.

Las dos chicas se quedan en silencio. No necesitan expresar con palabras la poca ilusión que les hace tener que salir ahí fuera. Ya han visto a las otras presas al entrar, con un simple vistazo han tenido suficiente.

—Hora de hacer amigas, yuju —masculla Alicia y se baja de la litera.

Es la primera en salir. Naia la sigue arrastrando los pies. Nunca en su vida se ha sentido tan asocial.

Las reclusas son escandalosas: se llaman a gritos, hablan de forma vulgar y campan por ahí como si estuviesen en el patio de un colegio público. La pareja de novatas se desnuda en los vestuarios y Naia está tan preocupada analizando la jungla que la rodea que no se siente cohibida al enseñar sus caderas con estrías.

Las duchas son comunes, muy a su pesar. Recuerda el famoso mito del jabón, pero se tranquiliza pensando que las violaciones deben de ser cosa de las cárceles de hombres.

—Ahora vuelvo, me he dejado la toalla —dice Alicia.

Naia le dirige una mirada de pánico, rogándole con los ojos que no la deje sola. Pero no la mira, así que no se entera. Abandona las duchas y Naia respira hondo y clava la vista en la pared de enfrente. Toda su vida ha pasado desapercibida y ahora más que nunca desea que continúe siendo así.

Pero, entonces, alguien le toca un hombro. Al girarse ve que es una mujer de unos cuarenta años. Tiene el pelo del color de los pollos con las raíces negras.

—¿Tú eres la nueva? —le pregunta. Naia asiente, está tan nerviosa que sabe que si habla le saldrá la voz rara—. Yo soy la Paqui, encantada.

—Igualmente —farfulla Naia sin mirarla.

—¿Por qué te han metido aquí, con la cara de niña buena que llevas?

Naia echa jabón en la esponja y se frota las axilas.

—Asesinato, pero soy inocente.

La Paqui se echa a reír.

—Aquí todas somos inocentes. Y dime, novata, ¿alguna vez has comido un coño?

Naia gira la cabeza hacia ella.

—No —responde sorprendida y avergonzada a partes iguales.

La presa se acerca más y Naia retrocede.

—¿Te gustaría probar?

—Hoy no, la verdad. —Abre el grifo para quitarse el jabón y acabar rápido.

El semblante de Paqui cambia, ya no sonríe.

—¿Qué pasa, no te gusto?

Naia traga saliva.

—Eh… ¡Qué va! No es eso. Es que ya tengo novia —miente, pero su corazón se acelera al pensar en Kaos.

—¿Y no le comes el coño? ¡Pobrecita!

Naia cierra el grifo de golpe colorada. Se envuelve en la toalla y se va de allí pitando.

—¡Pero no huyas, chiquilla! —insiste Paqui a gritos.

Al llegar al vestuario, Naia se gira para comprobar que la mujer no la ha seguido y suspira de alivio. Se pone el pijama a toda prisa y regresa a su celda.

—¡Nunca más me vuelvas a dejar sola! —le grita a Alicia nada más entrar.

—Se les había olvidado darme toallas y he tenido que bajar a pedirlas, ¡relájate!

Naia se sienta en la litera hiperventilando. Alicia se preocupa.

—¿Ha pasado algo?

Cuando consigue recuperar el aliento, Naia le explica el acoso que ha sufrido en el baño. Tras escucharla, su compañera insiste en que no se puede dejar amedrentar de esa manera.

«Para ti es fácil decirlo —piensa Naia con retintín—, a ti nadie te tose».

Se mete en la cama sintiéndose como una pardilla. ¿Por qué siempre la toman con ella? ¿Tiene cara de tonta acaso?

Al día siguiente, los funcionarios las despiertan a las ocho y bajan juntas a desayunar. Naia mete la cuchara en el tazón y le da vueltas a la leche, como si quisiese marear a los cereales. No tiene hambre.

—No me saco a Kaos de la cabeza —confiesa—. Apenas me dio tiempo a explicarle la situación por teléfono, y mucho menos pudimos comentar lo que pasó entre nosotras en la discoteca.

Deja caer la cuchara, dándose cuenta de que Kaos todavía pensará que se besó con Aitor por voluntad propia.

—¡Sabía que os gustabais! —exclama Alicia, y Naia le dirige una mirada fría—. ¿Qué?

—Déjame.

—Eh, tranquila. Hay parejas que funcionan bien a distancia.

Naia tiene ganas de llorar, pero parpadea para retener las lágrimas.

—La vida se nos ha torcido pero bien —dice Alicia—. Yo, ahora mismo, tendría que estar aquí, en Madrid, con Fabio, emprendiendo una nueva vida, pero estoy en una cárcel madrileña, compartiendo celda contigo. Lo único que tenía era el futuro perfecto que había imaginado, e incluso eso lo he perdido.

Naia se ablanda un poco. Aunque sea tan dura, Alicia lo debe de estar pasando igual de mal que ella.

—¿Y Aitor? —se le ocurre preguntar—. ¿Qué habrá sido de él?

—Tengo entendido que lo han llevado a la cárcel modelo de Barcelona —responde Alicia—. Al principio creía que quien te gustaba era él.

Naia arquea las cejas, no sabía que su compañera era tan perspicaz.

—Pues sí, tuvimos algo. Aunque, analizándolo bien, igual solo le necesitaba para quererme más a mí misma.

—Explícate.

Naia se decide por fin a comerse una cucharada de cereales.

—Mi autoestima solía depender de la validación de los hombres. Si un tío me hacía caso, yo le seguía el rollo. Enseguida se cansaban de mí, mis romances nunca llegaban a nada. Eso me hacía pensar que nadie me deseaba, así que tenía que buscar a otro tío que me demostrase lo contrario. —Naia frunce el ceño—. Qué triste, ¿no?

—Bastante —suspira Alicia—. ¿Cómo pretendes que alguien te valore si ni tú te valoras a ti misma?

—Intento hacerlo, pero no es tan fácil. Kaos siempre me da charlas: «¡Eres una leona, que te oigan rugir!» —exclama imitando la voz de su amiga—. Pero solo sirven para motivarme un rato.

Alicia le da un golpecito en el hombro con el dedo.

—Es que la idea de rugir no tiene que motivarte, tienes que creértela. Da igual que un atleta sea el mejor del mundo, si piensa que es incapaz de correr los cien metros lisos, nunca lo conseguirá.

Naia se ha vestido con la camiseta de las gemelas de *El resplandor* y se ha recogido la mitad de su pelo gris en dos moños. Antes creía que los presos iban vestidos con monos naranjas, pero, por suerte, no es así. Que al menos su aspecto siga igual que siempre la consuela.

No participa demasiado en las actividades, prácticamente deja que las horas pasen hasta que toca volver al comedor para cenar. Naia y Alicia recogen su apestosa ración de lentejas y se sientan en una de las mesas del final.

—¡Mojigata! —grita entonces alguien detrás de Naia.

Le empujan la cabeza, metiéndosela de morros en el bol, y suena un coro de risas a su alrededor.

Naia se restriega las lentejas de la cara y al volverse descubre a Paqui, la mujer que se le insinuó en las duchas. Ella también está soltando carcajadas orgullosa de lo que acaba de hacer.

Los ojos de Naia le empiezan a escocer. No es la primera vez que le hacen eso, sus compañeras jugaban a lanzarle comida en el comedor del colegio. Y las risas… Las horribles risas.

Alicia le pasa una servilleta con disimulo, pero Naia no se entera. Mira a Paqui con rabia, tensando la mandíbula. Cuando acabó el instituto creyó que nunca más volverían a humillarla, y ahora llega ella con sus mierdas.

Antes de darse cuenta de lo que hace, se ha puesto en pie con el bol de lentejas en la mano. Se lo tira a Paqui a la cabeza, pringándola entera.

—¿Ya no te hace gracia, eh? —ruge Naia agarrándola de la coleta.

Le golpea la cabeza contra la mesa una y otra vez, impulsada por una fuerza que ni sabía que tenía. El resto de presas también han dejado de burlarse, ahora jalean como locas para avivar la pelea.

Paqui consigue soltarse y le pega a Naia un bofetón en la mejilla, lanzándola al suelo. Se sube sobre ella y alza la mano, pero Naia la detiene. Le pega un empujón y se la quita de encima. Luego la inmoviliza con las rodillas y le pega un puñetazo.

Recuerda todas las veces que la llamaban friki por los pasillos y le pega otro más. Por cuando le pegaban notitas en la espalda o se ponían todos de acuerdo para acusarla de cosas que no había hecho. Como aquella vez que se inventaron que fue ella quien había robado el dinero de la directora.

Otro puñetazo, y otro, y otro más por cuando la empujaron en las escaleras y tuvo que llevar muletas durante un mes. La sangre le mancha los nudillos, pero ni eso la detiene. Hasta que dos guardias la levantan en volandas y se la llevan de cabeza a aislamiento entre el barullo del resto de presas. Se ha liado una buena.

La única que ha mantenido la calma es Alicia, que continúa sentada en su silla como si no fuera con ella. Arquea un poco las cejas, observando la locura que la rodea, y bebe un sorbo de agua.

Aislamiento es una celda oscura, pequeña y sin ventanas. Naia se siente como una niña castigada sin salir de la habitación.

Le espera allí dentro una semana entera, pero no le importa. Se siente más tranquila que nunca. Sonríe al recordar la paliza que le ha dado a esa subnormal, a la próxima se lo pensará dos veces antes de ir a molestarla. Nunca imaginó que fuera capaz de pegarle a nadie, todavía no sabe de dónde ha sacado las agallas.

«Quizá ahora por fin puedo ser como Alicia —piensa—. Alguien a quien respetar».

Se da cuenta de que eso es lo único a lo que ha aspirado siempre. Ella creía que le gustaba ser invisible, pero era solo una defensa. Si nadie la veía, nadie se metía con ella.

No, nunca más. Ya no quiere ser un ratón escondido en su madriguera por miedo a las águilas. A partir de ahora, todos notarán su presencia.

Enciende el *walkman* que le han prestado, limpia los auriculares y se los pone. Lleva dentro una cinta de Blondie. Se sienta en el suelo y apoya la espalda en la pared, disfrutando de la música. Suena *Call me*, y mueve el pie siguiendo el ritmo. Abre el libro de Stephen Hawking que también le han dejado entrar y pasa las páginas con tranquilidad, empapándose de nuevos conocimientos astronómicos. Piensa que no se está tan mal allí, pero al caer la noche ya ha cambiado de opinión. Se le ha cansado la vista de tanto leer y la cinta se ha repetido un par de veces. Cuando vuelve a sonar *Heart of Glass*, apaga el reproductor hastiada.

Al séptimo día ya está al borde del colapso, si no sale de allí pronto seguro que se vuelve loca y comienza a hablar con las paredes. El bombardeo en su cabeza es incesante: ¿y si pierden el juicio y esta se convierte en su nueva vida?

Arruga las cejas preocupada. Seguro que Kaos conocerá a otras chicas y se olvidará de ella. Se cansará de Naia igual que ella se ha cansado del disco de Blondie.

Siente una punzada de celos al pensar en María. Es más divertida que ella, más alocada.

Cierra los ojos y respira hondo, se da cuenta de que está autosaboteándose otra vez.

—¡Basta! —se regaña—. Puede que existan chicas más divertidas que yo, pero aun así Kaos siempre ha tenido prioridad por mí.

Se tranquiliza un poco, y al mismo tiempo la asalta una duda: ¿quizá Kaos ha estado sintiendo algo por ella durante todo este tiempo?

A veces lo ha sospechado. Cuando notaba que se ponía nerviosa al estar cerca, por ejemplo. Solía pensar que, simplemente, no le gustaba el contacto físico.

Ahora cree que igual era por otra razón. Cuando la vio besándose con Aitor parecía muy dolida, y no hay motivo para ponerse así si no sientes amor por la otra persona, ¿no?

—¿Quizá está enamorada de mí? —se pregunta con un hilo de voz.

La posibilidad la aterra y la llena de felicidad a partes iguales. Terror, porque eso significa que la relación entre ellas va a cambiar. Y felicidad, porque cree que ella también siente algo. Apoya la frente en la pared, hecha un lío. Se le da tan mal analizar sus propias emociones que suele preferir no hacerlo, pero ya es hora de enfrentarse a ellas.

Acaricia la pequeña cicatriz que aún conserva en la yema del dedo índice: el pacto de amistad que selló con Kaos cuando tenían quince años.

En ese momento, abren la puerta de la celda.

—Pa fuera —le dice un funcionario, y Naia sale de allí sin pensárselo dos veces—. Tienes una visita, alguien ha solicitado verte.

El corazón de Naia se alborota.

—¿¿Quién??

—Yo qué sé, tira.

El funcionario la dirige a una zona llena de habitáculos separados por un cristal y le asigna el número 10. Naia corre hacia allí ansiosa. Espera ver a Kaos, ¿quién si no va a ser?

Intenta tomar aire para tranquilizarse, nunca se había puesto tan nerviosa por tener que ver a alguien.

Se sienta tras el cristal, esperando verla aparecer en cualquier momento. Y, sin embargo, quien llega es Gorka.

Naia ahoga una exclamación. Se pone de pie tan rápido que la silla cae al suelo, pero enseguida se da cuenta de que no es él. Conforme el hombre se acerca va notando las diferencias.

Su cabello pelirrojo es más dorado, se acerca al rubio; su barbilla es pequeña y tiene la piel más pálida. Además, no tiene tantas pecas.

Naia se queda mirándolo, en *shock*, intentando encajar la situación. El desconocido se sienta tras al cristal y se rasca la cabeza incómodo.

—Naia, ¿eres tú? —balbucea con torpeza. Ella solo acierta a asentir con la cabeza—. Vaya… Te pareces mucho a tu madre.

Un escalofrío recorre la espalda de la chica.

—¿Quién eres? —susurra, aunque ya sabe la respuesta.

—Iñaki Uribe. Tu *aita*.

Naia se tapa la boca con las manos, incapaz de decir nada. Lo único que le viene a la mente es que, al menos, Gorka no era su padre.

El hombre se frota los brazos nervioso.

—¿No quieres… sentarte a hablar?

Naia recoge la silla con manos temblorosas y se sienta, todavía en silencio.

—¿Dónde has estado todo este tiempo? —se atreve a pronunciar finalmente.

Aunque no es, ni de lejos, lo único que necesita preguntarle.

—Tratemos otros temas primero —farfulla y acto seguido esboza una mueca tensa—. ¿Es cierto que has matado a mi hermano?

—No —responde Naia—. Se suicidó.

El rostro de Iñaki se llena de dudas, pero parece que quiere creérselo. Se queda callado y Naia se impacienta.

—¿Ya está? ¿No quieres saber nada de tu hija?

Iñaki se frota las piernas con las manos, quizá intentando detener el temblor.

—Es que estás… tan adulta.

—Porque llevas veintitrés años sin verme —responde ella con dureza.

—Lo siento —suspira Iñaki—. De verdad que lo siento.

—¿Dónde estabas cuando murió mamá?

—En La Rioja. Trabajo y vivo allí desde hace tiempo.

A Naia se le encoge el corazón.

—Pero eso significa que…

—Deja que te explique desde el principio —le ruega Iñaki cada vez más apurado.

La espalda de Naia resbala varios centímetros por la silla.

—Adelante.

—Yo amaba a Triana con locura —dice como si se estuviera justificando—. Y ella también acabó queriéndome. Fuimos muy felices, Naia, nos mudamos a vivir juntos a la ciudad. Yo estaba terminando de estudiar Medicina, y ella se sacó un máster en Psicología. Éramos libres y felices; viajábamos, salíamos de fiesta… Éramos todo lo opuesto a mi hermano y tu tía Saray.

—¿Cómo eran ellos?

—Tenían una relación enfermiza. Al principio todos formábamos una pandilla; Gorka, Saray, Edurne, Triana y yo, pero, poco a poco, ellos dos se fueron aislando. Apenas salían del caserío, se obsesionaron con la brujería y con el maldito akelarre.

—Pero mi madre también era parte del akelarre, ¿no?

—Sí, al principio sí. Cuando Gorka, Edurne y Saray empezaron a radicalizarse, decidió alejarse de ellos.

—Y quería alejar también a Saray.

—Exacto —asiente Iñaki—. Estaba empeñada en rescatar a su hermana de ese mundo, y al final lo consiguió.

Naia se inclina hacia el cristal, atreviéndose a sostenerle la mirada. Es como mirar a Gorka.

—¿En qué momento aparezco yo en la historia? —pregunta.

Iñaki agacha la cabeza.

—Poco después. Llegaste de sorpresa, ni Triana ni yo deseábamos tener hijos.

Naia arruga las cejas. Es doloroso enterarse de que viniste al mundo por error.

—Viajamos a Inglaterra para que Triana pudiese abortar de manera legal —prosigue—. Parecía estar muy segura de lo que quería, pero en el último momento se echó atrás. Escuchó latir tu corazón y dijo que era incapaz de hacerlo.

—Pero tú no lo aceptaste —se adelanta Naia sin necesidad de que le cuente más.

La nuez de Iñaki sube y baja al tragar saliva.

—No. Le insistí una y otra vez para convencerla de que abortase —admite con un ligero temblor de voz.

—Y como no lo hizo, nos abandonaste —finaliza Naia alzando el tono.

—Nunca os abandoné por completo —se defiende—. Os estuve pasando la mitad de mi sueldo todos los meses, para que tuvieras de todo. Para que vivieras con la mayor comodidad posible.

Naia sacude la cabeza una y otra vez.

—¡Yo no necesitaba ir a colegios de pago ni llevar ropa de marca! —exclama—. ¡Yo necesitaba un padre!

—Naia…

—¡No, cállate! —le interrumpe—. ¿Creías que podías llenar las carencias de tu hija con dinero?

—Solo quería…

—Me dejaste sola en el funeral, y cuando lancé las cenizas. ¡Dejaste que me pudriera en un orfanato de mala muerte!

Iñaki cada vez se vuelve más pequeño. Sus ojos están húmedos.

—Me dio miedo acogerte, no sabía cómo hacer de padre. Lo siento… —balbucea y se le quiebra la voz.

—Tú no eres mi padre. Mi madre fue quien me crio —replica arisca—. ¿A qué has venido ahora si nunca has estado?

—Necesitaba respuestas sobre la muerte de mi hermano. Y, de paso, conocerte.

Naia se levanta con un movimiento brusco.

—Llegas muchos años tarde.

Dicho esto, abandona la sala de las visitas sin volver a mirarlo a la cara. Una vez lejos, las lágrimas se le desbordan de los ojos. Siempre ha querido pensar que crecer sin padre no le afectó, pero ahora… Es como si se acabase de abrir una herida que ni sabía que tenía.

Regresa a su celda arrastrando los pies, y allí se reencuentra con Alicia después de una semana.

—Mira quién ha vuelto, mi luchadora de *pressing catch* favorita. Ya veo que se sufre en aislamiento —comenta al verla—. ¿O ha pasado algo más?

Naia se encoge de hombros y se apoya en la pared.

—Nada —responde quitándole importancia—. Acabo de descubrir que la tendencia a fijarme en tíos inútiles la heredé de mi madre.

Alicia no indaga en el asunto, lo cierto es que nunca le han interesado los problemas de los demás.

—Mientras estabas en el hoyo, me he encargado de localizar y contratar al abogado —la informa—. He gastado todo lo que tenía ahorrado para ir a Madrid, es uno tan bueno como caro.

—¿Y qué tal? —suspira Naia.

Alicia le rodea los hombros con el brazo en actitud cómplice.

—¿Se te da bien mentir?

—No vamos a mentir, encontraremos formas de probar nuestra inocencia —se empeña Naia.

Alicia se echa a reír.

—Espera, ¿¿sigues pensado en ser sincera??

Su compañera frunce el ceño.

—Sí, ¿por?

—¡Señor juez, soy inocente! Gorka se mató a sí mismo, yo solo pasaba por allí —se mofa—. Las risas se van a oír hasta en Canarias.

Naia entorna los ojos.

—¿Qué planeas decir tú en el juicio?

Alicia se inclina sobre Naia y le cuenta su estrategia al oído. Ella abre la boca como un pez, no sabía que Alicia podía llegar a ser tan retorcida.

—Eso me parece…

—¿Un plan genial?

—¡Digno de una villana! —exclama.

—Hazme caso, en la vida hay que ser hija de puta si quieres el éxito. ¡Mira a Rockefeller o a Onassis! Son unos capullos.

Naia se cruza de brazos tozuda.

—No es necesario ser capullas para ganar.

Alicia se queda en silencio pensando en cómo convencerla.

—Vale, escúchame bien. Voy a predecir tu futuro —dice finalmente.

Naia rueda los ojos hacia ella.

—¿Te vas a poner a echarme las cartas?

—No, cariño, está tan claro que ni me hacen falta.

—A ver, dime —gruñe.

—Imagina que sigues tu plan. Llega el juicio, te condenan por asesinato y te meten veinte años de cárcel. Sales de aquí en el 2012 siendo una cuarentona con las tetas caídas. Ilusionada, corres a buscar a Kaos, el amor de tu vida, pero ella ha pasado página hace mucho. Ahora está enamorada de Carmela y ha tenido dos churumbeles por fecundación in vitro, el mayor ya va al instituto y todo. Le das tanta pena que te invita a pasar un finde en Benidorm con su mujer y los niños, pero, como supongo que tienes orgullo, lo rechazas. Regresas a tu casa de Getaria, que ya está superpasada de moda, y te hundes en el alcoholismo. En el bar Los hermanos conoces a Paco, un hincha del Athletic con los dientes amarillos, calvo y una barriga cervecera. Te tira los tejos y estás tan necesitada que te conformas con él. Os vais a vivir juntos, os casáis y te pasas el resto de tu vida planchándole los calzoncillos. Fin.

Naia esboza una mueca de disgusto.

—No me gusta ese futuro, Alicia.

—Ay, lo imaginaba. Pero, tranquila, lo podemos cambiar. Imagina ahora que me haces caso. Nos aprovechamos de tener al mejor abogado de la ciudad, llevamos a cabo mi plan y nos dejan libres nada más acabar el juicio. Sales de aquí siendo joven y guapa y Kaos te está esperando loca de amor.

Naia siente un cosquilleo. Esboza una sonrisa fantasiosa, en contra de su voluntad, y fantasea:

—Podríamos hacernos un viajecito este verano. A Ibiza, por ejemplo. Ya que le he empezado a pillar el truco a las discotecas, podríamos ir a Pachá.

Alicia le pone una mano en el hombro mirándola con lástima.

—Bueno, te recuerdo que no te gusta mi idea. Igual, cuando salgas del trullo el siglo que viene, Pachá ya ha cerrado y todo —suspira.

Naia siente presión en la cabeza. Se rasca el mentón ansiosa. En contra de su voluntad, comienza a calcular estadísticas. ¿Cuánta probabilidad hay de ganar el juicio diciendo la verdad? Objetivamente, muy poca. Quizá el tres o el cinco por ciento. Sin embargo…, con la estrategia de Alicia…

—¿Qué te pasa? No pareces muy contenta —vuelve a la carga su compañera.

Naia arruga la nariz.

—Te odio, que lo sepas.

Alicia esboza una sonrisa triunfal.

—Lo imaginaba. Bien, pues hay que ensayar. El gran número tiene que ser magistral.

29

19 de junio de 1993, juzgado número 13 de Madrid
7 meses después

Naia respira hondo, recordando palabra por palabra todo lo que ha estudiado con su abogado. No puede titubear. No puede fallar. De este día depende el resto de su vida, no sentía nada igual desde las pruebas de acceso a la universidad.

Aitor las ha mirado con desprecio nada más entrar a la sala, no entiende por qué Naia y Alicia eligieron ser defendidas aparte por un abogado caro. Él lleva uno de oficio bastante simplón.

El juez da por iniciado el juicio y comienza a exponer cargos. Naia apenas es capaz de escucharle.

—Aitor Echenique, con antecedentes penales por tráfico de sustancias tóxicas y estupefacientes; Alicia Velasco, sin antecedentes penales; Naia Cortés, sin antecedentes penales. Los tres mayores de edad y residentes en Gipuzkoa —anuncia—. Se les acusa de un delito de asesinato. El ministerio fiscal solicita que se les aplique una pena de diecisiete años de prisión.

Naia esconde las manos entre las piernas para no seguir mordiéndose las uñas, ya se ha hecho sangre en dos dedos. Mira de reojo a Alicia que, aunque su expresión es de piedra, se acaba de meter un diazepam bajo la lengua.

Es el turno del fiscal. El abogado ya les ha advertido que intentará echarles mierda encima.

—Gorka Uribe apareció sin vida en su domicilio en la madrugada del 21 de noviembre. La causa de la muerte fueron ocho puñaladas efectuadas con una piedra de cuarzo —expone—. En dicha arma se han hallado las huellas de Alicia Velasco y de Aitor Echenique, los cuales, junto a Naia Cortés, fueron descubiertos en plena fuga.

Naia cierra los ojos, está temblando de pies a cabeza. La acusación es más obvia de lo que imaginaba, ¿cómo defenderse de algo así? Los hechos parecen indiscutibles.

«Diecisiete años de prisión. Diecisiete», se recuerda reprimiendo un escalofrío.

—Aitor Echenique, ¿cómo se declara? —pronuncia entonces el juez.

Naia deja escapar el aire que estaba reteniendo. Un golpe de suerte, Aitor será el primero en hablar.

—Me declaro inocente, señoría —dice el chico.

—¿Cuál es su versión de los hechos?

—Gorka me llamó por teléfono y me pidió que me reuniera con él. Fui hasta su casa con Naia, y poco después vino Alicia. Tuvimos una discusión, Alicia le clavó el cuarzo en el hombro y en la mejilla, pero se detuvo. Entonces Gorka se arrancó el arma de la carne y se la clavó a sí mismo hasta suicidarse.

Naia hincha de aire las mejillas, así que su compañero ha optado por decir la verdad. Alicia y ella temían que él también hubiera trazado una estrategia para salirse de rositas, pero responde con sinceridad a todas las preguntas que le hacen. Su turno termina rápido.

—Alicia Velasco, ¿cómo se declara?

La chica se levanta sin titubeos y responde con firmeza:

—Me declaro inocente, señoría.

—¿Cuál es su versión de los hechos?

Alicia respira hondo. Ahí va, ya no hay marcha atrás.

—Gorka y yo éramos buenos amigos desde hacía años. Solíamos reunirnos los sábados, teníamos un club de lectura —comienza a narrar. Naia la escucha con la espalda tensa—. Yo ya no acudía a las reuniones, pero mantuvimos la amistad. La noche de su muerte yo estaba en su casa, me había invitado para charlar un rato. Y…

Alicia, dramatizando, se cubre los ojos con una mano. Finge que llora y por un momento en la sala solo se escuchan sus sollozos. Lo hace tan bien que incluso Naia está a punto de creérselo.

Aitor, por su parte, tiene la mirada fija en Alicia. Mira también a Naia. Aún no sabe qué han tramado, pero ya intuye que nada bueno.

—De repente alguien entró por la puerta, nos la habíamos dejado abierta —prosigue mientras finge recomponerse—. Era Aitor Echenique, venía arrastrando a Naia del brazo.

—¿Qué pasó después de que Aitor y Naia entrasen en la casa?

Alicia necesita respirar hondo antes de responder.

—Aitor estaba furioso, parecía poseído. A decir verdad, no me extrañé. Gorka me acababa de contar que había discutido con él por teléfono antes de que yo llegase y, por lo poco que he visto de Aitor, sé que es una persona peligrosa.

—¿Qué sucedió?

—Aitor agarró a Gorka del cuello y empezó a estrangularlo, ¡lo quería matar! —exclama Alicia con la voz quebrada—. Naia y yo intentamos separarlos, y lo conseguimos.

—¿Entonces?

—Aitor no estaba satisfecho. Saltó sobre mí y me robó mi cuarzo irisado. Era la posesión más preciada que tenía, me la regaló mi hermano para que me diese suerte. En esa época yo luchaba contra un cáncer.

Alicia lagrimea al contarlo y Naia ya no sabe si es una actriz de Oscar o si lo siente de verdad. Lo único que espera es que el drama personal haya enternecido al juzgado.

—¿Insinúa que Aitor Echenique apuñaló a Gorka hasta la muerte con su cuarzo?

Alicia asiente secándose las lágrimas.

—Fue tan horrible… No quiero rememorarlo, por favor.

—Cuéntenos qué hicieron usted y Naia mientras se cometía el crimen.

—¡Llamamos a la policía! Pero Aitor colgó el teléfono —gime—. Naia iba muy perjudicada por el alcohol, y yo esa noche había tomado una alta dosis de tranquilizantes. Ninguna de las dos nos pudimos defender.

—¿Qué les hizo?

—Limpió las huellas de la casa y nos subió al coche por la fuerza. No sabíamos a dónde nos llevaba. Éramos las únicas testigos, creí que planeaba matarnos en las montañas y luego fugarse a Francia —dice con un hilo de voz—. Y, seguramente, es lo que habría hecho si la policía no nos hubiese detenido a tiempo.

El estruendo de una silla cayendo al suelo la interrumpe. Aitor se ha levantado e intenta abalanzarse sobre Alicia mientras dos guardias lo sujetan.

—¡Mentirosa! —ruge.

Lo tienen que inmovilizar entre los dos. Le amenazan con sedarlo y lo vuelven a sentar en la silla con las esposas puestas.

—¿Por qué ni Naia ni usted declararon esto en comisaría? —pregunta el fiscal prosiguiendo como si nada hubiese sucedido.

—Como acaban de ver, Aitor es una persona muy agresiva —dice Alicia—. Procede de los peores suburbios de San Sebastián, se codea con la gente más peligrosa de la ciudad. Tengo entendido que incluso se relaciona con mafias de la droga, sus antecedentes penales hablan por sí solos.

—¿No confesaron en comisaría porque temían sus represalias?

—Así es, señor fiscal. Considere lo que acabo de hacer como un acto de valentía.

Un silencio abrumador se adueña de la sala, solo resuena el rabioso crujir de dientes de Aitor. El juez le indica a Alicia que ya puede sentarse, y entonces llega lo que Naia lleva horas temiendo: su turno.

—Naia Cortés, ¿cómo se declara? —le dice el juez, y le escucha como en un eco lejano.

Le pitan los oídos, no sabe cómo es capaz de estar poniéndose en pie sin que sus piernas cedan.

—Me declaro inocente, señoría —titubea.

—¿Cuál es su versión de los hechos?

Naia traga saliva. Se ha quedado en blanco, no sabe qué contestar.

—Mi defendida está atravesando un cuadro de estrés postraumático, señoría. Dele tiempo —interviene su abogado y la chica se lo agradece mentalmente.

Aprovecha para tomar aire y contar hasta diez. No puede echarlo todo a perder ahora. Si Alicia ha sido capaz de engañar al juzgado entero, ella también. Será como volver a estar en un torneo de debate.

—Quiero empezar por mi relación con el acusado —pronuncia al final desbloqueándose.

—Adelante, Naia.

—Conocí a Aitor en el club de lectura de Gorka el pasado 1 de noviembre. Él mostró interés por mí, y yo por él.

—¿Interés de tipo sexual?

—Y romántico. No tardamos en iniciar una relación —asiente—. Sin embargo, yo empecé a ver actitudes en él que no me gustaban.

—¿Por ejemplo?

—Era muy posesivo y manipulador, no me dejaba en paz. Creí que con el tiempo podría mejorar, pero no fue así. Llegó a...

levantarme la mano varias veces. Concuerdo con Alicia, es una persona violenta.

Al decir esto se lleva una mano a la sien con disimulo para dejar de ver a Aitor por el rabillo del ojo.

—¿Cuánto tiempo duró el noviazgo? —pregunta el fiscal.

—Poco, por suerte me di cuenta de que no me convenía y corté con él. Pero nunca lo aceptó.

—¿Continuó acosándola?

—Sí. Y más aún cuando empecé a salir con Nekane Ochoa —explica nerviosa—. Se volvió loco de celos, Aitor me quería solo para él.

—¡Cállate! —brama Aitor intentando, sin éxito, levantarse otra vez—. ¡Detén esto ahora mismo, Naia!

—Señor Aitor, no es su turno —replica con dureza el juez.

—¡Están difamándome!

—Si no se calla tendrá que abandonar la sala hasta que termine la declaración —le amenaza.

Esta vez Aitor decide obedecer. Necesita ver hasta dónde van a llegar las mentiras.

—¿Qué pasó la noche del asesinato? —le pregunta el fiscal a Naia.

—Mi novia Nekane y yo fuimos a casa de Aitor para rogarle que me dejase en paz. Ese fue mi gran error —hace una pausa dramática—. Aitor nos persiguió hasta la discoteca como un obseso y nos montó una escena ahí en medio, fue muy bochornoso. Nekane no lo pudo soportar y marchó. Intenté ir tras ella, pero Aitor me lo impidió.

—¿De qué manera?

—Empezó a amenazarme. Me dijo que, si no iba con él, mi novia lo iba a pasar muy mal. Así que me subí al coche.

Mentir la estresa tanto que su voz se entrecorta. Queda bien, parece que esté asustada.

—¿La llevó al caserío? —interroga el fiscal y Naia asiente.

—No sabía qué íbamos a hacer allí. Horas más tarde descubrí que esa noche había discutido con Gorka por teléfono. Su intención era matarlo y fugarse conmigo para así obligarme a estar con él para siempre.

—Supongo que no contaba con la presencia de Alicia Velasco en el lugar del crimen.

—No, Alicia fue un imprevisto. El resto de la historia es tal cual lo ha contado ella.

Dicho esto, llega el momento de las pruebas.

El pobre abogadillo de Aitor hace lo que puede por defenderle, pero casi todas las pruebas que se aportan respaldan la versión de las chicas.

La puerta no estaba forzada, lo que demuestra que Gorka invitó a Alicia a su casa. También se registró una llamada entre Aitor y Gorka la noche del 21 de noviembre, que, tal y como ellas afirman, fue una discusión telefónica. Los análisis de sangre demuestran que ambas estaban afectadas por sustancias. Y es cierto que alguien llamó a la policía desde el caserío a la hora del crimen.

Las pruebas más importantes fueron halladas en el cadáver de Gorka. En el cuello del hombre había marcas y bajo sus uñas encontraron piel de Aitor. Señal de que, efectivamente, el joven intentó estrangularlo y él se defendió.

Es el turno de los testigos. Aitor no ha aportado ninguno, pero Naia y Alicia tienen dos.

El primero en entrar en la sala es el camarero de la discoteca de San Sebastián.

—Yo vi a Naia y a Nekane besándose en el club donde trabajo —declara con torpeza—. Poco después, el acusado llegó de sorpresa y forzó a Naia a darle un beso.

—¿Cómo sabe que no fue consentido? —cuestiona el fiscal.

—Era obvio. La chiquilla empezó a gritarle e incluso le propinó un bofetón, pero el acusado insistía. Los echaron a los dos fuera.

Eso es todo lo que puede aportar. El camarero da por finalizada su declaración y abandona la sala. El juez da paso al segundo testigo: el segurata de la discoteca.

—Yo presencié cómo Aitor Echenique y Naia Cortés continuaban discutiendo fuera del local —dice.

—¿Alcanzaste a escuchar qué decían?

—No, señoría, pero Aitor agarraba a la chica del brazo con autoridad, no me gustó nada lo que vi. Luego se subieron juntos a un Ford Fiesta rojo y se fueron de allí. También he de decir que Naia Cortés estaba tan borracha que casi no podía andar, no considero que en ese estado fuera consciente de nada.

Fin de la última declaración. Ahora solo falta esperar el veredicto final del juez.

30

Naia ha vuelto a morderse las uñas, aunque ya se las ha comido hasta la raíz. Decide empezar a morderse también las pieles para tener algo con lo que entretenerse mientras espera la sentencia. Siente la humedad de la sangre, pero le da igual.

Cuando el juez se dispone a hablar, la chica está al borde del colapso. Si espera un minuto más reventará.

—Consideramos que el acusado, Aitor Echenique, premeditó el asesinato de Gorka Uribe —dicta—. Probado en base a los hechos demostrados en esta sala. El jurado ha acordado por unanimidad que las acusadas, Naia Cortés y Alicia Velasco, sean declaradas inocentes y absueltas de todo cargo.

A Naia se le escapa una exclamación de alivio. Inocente, es inocente. Alicia se gira hacia ella y le dirige una sonrisa de aliento. Naia le devuelve el gesto, todavía sin asimilar la victoria.

—Así mismo —prosigue el juez—, en nombre del Rey y por la autoridad que le confiere la Constitución, esta sala ha decidido declarar al acusado, don Aitor Echenique, culpable de asesinato con ensañamiento. En base al artículo 139.1.3º del Código Penal, le será impuesta la pena de diecisiete años de prisión. La sentencia es condenatoria y firme.

—¡Sois unas hijas de puta! —grita Aitor fuera de sí—. ¡Cabronas! ¡Zorras de mierda!

Por primera vez desde que empezó el juicio, Naia se atreve a mirarlo a la cara. Dos policías le obligan a permanecer quieto mientras él se retuerce como un loco.

—Se levanta la sesión. Retiren al acusado —zanja el juez.

Naia observa cómo se llevan a Aitor a rastras de la sala mientras continúa insultándolas.

«Debería sentirme mal —piensa Naia—. ¿Por qué no me siento mal?».

Un policía la saca de sus cavilaciones. Se inclina sobre ella y le quita las esposas. Hacen lo mismo con Alicia. Naia cierra los ojos y respira hondo antes de ponerse en pie. Le cuesta asumir que, ahora sí, todo ha terminado. Por un momento creyó que la cárcel sería mucho peor que el akelarre, pero, gracias a su ingenio y al de Alicia, han sido las primeras partículas de la historia en escapar de dos agujeros negros.

Alguien le roza el hombro, es Alicia. Le da un abrazo que la deja de piedra; es la primera vez que tiene un gesto afectuoso con ella.

—Tía, somos unas genias —dice Alicia soltando una risilla incrédula—. Tu cerebro y el mío juntos son la puta bomba atómica.

Naia aún no puede creer que sean libres después de pasar siete meses entre rejas.

—¡Vámonos ya de aquí! —exclama.

Salen del juzgado como estudiantes al oír el timbre de fin de las clases, corriendo por las escaleras. Ya en la calle, Naia improvisa un baile eufórico y no le importan las miradas que se clavan en ella. Alicia la observa, divertida, pero termina uniéndose. Dan brincos, ríen a carcajadas y chocan los cinco.

No tardan en sofocarse, hace muchísimo calor. Terminan sentadas en las escaleras del juzgado a la sombra. Más que en junio, parece que estén en agosto.

—¿Qué vas a hacer ahora? —le pregunta Alicia.

—Voy a coger el primer bus a San Sebastián y me voy directa a ver a Kaos —anuncia Naia con una sonrisa—. No la he visto desde aquella noche en la discoteca.

Alicia señala una cabina telefónica que hay en la acera de enfrente.

—Llámala, dile que el juicio ha salido bien.

—No, quiero darle una sorpresa —responde ilusionada.

Se frota los brazos, siente un hormigueo en el estómago. No sabe cómo será el reencuentro, pero se muere de nervios.

—¿Qué vas a hacer tú, Alicia? —le pregunta.

Ella saca una carpeta de su mochila. Dentro guarda más de trescientas páginas perfectamente ordenadas: su primer libro, titulado *La asesina del cristal.* Es a lo que se ha dedicado en los siete meses de encierro, ha pasado día y noche escribiendo.

Naia siente una punzada al ver la dedicatoria de la primera página: «Para Fabio, la primera persona que creyó en mis sueños».

—Este libro no va a publicarse solo, tendré que buscar una editorial —dice orgullosa—. Me voy a quedar en Madrid. Iré a ver si sigue en alquiler el piso que miré en noviembre, y si es así me lo quedo. Ya enviaré un camión de mudanzas a que traiga mis cosas de Getaria.

—Sí que tenías ganas de escaparte del pueblo.

De repente, Alicia se pone seria.

—Pues sí. Pero, al final, lo que de verdad quería era marcharme con Fabio, y me daba igual si a Madrid, a Zamora o a Pekín —murmura.

A Naia se le encoge el corazón.

—Siento mucho lo que os pasó.

Alicia, pensativa, se mordisquea el interior de la mejilla.

—¿Sabes qué, Naia? Yo pensaba que la vida era una mierda. Que está llena de cosas injustas como, por ejemplo, el cáncer —dice—. Luego llegó Fabio y me rompió los esquemas. Me dijo que, a pesar de las putadas, la vida es bonita si te atreves a vivirla. En ese momento le creí.

Naia aprieta los labios apenada.

—¿Cuándo fue eso?

—El día en que nos besamos por primera vez. Luego lo mataron y todo se volvió oscuro de nuevo. —Entierra el rostro entre las manos y Naia le pasa un brazo por los hombros. Alicia toma aire, parece recobrar las fuerzas—. Me obsesioné con Gorka y me olvidé de todo lo que me dijo Fabio.

—Ya no querías venir a Madrid —recuerda Naia.

Alicia suspira con la mirada fija en algún punto del horizonte.

—Pero ahora, aquí perdida en una ciudad enorme..., me siento afortunada. Hemos superado mucha mierda, Naia.

—Entonces... ¿Vas a darle otra oportunidad a la vida? —le pregunta y Alicia esboza una sonrisa.

—Sí. Voy a soltarme un poco, tal y como Fabio quería. Voy a dejar de darle tantas vueltas al futuro y a disfrutar un poco más del presente. Es buena idea, ¿no?

Naia asiente orgullosa al oírla hablar así.

—Estoy segura de que conseguirás todo lo que te propongas. Eres la chica más obstinada que conozco, siempre te he admirado —confiesa.

—¿En serio?

—Sí. A veces me pasaba por el club de ajedrez solo para verte jugar —responde entre risas.

Un grito las interrumpe:

—¡Naia!

Las dos chicas se giran hacia la carretera y ven una melena rubia sorteando los coches. Naia siente un hormigueo en el estómago.

—¡Que está en rojo! —grita un conductor mientras hace sonar el claxon—. ¿Por qué coño cruzas?

—¡Perdón! —exclama Kaos corriendo tanto como sus plataformas le permiten—. ¡Perdón, perdón, perdón!

Otro coche da un frenazo para no atropellarla, y ella por fin alcanza la acera.

—Estos pijos de la capital conducen como locos —jadea y luego se gira hacia Naia con una sonrisa de oreja a oreja—. ¡Sorpresa, estoy aquí!

Ella deja escapar el grito de alegría que ha estado reteniendo y corre hacia Kaos. Se lanza a sus brazos con tanta euforia que la tira al suelo y ruedan juntas por los adoquines.

—¡No me puedo creer que hayas venido! —exclama Naia con el rostro iluminado.

Se pone en pie y ayuda a Kaos a levantarse. Lleva una camiseta de *Star Wars*, una minifalda y el lazo negro en el pelo.

—¿De verdad creías que me iba a perder el juicio?

Alicia pone los ojos en blanco.

—De hecho, te lo has perdido. Hace unos diez minutos que ha terminado —le informa.

Kaos se cubre la boca con la mano.

—¿¿Qué?? Oh, mierda. Es culpa del bus, ¡se ha retrasado muchísimo! Tendríais que haber visto el atasco que había para entrar a Madrid. ¡Nunca en mi vida he visto tantos coches juntos! Ni una autovía con tantos carriles, era una loc… —Kaos se interrumpe al darse cuenta de algo importante—. ¡Un momento! Si el juicio ha acabado, y vosotras estáis aquí… ¿Significa que…?

—¡Sí! —proclama Naia—. ¡Somos inocentes!

Es el turno de Kaos de ponerse a chillar. Abraza, emocionada, a su amiga.

—¡Sabía que lo conseguiríais! —exclama. Durante los últimos meses, las chicas la han mantenido informada de algunas de las estrategias que ideaban junto al abogado—. ¿Qué ha pasado con el tonto?

—Le han caído diecisiete años de trena —responde Naia intentando, de nuevo, sentirse culpable.

—Cuando lo suelten ya podremos correr —suspira Alicia—. Porque como nos encuentre…

—¡No penséis en eso ahora, aún queda mucho tiempo! —replica Kaos—. Tenemos que celebrar esto, ¡perdámonos por ahí!

Alicia sacude una mano en el aire.

—Yo debería buscar al casero y solucionar cuanto antes lo del piso, ¡id vosotras! —dice.

Cuando Kaos no mira, le guiña un ojo a Naia con picardía. Se despide de las dos chicas y se marcha, dejándolas solas.

Kaos y Naia se miran, nerviosas, sin saber qué decir. Al final nunca mencionaron aquel beso de la discoteca, llevan todo este tiempo fingiendo que nunca pasó nada entre ellas. ¿Seguirán igual ahora?

—¿Qué hacemos? —pregunta Naia.

—No sé tú, pero yo me muero de ganas de ver la plaza de las uvas.

—¿La plaza de las uvas?

—Sí, la que sacan en la tele en nochevieja, cuando las campanadas.

—La Puerta del Sol —adivina.

—¡Esa! —afirma Kaos mientras la coge del brazo.

En efecto, van a seguir haciendo como si nada. En el fondo, Naia lo agradece. Intuye que hablar del tema las pondrá tensas y no quiere que nada rompa este ambiente tan alegre.

Siguiendo las indicaciones de los ciudadanos con los que se topan, tras un buen rato de caminata llegan a la icónica Puerta del Sol.

—Es todavía más grande que en la tele, es como Getaria entera —exagera Kaos mirando a su alrededor embobada.

—Llevas escrito en la frente que eres de pueblo, disimula un poco o te traerán el rebaño de ovejas —bromea Naia.

Dan una vuelta a la plaza y deciden colarse en la parada de metro de Sol. Se escabullen entre la multitud, que va y viene en plena hora punta.

—¿Será así todos los días? ¡Qué estrés! —gruñe Naia.

—Es de locos, ¡me encanta! ¿Cómo harán todos para no perderse?

Naia señala un panel que tienen en frente.

—Mira, hay tres líneas. ¿Cogemos la uno, la dos o la tres?

—La amarilla, que es un color alegre —responde Kaos.

Se cogen de la mano para no extraviarse entre tanta gente y bajan las escaleras. Siguen las señales que llevan a la línea tres y cuando llegan al andén aparece el metro.

Naia y Kaos apenas consiguen entrar abriéndose paso a empujones. Dentro hace un calor infernal y las chicas se quedan aplastadas contra el cristal. Un hombre en tirantes se pone al lado de Kaos y levanta el brazo para agarrarse a la barra. Ella esboza una mueca de asco cuando le llega el olor a sobaco, el metro está dejando de parecerle un lugar tan guay.

«Metro de Madrid informa: próxima parada, Callao. Correspondencia con línea cinco».

Como pueden, se acercan a mirar el itinerario de paradas y buscan alguna que les guste. Deciden bajarse en Moncloa suponiendo que allí estará la casa del presidente.

Nada de eso, al salir de la estación se encuentran con el parque del Oeste. Es enorme y bonito, lleno de árboles y zonas verdes. No tardan en perderse por los caminos, como si no tuvieran nada más que hacer el resto el día.

Está lleno de parejitas paseando. Naia se acerca a Kaos con disimulo, sin atreverse a cogerle de la mano. Se retira un mechón gris tras la oreja y mira a su amiga con timidez. Quizá es el momento de…

—¡Mira, Naia, un teleférico! —exclama Kaos dispersándole las ideas—. ¿Nos subimos?

—Vale —responde.

Gastan el dinero que les queda en la entrada y se suben a la cabina en compañía de una familia. Naia los maldice mentalmente, le habría gustado quedarse a solas con Kaos.

Ella está disfrutando de la subida como una niña, y va señalando las construcciones del horizonte y conversando como si nada. Su actitud es tan amistosa que a Naia le asalta una duda: ¿y si cuando pensó que Kaos estaba enamorada de ella fueron simples imaginaciones? ¿Y si ella es la única que la ve con otros ojos?

Desde luego, Kaos no ha mostrado ningún acercamiento desde que se reencontraron en los juzgados ni ningún comentario que le haga pensar que tiene alguna intención más allá de la amistad.

—¿No te gustan las vistas? —le pregunta Kaos de repente—. Estás seria.

—¡Qué va! Son muy bonitas —intenta responder con normalidad.

Ya han llegado a la cima del monte, desde allí se ve toda la ciudad. Están en el templo de Debod, un antiguo edificio egipcio rodeado de agua. Está atardeciendo y el naranja del cielo se refleja en la superficie.

Naia y Kaos se tumban en el césped a descansar y observar cómo las nubes se visten de rosa.

—He escrito teorías nuevas estos meses —le dice Naia a Kaos sacando la libreta de teorías de la mochila.

Kaos da palmas.

—¡Yo también! —se ilusiona—. Podríamos compartirlas. No sabía que te habías llevado la libreta, me volví loca buscándola.

—Me ayudó mucho en los momentos malos —confiesa Naia—. Era como… estar contigo.

Se frota los brazos, le resulta extraño ponerse sentimental. Kaos la ha hecho cambiar.

Su amiga sonríe y saca de su bolso unas hojas arrugadas donde ha escrito sus nuevas hipótesis sobre alienígenas. Sus gafas se le deslizan un poco por la nariz.

Conversan sobre el espacio durante bastante rato, hasta que Kaos se pone un poco seria.

—¿Te sientes mal por haberle cargado el muerto a Aitor? —cambia el rumbo de la conversación girando la cabeza hacia Naia.

—Quiero pensar que sí.

Kaos aparta la mirada, intenta que no vea que se ha puesto triste.

—Debe de ser difícil hacerle eso a la persona que te gusta.

Naia frunce el ceño.

—Kaos, yo no siento nada por Aitor.

Un atisbo de sorpresa atraviesa los ojos de la chica.

—¿En serio? —balbucea.

Suena aliviada.

—¡Sí! ¿Por qué pensabas eso?

Kaos se vuelve hacia ella y arquea una ceja. Claro, el maldito beso robado de la discoteca. Naia respira hondo. Ahí va, ha llegado el momento más evitado de la historia.

—La única verdad que dije en el juicio fue la parte de la fiesta —confiesa arrancando varias briznas de hierba—. Aitor vino a buscarme y me besó por la fuerza, te juro que no quería ni verle.

—¡Qué cabrón! —exclama Kaos—. ¿Por qué has tardado tanto en decírmelo?

Naia se frota los brazos nerviosa.

—No sé, no sabía cómo sacar el tema.

—Yo tampoco.

Ambas enmudecen mirándose a los ojos. El corazón de Naia se acelera.

Kaos es la primera en romper el contacto visual.

—¿Me besaste solo porque ibas borracha? —se atreve a interrogar por fin.

Es la pregunta que lleva haciéndose desde el 21 de noviembre.

—No, el alcohol no tuvo nada que ver —responde Naia temblando—. Lo volvería a hacer ahora.

Kaos alza los ojos hacia ella.

—¿Y por qué no lo haces?

Las mejillas de Naia se vuelven más rojas que el cielo.

—¿Acaso tú quieres? —titubea con torpeza.

Su amiga deja escapar una carcajada que disipa la tensión.

—No me puedo creer que seas tan lista para explicarme la teoría del *big bang* y no te enteres de cosas tan obvias —resopla—. ¡Me tienes loca desde que te conocí, Naia!

Ella abre la boca con asombro. Quiere decir algo, pero se ha quedado sin palabras. Tampoco le hacen falta, Kaos se inclina sobre ella y la besa.

Naia cierra los ojos y se deja llevar, siente un ejército de mariposas anidando en su pecho. Acaricia el pelo de Kaos y desliza las manos bajo su nuca. Besarla es el paraíso.

Cuando se separan, Kaos es incapaz de disimular una sonrisa de enamorada. Le brillan los ojos.

—Tenía muchas ganas de hacer eso.

—Y yo —dice Naia volviendo a besarla.

Igual su madre se refería a esto cuando, durante la proyección, le dijo que le esperaban cosas maravillosas. Naia no sabe qué va a pasar a partir de ahora, pero no puede imaginar nada mejor.

La vida no ha sido fácil para Kaos, tampoco para ella. Aún recuerda cuando se conocieron hace tantos años. Eran dos brujas marginadas y sin familia. Tal vez lo continúan siendo, pero ya no les importa.

Si están juntas contra el mundo, nada puede salir mal.

FIN

AGRADECIMIENTOS

En primer lugar, quiero agradecer infinitamente a Quique que escuchara mi propuesta y me haya dado esta oportunidad. También a Marta, por confiar en este proyecto. Sin ellos, nada de esto sería posible.

Tampoco sería posible sin el apoyo de mis lectoras beta de confianza y amigas, Cynthia y Alicia, que se han leído cada una de mis novelas, capítulo a capítulo, y han soportado mis rayadas.

A mis primeras lectoras, que empezaron a seguirme en internet allá por el 2016, con mi novela *Molotov*, también les debo el estar aquí ahora. Gracias a Cristina, a Beth, a Stef, a Ana y a todas las demás por apoyarme en mis inicios.

Gracias a mi madre por su paciencia leyéndose todos mis libros, incluidos esos tochos infumables que escribía con trece años, admiro que fuese capaz de leerlos. También a mi novio, David, que, aunque se haya librado de leerse esos primeros libros, se lee todo lo que le paso.

Nunca dejaré de dar las gracias a Javier, puesto que en 2022 leyó este libro en su peor versión y desde entonces me ha ayudado a prosperar. Ha sido un guía y un apoyo en mi entrada al mundo editorial, sin él aún estaría andando como pollo sin cabeza.

Tampoco me olvido de tres profesoras extraordinarias que siempre creyeron en mí cuando pocos más lo hacían: Carmen, mi profesora de Valenciano, que siempre me animaba a participar en concursos literarios; Rosa, mi profesora de Castellano de la ESO, que todavía debe de tener algún dibujo mío, y Mariángeles, mi profesora de Primaria.

Gracias a Damián por compartir conmigo toda su sabiduría sobre *Star Wars* para poder crear al personaje de Kaos sin tener que verme las películas, juro que algún día las veré.

Por último, agradecer al resto de mi familia y amigos por estar ahí siempre y apoyarme en esta etapa, ¡esto solo acaba de empezar!